S. FISCHER

Gabriel Katz

Der Klavierspieler vom Gare du Nord

Roman

Aus dem Französischen von
Eva Scharenberg und Anne Thomas

Eine Adaption des Films
Der Klavierspieler vom Gare du Nord
in der Regie von Ludovic Bernard

S. FISCHER

Erschienen bei S. FISCHER

Die Originalausgabe erschien 2018
unter dem Titel ›Au bout des doigts‹ bei Librairie
Arthème Fayard, Paris
© Librairie Arthème Fayard, 2018
Der Roman ist eine Adaption des Films *Der
Klavierspieler vom Gare du Nord*, Regie: Ludovic
Bernard / Drehbuch: Ludovic Bernard und Johanne
Bernard, nach einer Idee von Catherine Bernard und Ludovic
Bernard. Eine Koproduktion Récifilms –
TF1Studio – France2Cinéma.

Für die deutschsprachige Ausgabe:
© 2019 S. Fischer Verlag GmbH, Hedderichstr. 114,
D-60596 Frankfurt am Main

Satz: Dörlemann Satz, Lemförde
Druck und Bindung: CPI books GmbH, Leck
Printed in Germany
ISBN 978-3-10-397465-2

Für Julia

Der Aufzug ist kaputt. Der Aufzug ist immer kaputt. Wahrscheinlich hat er nie funktioniert, oder vielleicht vor langer Zeit einmal. Wenn man die Treppe bis in die siebte Etage hochsteigt, bezwingt man sie schließlich, weil man jeden Winkel kennt, jeden Riss. Es sind hundertvierzig Stufen, zwanzig pro Stockwerk. Sogar mit geschlossenen Augen, mit dem Zeigefinger an der Wand entlangstreichend, kann man ohne weiteres zu seiner Tür gelangen, ohne das Licht anzumachen, nur durch das Zählen seiner Schritte. Hundertvierzig Schritte. Begleitet von den Geräuschen, die ineinanderfließen, den Fernsehkanälen, die sich überlagern, den Schreien der verrückten Alten aus dem vierten Stock, dem Brutzeln der Bratpfannen. Und diesem Geruch nach Bleiche, Staub, fettigem Essen und Schimmel, so vertraut, dass man ihn schon gar nicht mehr wahrnimmt.

   Aber da ist noch etwas.

   Töne.

   Töne, die dazu verleiten, die Augen auf der hundertsten Stufe zu öffnen, beim Zählen seiner Schritte durcheinanderzukommen. Ein Ton, der nicht zu diesem Haus gehört, der sich wie ein Dieb unter die anderen Geräusche schleicht, sie dämpft, verdrängt, und dennoch ist er zart und klar wie Vogelgezwitscher.

Der kleine Junge ist auf dem Treppenabsatz mit den gelben Wänden stehengeblieben, wo die Zahl Fünf heruntergerissen wurde, deren Schatten aber auf dem Putz noch sichtbar ist. Er hält nie auf dieser Etage an. Auch nicht woanders. Er steigt die Stufen hinauf wie man einen Berg erklimmt, wie Spider-Man an einer Fassade hochklettert, wie ein Flugzeug, das abhebt. Er klettert mit der Entschlossenheit großer Abenteurer. Er zieht aus in den hohen Norden, zu Sandwüsten, unbekannten Welten. Und unter dem Jubel eines unsichtbaren Publikums gewinnt er jeden Tag die Medaille für die Besteigung der siebten Etage, weil er jetzt groß ist, weil er ein Mann ist, weil er sieben Jahre alt ist, weil er keine Angst hat.

Dieses Mal hat er im fünften Stock angehalten. Ohne eigentlich zu wissen, warum. Vor einer braunen Tür, von der die Farbe abblättert, voller Graffiti und Kratzer. Eine Tür wie die anderen, aber eben nicht ganz, denn Töne dringen hindurch, als bestünde sie nur aus Wind. Musik hört man jeden Tag, Bässe, die die Erde erzittern lassen, und Gebrüll von zornentbrannten Menschen. Sie schwingen die Hüften mit den Kumpeln, werfen sich in Pose mit ihren Käppis, die ein paar Nummern zu groß sind, und versuchen, die Texte mitzurappen, ohne die Hälfte zu verpatzen. Das ist Musik. Nicht die Klänge, die durch diese Tür dringen und im Kopf perlen wie Wassertropfen.

Wenn er die Augen schließt, sieht er kleine Dinge, die tanzen. Formen. Farben. Er ist traurig und irgendwie auch fröhlich. Er versucht zu denken, aber es geht nicht, also lässt er sich mit dem Strom treiben, der aufsteigt, absinkt, aufwirbelt, und die entflohenen Noten drehen sich wie ein Fischschwarm in der Sonne. Wie Nemo. Oder bunte Sterne am Himmel.

Irgendwo in der wirklichen Welt heult ein Motorroller auf, ein gellendes, ohrenbetäubendes Geräusch. Es durchbricht die Noten, zerstreut den Fischschwarm, verscheucht die Sterne, die sich über den Himmel verteilen. Deshalb geht der kleine Junge näher, zögert, hält den Atem an und drückt sein Ohr an die Tür.

1

Ich mag keine Menschenmengen. Ich habe Menschenmengen noch nie gemocht. Ich bin keiner von denen, die sich in Stadien quetschen oder sich auf Terrassen zusammenscharen, um im Mief von Schweiß und Abgasen in der Sonne zu braten. Und niemand, der sich den Gare du Nord zur schlimmsten Tageszeit antut, doch man kann dem nicht immer entgehen. Paris ist eine sonderbare Stadt, die ständig zwischen Paradies und Hölle pendelt, doch wenn man die Maschinerien zähmt, kommt man eigentlich ganz gut zurecht. Man muss die Schleichwege kennen, die Schlupflöcher, die Gässchen. Die Flut meiden. Die Hauptverkehrsstraßen umgehen. Die Zeit im Auge behalten. Keinen Termin bei seinem Psychiater zu der Zeit ausmachen, wenn ganze Banlieues scharenweise auf die Abendzüge stürmen. Alles, damit ein Freudianer mit übereinandergeschlagenen Beinen, undurchdringlich wie ein Mönch, meine Misserfolge mit einem Kopfnicken bestätigt. Ich frage mich wirklich, warum ich meine Zeit mit diesem Typen verschwende.

Sich ein Taxi zu nehmen, ist übrigens die beste Methode, um eine Stunde im Stau zu sitzen, für fünfzig Euro, untermalt von Radio Nostalgie. Das halte ich nicht aus. Da fahre ich immer noch lieber Métro und ringe im Dunst kalter Zigaretten zwanzig Minuten um frische Luft.

Eine graue Masse, unförmig und disharmonisch, drängelt sich auf den Bahnsteigen, gafft und tritt von einem Fuß auf den anderen. Ich schlängle mich durch. Ich gebrauche die Ellbogen. Bemühe mich gar nicht erst, auf die Gesichter zu achten, die sich verwischen. Wie alle Pariser schaue ich die Leute an, ohne sie zu sehen. Wir sind nur Hindernisse in einer bewegten Szenerie, wo jeder sich beeilt, dem anderen auszuweichen.

Drei Soldaten auf Patrouille schauen finster drein und drehen sich nach mir um, als hätte ich eine Bombe. Ich schätze, mit meiner Hornbrille, meinem grauen, taillierten Mantel, meiner Umhängetasche aus Rohleder und meinen an diesem Morgen polierten Schuhen sehe ich wohl aus wie ein Terrorist. Ich habe mich immer gefragt, warum sie einen Kampfanzug in den Farben des Dschungels tragen müssen, um auf einem Bahnsteig auf- und abzugehen.

Ein Anflug von Schwindel zwingt mich, einen Augenblick stehenzubleiben und tief durchzuatmen. Die Erschöpfung, die Schlaflosigkeit, meine Schultern sind schwer. Ich schließe die Augen. Ich werde überholt, angerempelt, während ich aus meinen Reserven schöpfe, um gegen die Müdigkeit anzukämpfen. Geschützt hinter meinen geschlossenen Augenlidern, klinke ich mich mitten in der Menschenmenge aus. Und das danteske Tosen des Bahnhofs stürmt auf mich ein, dröhnt in mir wie ein Erdbeben. Das metallische Kreischen der Züge vermischt sich mit dem Summen der Menschenmenge, Handyklingeln, Rufen, Lachen, Hektik, die Stimme, die die Reisenden aus Paris–Lille aufruft, sich auf Gleis 17 zu begeben. Dann ein Ton. Und noch einer. Und wieder einer. So vertraut, dass ich beinahe glaube, es wäre eine innere Stimme. Es fühlt sich an, als würde ich einen alten Freund wiedertreffen, und es fühlt sich nicht nur so an, denn mit Bach habe ich angefangen, noch bevor ich schreiben konnte. *Präludium und Fuge Nr. 2 in c-Moll*.

Ich öffne die Augen wieder.

Die Töne folgen aufeinander, fließend, sanft und ruhig wie ein Fluss, und ich höre nur noch sie. Ich folge ihrer Fährte, schwimme gegen den Strom der Masse. Das kann nicht sein, denke ich, nein, das kommt vom Band. Niemand kann so auf einem Bahnhofsklavier spielen. Ich bin hier hundertmal vorbeigekommen und hörte Möchtegern-Klaviervirtuosen stümperhaft einen Abklatsch von Michel Berger spielen. Dieses Stück habe ich Dutzende Schüler verschandeln hören, ohne jemals erleuchtet zu werden. Berufsmusiker hämmerten es, als wäre das Klavier ein Amboss.

Der Klavierspieler ist ein Junge von zwanzig Jahren, er trägt eine Kapuzenjacke, ein Rucksack steht zu seinen Füßen. Ein Blondschopf mit zerzausten Haaren, die Augen geschlossen, und seine Finger huschen mit fliegender Gewandtheit über die Klaviertasten. Ohne Noten. Ich stehe einfach nur da und schaue ihm zu, ich kann es nicht fassen, frage mich, wie er es schafft, sich mit seinen riesigen

Turnschuhen nicht in den Pedalen zu verheddern. Und ich lauere. Instinktiv. Ich lauere auf den Fehler, den Fehlgriff, den falschen Ton, den Ausrutscher. Nein, er spielt nicht perfekt. Eigentlich nicht. Nicht im technischen Sinne. Aber er reißt mich mit, hindert mich daran, zu filtern, zu beurteilen, sein Spiel in Worte zu fassen. Meinerseits die Augen schließend, nehme ich nur noch einen Gebirgsbach wahr, Wolken, die schnell über einen Gewitterhimmel ziehen, und die Ergriffenheit, die mir die Kehle zuschnürt.

Plötzlich reißt der Strom ab. Ein Ton hängt in der Luft, ein Rest, der fehlt, der Bahnhofslärm setzt wieder ein. Eine Stimme ruft: »He, du!«, und der Junge springt auf, schnappt sich seine Tasche. Flüchtig treffen sich unsere Blicke. Dann sucht er das Weite, während drei Polizisten sich einen Weg durch die Menge bahnen.

»Aus dem Weg! Polizei!«

Ohne mich einen Millimeter von der Stelle zu rühren, beobachte ich, wie sie sich an seine Fersen heften, während er schon in der Menge verschwindet. Einen Moment lang erkenne ich noch seine blonden Haare und seinen grauen Rucksack, dann rennt er eine Treppe hinunter zur Métro, stürzt fast über die Leute. Zwei Polizisten sind ihm nachgelaufen, während ein dritter stehenbleibt, um etwas in sein Walkie-Talkie zu brüllen.

Ich habe das Gefühl, aus einem Traum aufzuwachen.

»Was hat er denn angestellt?«, fragt eine alte Dame, die sich an ihre Handtasche klammert.

»Ich weiß es nicht, Madame.«

»Hat er Ihnen etwas gestohlen?«

»Nein.«

Sie seufzt.

»Trotzdem … Nirgendwo ist man mehr sicher.«

Die Schaulustigen gehen weiter, die Alte zieht ab und schimpft auf diese traurigen Zeiten, und ich stehe da, fixiere die Stelle, wo der Junge verschwunden ist. Als könnte er zurückkommen, um die letzten Noten seines unvollendeten Stücks zu spielen. Zwei Mädchen haben sich an das Klavier gesetzt, jede mit halbem Hintern auf dem Hocker, um vierhändig eine grauenhafte Interpretation von *Let It Be* zum Besten zu geben. Niemand würde sich wundern, wenn die Polizei es auf sie abgesehen hätte.

*

»Hörst du mir zu?«

Nein, sie hört mir nicht zu. Mathilde hört mir schon seit langer Zeit nicht mehr zu, nicht so richtig, vielleicht mit halbem Ohr. Ihr Blick, verloren zwischen zwei Kissen, ist auf die Falten des Sofas geheftet.

»Entschuldige. Was hast du gesagt?«

»Nichts … Ich habe vorhin am Bahnhof ein kleines Wunder erlebt.«

»Aha.«

»Eine erstaunliche Feinsinnigkeit. Außergewöhnlich.«

Sie nickt, bemüht sich, ihr Desinteresse zu verbergen,

doch dafür kenne ich sie zu gut. Gut genug, dass ich ihr den Rest meiner Geschichte erspare, mit der sie nichts anfangen kann. Unsere Gespräche sind hoffnungslos banal geworden, so dass sie über das Zweckdienliche hinaus gar nicht mehr stattfinden. Denk dran, die Putzfrau zu bezahlen. Die Halogenlampe auszuwechseln. Den Nachbarn den geliehenen Parkausweis zurückzugeben. Genau das, was uns nie passieren würde, das hatten wir uns geschworen. Nicht uns. Nicht so.

Wie jeden Abend scheint mir die Wohnung zu groß, zu kalt, zu leer. Ich kann kaum glauben, dass wir hier vor noch gar nicht allzu langer Zeit glücklich waren, in dieser Theaterkulisse, wo alles seinen festen Platz hat. Die Sofas, die Beistelltische, die Lampen mit den Kupfer-Ständern, die Eiffel-Stühle, das Klavier. Alles in getrübten Farbtönen. Mausgrau. Taupe. Und die Bibliothek natürlich. Eine vernünftige Mischung aus klassischer und zeitgenössischer Literatur, ein paar antike Werke, einige Bildbände, Mainstream und Kontroverses. Jetzt, wo sie nur noch eine leere Hülle ist, scheint mir diese Wohnung künstlich und hohl wie ein Schauraum bei Ikea. Nur, dass die Möbel keine unaussprechlichen Namen haben, sie stammen aus dem Conran Shop, dem Louvre des Antiquaires oder dem Haus meines Vaters. Ich habe lange geglaubt, dass dieser Ort mir entspricht. Doch das tut er nicht. Vielleicht bin ich ja auch derjenige, der sich verändert hat.

»Hast du Hunger?«

Ich stelle diese Frage aus Prinzip, auch wenn ich die

Antwort darauf kenne – möge der Tag nie kommen, an dem ich sie nicht mehr stelle.

»Nein. Ich esse später zu Abend.«

Ich stehe auf, überlasse sie der Betrachtung der Falten im Sofa, um allein in die Küche zu gehen, die so auf Hochglanz poliert ist, dass mein Spiegelbild mir bis zum Kühlschrank folgt. Er ist fast leer, ein Rest Schafskäse, zwei Scheiben Putenschinken. Ich lege sie auf die Anrichte aus gebürstetem Metall, dorthin, wo wir uns, wenn wir aus dem Theater kamen, über riesige Käseplatten hermachten. Noch mehr Erinnerungen werden wieder lebendig, ich weiß nicht, warum heute, vielleicht wegen dieses namenlosen Klavierspielers, der verdrängte Gefühle geweckt hat … Dieser Tisch hat noch andere Sinnenfreuden gesehen als den Löffel im Vacherin, Umarmungen, die mir heute so weit weg scheinen, dass ich hundert Jahre alt sein könnte. Hier haben wir voller Leidenschaft gevögelt. Wir zogen uns aus, fiebrig, stürmisch, in den Scherben eines zerbrochenen Tellers. Wir verschlangen uns gegenseitig.

Das Einzige, was von dieser Zeit übrig ist, ist der Keller, aus dem ich jeden Tag Flaschen heraufhole, die wir für besondere Gelegenheiten aufgehoben haben. Jetzt gibt es keine besonderen Gelegenheiten mehr, also trinke ich allein, um diesen kleinen Rest an Freude aufzuspüren und damit diese Nuits-Saint-Georges nicht bis in alle Ewigkeit darauf warten, dass man sie entkorkt. Dass Mathilde nur Badoit-Wasser trinkt, spielt keine Rolle. An diesem Abend begleitet ein Rest Vosne-Romanée den Fleury-Michon-

Putenschinken, den ich zwischen zwei Scheiben labbriges Toastbrot lege. Das Beste in den schlimmsten Zeiten.

»Vielleicht sollten wir das Wohnzimmer neu streichen. Was meinst du dazu?«

Ich hebe den Blick, im Mund noch diese Putenscheiben mit Plastikgeschmack, die der Hersteller unbeirrt als Schinken bezeichnet. Mathilde steht in der Tür, starrt ins Leere, und ich würde ihr am liebsten antworten, dass ich gar keine Meinung dazu habe.

»Warum nicht.«

»Das würde zu den neuen Vorhängen passen.«

»Stimmt.«

»Ich habe an etwas Helles gedacht, Blassgelb vielleicht. Oder sogar Pastellblau.«

»Gute Idee.«

»Es ist dir egal.«

»Nein, überhaupt nicht.«

Wir sprechen ein bisschen über Farben. Und Möbel. Als könnte es irgendetwas ändern, wo mein Lesesessel steht, wo wir doch längst im freien Fall sind. Als könnte uns ein neues Esszimmer dazu bewegen, wieder Gäste einzuladen. Für eine Sekunde ist mir danach aufzustehen, die zwei Meter, die uns trennen, zu überwinden und sie sanft in den Arm zu nehmen, aber es ist zu spät, darüber sind wir hinaus. Oder vielleicht habe ich nicht mehr die Kraft.

Heute habe ich einen Hauch Leben gespürt.

Aber nicht hier.

Ich muss diesen Jungen wiederfinden.

2

Alter, so langsam geht der mir echt auf den Sack mit seinen Wheelies. Der fährt jetzt bestimmt schon zum zehnten Mal mit seiner Yamaha an uns vorbei, das macht mehr Lärm als ein Düsenjet beim Start. Mal ganz abgesehen von dem Benzingestank, geschmortem Gummi auf Asphalt und dem Qualm. Der Rauch von der Shisha steigt mir auch zu Kopf, und von dem Apfelgeschmack kommt's mir langsam hoch. Ich setze aus.

»Willst du nicht mehr?«

»Nö.«

Driss reicht den Schlauch an Kevin weiter, und ich hab ein Déjà-vu. Wahrscheinlich, weil ich genau das gestern und vorgestern und die ganze letzte Woche gesehen habe. Es ist so normal geworden, auf der Rückenlehne der Bank zu sitzen, inzwischen tut mir nicht mal mehr der Arsch weh. Links von mir Kevin, wie immer mit seinem Paris-Saint-Germain-Trikot, rechts von mir Driss in seiner überweiten Jogginghose, in die locker zwei von ihm reinpassen. Wir gehören zur Ausstattung. Wie die Geier hocken wir vor Wohnblock B und lassen alles an uns vorbeiziehen, Leute, Autos, das Motorrad von dem Blödmann.

»Ey, was hast du denn da an?«

Stimmt, das war gestern noch nicht da: die knallroten Air Max an Driss' Füßen. Hundertsiebzig musst du dafür blechen. Kevin kapiert's nicht, und ich auch nicht, weil es über ein Jahr her ist, dass Driss ein Gehalt hatte, das war bei der Essensausgabe in der Pablo-Neruda-Schule – und da haben sie ihn nach drei Tagen rausgeschmissen, weil er die Kids zum Rauchen animiert hat.

»Sind die echt?«, fragt Kevin.

»Ja, klar, sind die echt. Direkt aus LA!«

»Laber nicht!«

»Doch, ich schwör! Hat mir mein Cousin organisiert.«

Ich schmeiß mich weg. Driss' Cousin kennen wir schon. Oder besser gesagt, kennen wir nicht, weil es den nämlich nur in Driss' Kopf gibt. Jahrelang haben wir auch an ihn geglaubt, einer von uns, der in Kalifornien sein Glück versucht hat. Er hat als Rapper eingeschlagen, Ferraris, Klamotten, I-Phones und Waffen vertickt, Battles im Surfen, Thaiboxen und MMA gewonnen, Models abgeschleppt und eine Mojito-Bar am Strand aufgemacht. Dann wurden wir älter, suchten ihn auf Facebook, Instagram und Snapchat, und, klar, da war er nicht, nirgends, weil es ihn nicht gibt. Driss' Cousin ist eigentlich er selber, in seinen Träumen.

Mir geht das am Arsch vorbei, weil es eh zu spät ist, aber Kevin lässt nicht locker.

»Alter, jetzt hör doch mal mit dem Scheiß auf! Wo hast du die Nikes her?«

»Hab ich doch gesagt, du Penner, von meinem Cousin!«

»Als ob! Gibt's den jetzt, oder wie?«

Ich klinke mich aus und gucke auf die Uhr, während Kevin an einem von Driss' Schuhen herumzerrt, um ihn Driss auszuziehen. Fehlt mir grade noch, dass ich meinen Zug verpasse, ich bin diese Woche schon zweimal zu spät gekommen.

»Ha, fake, wusste ich's doch!«, schreit Kevin triumphierend und hält einen roten Air Max hoch. »Made in China! Sogar das Logo ist falschrum!«

»Red kein Scheiß!«, grummelt Driss.

Ich schnappe mir meinen Rucksack, nehme einen letzten widerlich schmeckenden Zug aus der Shisha – keine Ahnung, wieso – und gehe Richtung Bahnhof. Sie rennen mir hinterher, jeder will mich auf seine Seite ziehen, sie halten mir den Schuh unter die Nase, damit ich Schiedsrichter spiele.

»Ist das fake oder nicht?«

»Was weiß ich, ist mir auch scheißegal, ich bin spät dran.« Kevin klopft mir mitleidig auf die Schulter.

»Echt, arbeitest du immer noch da? Alter, hast du nicht die Schnauze voll?«

»Wieso, ist mein Traumjob.«

»Jetzt mal ohne Scheiß … wie lange willst du das noch machen?«

»So lange, bis du mir ein Gehalt zahlst.«

Er grinst verschwörerisch und setzt eine geheimnisvolle Miene auf, wie immer, wenn er eine Schnapsidee hat. Beim letzten Mal ging es um das neueste Samsung, frisch vom Laster, für nur vierzig Euro. Wart' ich bis heute drauf.

»Ist vielleicht gar nicht mal so unwahrscheinlich …«

»Was? Dass du mich bezahlst, damit ich hier bleibe?«

»Nein. Aber ich bin da an einem großen Ding dran. Wenn das erst mal läuft, kannst du aufhören mit deinem Scheißjob.«

»Lass mal, deine Dinger kennen wir schon.«

»Das hier noch nicht.« Ich zucke mit den Schultern, aber Driss hat angebissen und sieht sich schon auf seiner Dachterrasse in Los Angeles.

»Was denn jetzt? Worum geht's da?«

»Kann ich noch nicht sagen. Aber wenn, seid ihr die Ersten.«

»Was Großes?«

»Genug, dass du dir *echte* Nikes kaufen kannst. Und den kompletten Foot-Locker-Laden!«

»Jetzt sag halt schon, Mann, um was geht's da?«

Wie immer wird Driss ihn ewig bearbeiten müssen, ehe er's endlich ausspuckt, und dann geht's los, Spinnereien für mindestens eine Woche. Ich scheiß drauf, ich fall da nicht mehr drauf rein, ich hab weder vierzig Euro, die ich in ein imaginäres Handy stecken könnte, noch die Absicht, wieder bei krummen Dingern mitzumachen, die auf meine Mutter zurückfallen. Hätte ich jedes Mal, wenn meine Mutter meinetwegen zur Polizei musste, hundert Euro gekriegt, wäre ich reich. Letzte Woche erst hab ich ein I-Pad geklaut, das lag am Bahnhof auf einem Koffer, total dumm, total riskant, und es ist nur ein Fünfziger dabei rausgesprungen. Jetzt ist Schluss mit dem Scheiß.

*

Gang 13, Stellplatz B3. Zwei Bewegungen mit dem Schaltknüppel, Rückwärtsgang. Die Gabeln vom Gabelstapler schieben sich unter die Palette und heben sie fast mühelos an. Und es geht nach oben. Hoch über meinem Kopf, es wackelt ein bisschen, aber der Karton bleibt, wo er soll, und fällt brav an seinen Platz. Genau wie die anderen. Wie die vierunddreißig anderen vor ihm heute Nachmittag, alle mit der Aufschrift »zerbrechlich«, eine ständige Warnung, dass eine falsche Bewegung mich meine Prämie kosten kann. Die ersten paar Tage hat mich das gestresst, ich hatte feuchte Hände. Jetzt nicht mehr, ich weiß, wie's geht. Mein Job ist wie ein riesiges Lego-Spiel, man muss Kisten auf Kisten stapeln, und das Lager ist so scheißgroß wie eine ganze Stadt. Einfach, mechanisch, stumpf, macht den Kopf frei und bringt am Monatsende tausend Euro ein, abzüglich der Vermittlungsgebühr an die Zeitarbeitsfirma. Verglichen mit der Arbeit bei Mäcces ist das ein echter Glücksgriff: Meine Klamotten stinken nicht, mir kommt nicht das Kotzen, und niemand schreit mich an. Darf nur nicht dran denken, dass ich mein Leben in diesen grauen Gängen verbringe, die so lang sind, dass man fast glauben könnte, sie führen irgendwohin.

Ich beschleunige.

Gaspedal durchdrücken.

Das ist mein kleines Vergnügen, volle Kanne durchs Lager, der ganze Fenwick vibriert, bis hinter zur Laderampe.

»Hey, piano, Malinski! Du bist hier nicht beim Großen Preis von Monaco!«

Ich bremse.

Die kotzen mich alle an, beim kleinsten Furz werden die Zügel angezogen, als ob ich was kaputt mache. Ich hab noch nie was verkackt, und auf den Bereichsleiter scheiß ich, der hasst sowieso alles – zu schnell fahren, zu langsam fahren, kurz Pause machen. Also setz ich meine Kopfhörer auf und drücke auf Play, so bring ich ihn zum Schweigen. Und dann dreh ich auf. Bis das *Präludium* von Bach die ganze Lagerhalle ausfüllt, vom Boden bis zur Decke. Wenn ich die Augen zumache, habe ich fast das Gefühl, dass meine Finger über die Tasten gleiten, dass ich im Takt des Fenwick spiele, auf den Tönen dahinfahre. Die Rädchen, das Geklapper, das Vibrieren, alles verschmilzt mit der Musik, und ich hebe ab, als würde ich auf Wolken schweben. Der Rückwärtsgang ist in c-Moll. Das Quietschen der Gabeln gibt das Tempo vor. Und die Musik strömt zu mir zurück, bis in die Fingerspitzen, ist im vibrierenden Lenkrad, wird eins mit meinem Herzschlag, und ich denke an nichts mehr, vergesse das Lager, die Kisten, die Stimme, die irgendwas in den Lautsprecher bellt, vergesse alles. Ich bin eins mit dem roten Stapler, verschmolzen mit dem Metall, bin ein Notenregen, und er auch.

Plötzlich ertönt ein durchdringendes Klingeln. Schrill. Endlos.

Feierabend.

Wie in der Schule.

»Ey, Mathieu, bist du taub, oder was?«

Nein, ich bin nicht taub, ganz im Gegenteil, aber ich hasse es, mitten im Stück einfach abzubrechen, das ist, als würde ich dem Pianisten den Klavierdeckel auf die Finger hauen.

Ein paar Lageristen in grauen Overalls gehen zu den Spinden, während ich den anderen hinterherfahre und meinen Fenwick ordentlich einparke, Stellplatz 7. Hier hat alles seinen Platz. Nur ich nicht.

»Was hörst'n?«, fragt der dicke Marco, er hat auf mich gewartet.

»Nichts. Radio.«

Er nickt automatisch, weil's ihm im Grunde wurscht ist, was ich höre. Die Leute reden, um zu reden, um ihre Einsamkeit zu übertönen, und überhaupt besteht nicht die geringste Chance, dass er Bachs *Präludium* kennt. Niemand kennt Bachs *Präludium*. Marco ist Johnny-Hallyday-Fan, er hat sogar sein Konterfei auf dem Arm, mit einer Harley im Hintergrund; darunter steht *Quelque chose de Tennessee* in gotischer Schrift.

Auf dem Heimweg behalte ich das *Präludium* weiter im Ohr, damit ich den RER ertrage, als würde ich weiter allein durch leere Gänge fahren statt im vollen Zug. Komisches Wetter heute, weder schön noch schlecht, die

Wolken hängen so tief, dass sie den Horizont verdecken. Nicht, dass es was zu sehen gäbe, aber trotzdem, wenn die Landschaft verschwindet, kommt mir die Fahrt noch länger vor. Zu viele Leute. Zu viel Lärm. Kein Bock, hier zu sein. Nicht mal Bock, nach Hause zu gehen, wo ich meinem Bruder Abendessen mache und dann vor der Glotze hänge oder noch mal zu den anderen runtergehe, wo wir über alles und vor allem über nichts reden, bis zwei Uhr morgens. Wenigstens mit einem hat Kevin recht: Tausend Euro ist nicht grad viel Geld für so ein beschissenes Leben.

Am Gare du Nord gibt es ein großes Gedränge beim Aussteigen, zu den Rolltreppen stürzen, zu den Zügen in die Vororte sprinten. Ich halte mich rechts. Die Woge an Menschen, die wie angestochen die Treppen hochrennen, überholt mich, ich werde angerempelt und schaue einem Hintern in zu engen Jeans hinterher. Ein Kind lächelt mir zu, ein Typ im Anzug schreibt SMS, zwei Touristen streiten. Ich beobachte gerne Leute, das ist, als würde man ihnen kleine Stücke aus ihrem Leben klauen.

Oben schaue ich möglichst stur geradeaus.

Auf Anzeigen, Abfahrtszeiten.

Klavier ignorieren.

Aber niemand spielt. Pech gehabt. Ich hatte gehofft, es ist besetzt, eine Menschentraube drum herum, doch nein, es wartet auf mich, niemand da, ein leerer Klavierhocker und verwaiste Tasten. Als hätte ich ihm gefehlt. Als würde es mich stumm rufen. Jeden Tag dasselbe, immer gleich verlockend, und ich weiß nur zu gut, dass das eine bescheuerte Idee ist, weil die Bullen mich schon eine ganze Weile auf dem Kieker haben.

Zum Glück kann ich schnell rennen.

Der Form halber zögere ich noch einen Moment. Dabei weiß ich ganz genau, wie das ausgeht. Dann setze ich die Kapuze auf – nein, ist nicht unauffälliger, und ja, das sieht assi aus – und setze mich. Meine Finger gleiten über die Tasten, meine Füße suchen die Pedale. Ich atme ein paarmal tief durch. Langsam. Um meinen Atem zu beruhigen. Um mich zu beruhigen. Diesen Moment muss man genießen, wie ein Raucher den ersten Zug. Das ist meine Atempause heute. Die einzige, die ich habe. Gleich höre und sehe ich nichts mehr und denke nicht mehr an mein Leben.

3

Präludium und Fuge Nr. 2 in c-Moll. Wie beim ersten Mal. Mit derselben fliegenden Gewandtheit, derselben Energie, derselben Unbeschwertheit. Jede Note fällt dahin, wo ich sie erwarte, da, wo sie sein muss, in dieser unsichtbaren Harmonie, die der kleinste Fehler zerreißen könnte. Ein Musikstück ist wie ein Kartenhaus, ein Lufthauch genügt. Ich gehe langsam näher, fürchte, dass der Augenblick sich verflüchtigen könnte, dass dieser Junge, den ich gesucht habe wie Aschenputtel, wieder verschwindet. Schon seit einer Woche lebe ich von dieser Erinnerung, geistere in der Hoffnung, ihn wiederzusehen, um diese Uhrzeit im Gare du Nord herum. Ich weiß, wie ich aussehe, und das ist mir völlig egal. Beinahe hoffe ich, mich getäuscht zu haben, dass sein *Präludium* nur ein mühevolles Training, ein verkappter Geniestreich war, aber nein, seine Finger fliegen mit erstaunlicher Leichtigkeit über die Tasten.

Die Fahrgäste in diesem Feierabendgewühl sind in Eile, laufen um das Klavier herum, stoßen mit ihren Rollkoffern an den Hocker. Keiner von ihnen scheint sich von der Musik in ihren Bann ziehen zu lassen, und dabei … Der Gedanke, dass manche viel Geld für einen Platz in der ersten Reihe im Salle Pleyel für diese Interpretation von Bach bezahlen, ist komisch. Ich gehe vorsichtig noch einen Schritt näher, und kann noch immer nicht die Gesichtszüge des Jungen unter seiner Kapuze erkennen. Sein ganzer Körper schwingt mit der Musik, wie von einer Welle getragen, und seine großen Turnschuhe treten die Pedale mit einer Art beherrschter Gewalt herunter.

Zwei Polizisten patrouillieren, kaum zehn Meter entfernt.

Sie schauen her.

Ich halte den Atem an.

Dem Jungen auf die Schulter zu tippen, ihn aus seiner Trance zu reißen, wage ich nicht, doch dann wenden sie sich ab, und ich atme auf, denn ich denke gar nicht dran, ihn ein zweites Mal entwischen zu lassen. Jetzt, da ich ganz nah bin, sehe ich sein Gesicht, ich sehe, dass er mit geschlossenen Augen spielt. Ohne Zögern, ohne danebenzugreifen. Blind.

Ich muss mit ihm sprechen.

»Entschuldigen Sie ...«

Diese zwei Wörter lassen ihn aufschrecken wie ein Pfiff. Aus seinem *Präludium* gerissen, als sei er aus dem Bett gefallen, schaut er mich verständnislos an, seine klaren blauen Augen funkeln voller Misstrauen. Er steht auf. Nimmt seinen Rucksack. Und stiefelt geradewegs davon, ohne sich umzudrehen.

»Warten Sie, gehen Sie nicht ...«

Er wird schneller, und ich fange an zu laufen, mein

Herz klopft. Den Kopf zwischen die Schultern gezogen, setzt er seinen Rucksack auf und bahnt sich einen Weg durch die Menge, wobei ihm seine jugendliche Geschicklichkeit, seine Turnschuhe und seine Erfahrung mit Stoßzeiten zugutekommen. Ich dagegen bin achtundvierzig Jahre alt, die Sohlen meiner Stiefeletten sind glatt, und es ist schon lange her, seit ich zuletzt in einem Fitnesszentrum gewesen bin.

»Ich möchte nur mit Ihnen sprechen!«

Verstohlen, mit dem Blick eines gehetzten Tiers, dreht er sich um.

»Ich hab nichts gemacht.«

»Oh, doch, Sie haben etwas gemacht: Sie haben das *Präludium in c-Moll* gespielt, wie ich es noch niemanden habe spielen hören.«

Nachdem er sich flüchtig umgeschaut hat, schenkt er mir ein leicht ironisches Lächeln.

»Und? Wollen Sie jetzt ein Autogramm?«

»Ich will nur eine Minute Ihrer Zeit.«

»Wozu?«

»Um mit Ihnen zu sprechen. Das ist das zweite Mal, dass ich Sie spielen höre und …«

Und Ende. Er verschwindet schon wieder im Getümmel, diesmal noch schneller, ich muss ihm fast hinterher sprinten.

»Warten Sie kurz … Ich heiße Pierre Geithner. Ich arbeite im CSMP. Das kennen Sie bestimmt.«

Ohne langsamer zu werden, ohne sich umzudrehen, als

ob ich zu einer Kapuze sprechen würde, antwortet er kurz angebunden:

»Wo?«

»Im Conservatoire supérieur de musique de Paris, dem Pariser Konservatorium. Ich leite den Fachbereich Musik.«

Er stoppt abrupt, seine Haltung drückt seine Angriffslust aus, und ich erkenne ihn kaum wieder.

»Ich weiß nicht, was Sie wollen, aber ich muss meinen Zug kriegen. Also sind Sie jetzt mal bitte so nett und lassen mich in Ruhe.«

Hektisch wühle ich in der Innentasche meiner Jacke nach einer Visitenkarte, die, wie ich hoffe, seine Zweifel an meinen Absichten ausräumen wird. Und da er wieder weitergeht, schiebe ich mich durch die Scharen von Menschen, die sich auf dem Bahnsteig drängen.

»Kommen Sie zu mir ins Konservatorium«, sage ich und halte ihm meine Karte hin. »Wir könnten über Ihre Pläne reden, Ihre Karriere …«

»Genau, gute Idee«, antwortet er, ohne sie zu nehmen.

Ich beharre darauf. Viel tiefer kann ich in meinem Stolz jetzt auch nicht mehr sinken, und ich will mir nicht vorwerfen müssen, dass ich nicht alles versucht hätte.

»Nehmen Sie sie, das ist doch ganz unverbindlich … Bitte.«

Er ist schon mit einem Fuß auf dem Trittbrett des Zuges, als er sich ein letztes Mal umdreht, ärgerlich, aber auch neugierig. Als ich mit meiner ausgestreckten Hand dastehe, habe ich das unangenehme Gefühl, ein Zeuge Jehovas zu sein, der einem Atheisten eine Bibel anzudrehen versucht.

»Scheiße, Sie lassen echt nicht locker.«

»Nicht, wenn etwas es wert ist.«

Nach kurzem Zögern nimmt er schließlich die Karte, ohne sie anzuschauen, und vergräbt sie in der Gesäßtasche seiner Jeans. Ein Signal kündigt an, dass die Türen sich jetzt schließen, die letzten Fahrgäste zwängen sich in den Zug, und der Junge verschwindet, nachdem er sich mit einem Blick vergewissert hat, dass ich noch auf dem Bahnsteig stehe. Ich bin noch da. Ohne zu wissen, was ich eigentlich davon halten soll. Voller widersprüchlicher Gefühle. Und Musik. Meine innere Klaviatur schwingt noch im Rhythmus des *Präludiums*, dieses unvollendeten Stücks, von dem ich vielleicht niemals das Ende hören werde.

*

Rauchen ist wie eine alte Narbe, man wird sie nie wirklich los. Die letzte Zigarette ist fünf Jahre her, vielleicht länger, aber das Verlangen kommt manchmal in Wellen wieder, so stark, dass ich die Wärme zwischen meinen Fingern spüre. Und dieses Päckchen, schwarz, hässlich, mit Fotos von Raucherlungen bedruckt, zieht mich an wie ein Magnet.

»Willst du eine?«

»Nein, danke. Ich will nicht wieder anfangen.«

»Weiß ich doch, aber …«

Aber ich habe allen Grund, es zu tun. Ressigeac weiß das, wie alle, und trägt weiter sein beruhigendes Lächeln zur Schau, das genauso falsch ist wie eine von einem Erstsemester gespielte Sonate. Ich kenne ihn in- und auswendig. Ich weiß, dass er nach den richtigen Worten sucht, um mir das beizubringen, was ich seit Monaten befürchte.

Er faltet die Hände, stützt die Ellbogen auf den Tisch, holt tief Luft. Ich fand immer, dass er an einen Politiker erinnert, mit seinen graumelierten Haaren, seinen blauen Hemden, seinen tadellosen Sakkos und in dieser steifen Kulisse, wo alles in Reih und Glied steht. Ein großer Schreibtisch aus Glas, ohne den kleinsten Fingerabdruck, ein Chefsessel, ein gerahmtes Notenblatt und Fotos von Orchestern an der Wand – natürlich in Schwarzweiß. Nicht zu vergessen die scheußliche bronzene Mozartbüste aus dem 19. Jahrhundert, die ihm als Briefbeschwerer dient – fehlt nur noch eine Plakette »Souvenir aus Salzburg«. Sie ist der Stilbruch, die Kleinigkeit, die ihn verrät. Ressigeac haben die neuen Räumlichkeiten des Konservatoriums nie gefallen, zu modern, zu groß, zu hell, als ob der Schatten seiner Ahnen ihn zum Staub lockte. Wenn er die Wahl gehabt hätte, würde er diese ehrwürdige Institution von einem Schreibtisch aus Leder und dunklem Holz aus leiten, in einem Haus aus dem Zweiten Kaiserreich im Parc Monceau, sich Ballerinas halten und Havannazigarren rauchen statt seiner Marlboros Light.

»Ich will nicht um den heißen Brei reden, Pierre. Ich

habe mit dem Ministerium gesprochen, und, gelinde gesagt, sind sie nicht zufrieden. Sie wollen uns die Mittel kürzen.«

»Das ist doch nichts Neues«, sage ich schulterzuckend.

»Die Anmeldungen sind im letzten Quartal um zwanzig Prozent zurückgegangen, das muss ich dir ja nicht sagen.«

Er sagt es mir nicht, sondern erinnert mich daran. In diesem zugleich scharfen und honigsüßen Ton, der so typisch für ihn ist.

»Ich kenne die Zahlen, André. Die Zeiten sind schlecht, das gilt für uns alle.«

»Nicht für alle Fachbereiche. Deiner befindet sich im freien Fall … Wenn das so weitergeht, werde ich die Professoren entlassen müssen.«

Mit dem Zeigefinger schiebe ich das Zigarettenpäckchen zurück, das mich betört wie eine Nixe auf einem Felsen.

»Was soll ich dazu sagen?«

»Nichts. Ich verstehe, dass du überfordert bist … Das wäre jeder an deiner Stelle. Aber versetz dich mal in meine Lage. Du lehnst Einladungen ab, lässt dich nicht mehr auf den Premieren sehen …«

»Das ist oberflächlicher Kram. Ich habe immer meine Arbeit gemacht.«

»Repräsentieren gehört dazu, Pierre. Du kannst das nicht vernachlässigen und hoffen, dass dein Fachbereich sich über Wasser hält.«

Da mir kein Argument einfällt, ziehe ich als Antwort

nur die Augenbrauen hoch, was ihn hoffentlich an all die Jahre erinnern wird, in denen ich mich aufgeopfert habe, dank derer ich so weit gekommen bin. Man vergisst so leicht. All die Stunden, die sich angesammelt haben, die abgesagten Urlaube, die Leidenschaft, die ich in diese Abteilung investiert habe, die jetzt ins Schwimmen kommt.

»Du solltest dir etwas Zeit für dich nehmen«, spricht er mit einem väterlichen Lächeln weiter, das mich nicht täuschen kann. »Du und Mathilde, ihr müsst euch wieder ein bisschen zusammenraufen … Mal durchatmen, verreisen … Wie geht es ihr eigentlich?«

»Gut, danke.«

Ich hätte gern hinzugefügt: »Viele Grüße«, aber Ironie würde es nur noch schlimmer machen.

»Übrigens«, fährt er fort, »habe ich mich gefragt, ob du es nicht mit einer ruhigeren Stelle versuchen möchtest … Ein Konservatorium in einem Stadtteil zum Beispiel. Das würde dir helfen, ein bisschen zu verschnaufen, es wäre nur ein kurzer Anruf für mich.«

»Zu gütig.«

»Überleg es dir: Das könnte eine gute Lösung sein, so lange, bis du wieder auf Kurs bist.«

»Mit anderen Worten, du schmeißt mich raus«, sage ich mit einem kalten Lachen.

»Unsinn, Pierre. Ich will nur dein Bestes, und das weißt du.«

Ohne zu antworten, stehe ich auf. Ich habe genug gehört, und ich habe nicht vor, meiner eigenen Hinrichtung tatenlos zuzuschauen.

»Es gibt noch eine andere Möglichkeit«, räumt Ressigeac ein und steht auch auf. »Kennst du Alexandre Delaunay?«

Diese Frage, eine rhetorische Frage, jagt mir einen kalten Schauer über den Rücken. Natürlich kenne ich Alexandre Delaunay, diesen kleinen karrieregeilen Streber, den Leiter des Konservatoriums in Bordeaux, das Prunkstück unter den letzten Schülern von Boulez, der weder eine Premiere noch ein Buffet auslässt, so dass er sich ausschließlich von Petit-Fours ernähren könnte. Ein Hai der jungen Generation, herangezüchtet von Sponsoren und Partnerschaften, die es fertigbringen würden, ihre Logos im Holz der Stradivari zu verewigen. Jeder kennt Alexandre Delaunay. Und jeder weiß, dass er seit jeher Paris anvisiert.

»Er ist interessant, jemand mit neuen Ideen«, fährt er in einem Ton fort, der mich beschwichtigen soll. »Ich treffe ihn nächste Woche, und ich denke, er könnte Lösungsstrategien für den Fachbereich haben … Dir zur Hand gehen, dir helfen, es anzupacken.«

»Ich brauche ihn nicht. Und auch sonst niemanden.«

Sein zweifelndes, herablassendes Lächeln ist wie ein Schlag ins Gesicht.

»Wie du meinst. Aber ich halte es für riskant, nicht nach dem Rettungsring zu greifen, wenn man am Tiefpunkt ist.«

Die Verlockung, ihm die Meinung zu sagen, ist fast

noch stärker als der Ruf der Zigarette, aber ich werde dem nicht nachgeben. Ich kann mir nicht erlauben, meine Arbeit zu verlieren, das ist alles, was mir noch bleibt, sie ist mein Lebenssinn. Also schiebe ich meinen Stolz beiseite und bettele, wobei ich den Eindruck habe, meine letzte Munition zu verschießen.

»Du musst mir einfach vertrauen, André … Du kennst mich! Ich werde das Ruder rumreißen, ich schwöre dir, ich finde eine Lösung.«

»Wenn es nach mir ginge …«

»Gib mir noch ein bisschen Zeit. Nur ein bisschen Zeit. Mehr verlange ich gar nicht.«

Großmütig legt König Salomon mir die Hand auf die Schulter.

»Einverstanden«, willigt er mit einem Lächeln ein. »Aber ich erwarte von dir, dass du dich ins Zeug legst.«

»Das kannst du.«

Ich schleiche aus seinem Büro wie ein Kind, das gerade versprochen hat, nun artig zu sein, lehne mich an die Wand im Flur und atme endlich durch. Und ich lächle. Vor Erleichterung, aus Scham, vor Wut, ich kann es gar nicht mehr sagen. Diesen Fachbereich habe ich vor zehn Jahren eigenhändig aufgebaut, wurde mit Komplimenten und Ehrungen überschüttet. Und all das, um mich jetzt hier wiederzufinden, betteln zu müssen um meinen eigenen Posten, in einem Sinkflug, der mich unaufhaltsam zum Grund zieht. Und das Komischste ist – wenn ich so sagen darf –, ich bin fast sicher, dass ich untergehen werde.

4

Seit sie die Autos davor angezündet haben, sieht der Basketballplatz aus wie Syrien, nur dass wir hier Scheißwetter haben. Die Wände sind getaggt, die Linienmarkierungen fast verwischt, das Netz am Korb ist weg und beim Anblick der Hochhäuser will man sich am liebsten die Kugel geben. Ich hab da auch ein-, zweimal gespielt, weil Driss für den Versuch, ein zweiter Tony Parker zu werden, einen Partner brauchte. Lange ging das nicht, nicht viel länger als der Plan, Surfen zu lernen, auf einem Holzbrett, mit einem Youtube-Tutorial. Ohne Meer war das allerdings auch ziemlich ehrgeizig. Und nun komme ich jeden Tag zu diesem öden Spielfeld und hole meinen kleinen Bruder ab, der nur für den Basketball lebt. Schon witzig, wie sicher er sich ist, dass er in der NBA einschlagen wird wie eine Bombe, wenn er groß ist, als ob er die ganzen Typen nicht sieht, die ihre Träume begraben haben und nun im fettigen Dunst Chicken McNuggets servieren. Ist schon toll, wenn man erst neun Jahre alt ist.

»David!«

Ich rufe ihn zum dritten Mal, und zum dritten Mal winkt er mir kurz zu und rennt weiter. Wie jeden Tag. Das

Match steht auf der Kippe, es geht um den Punkt des Jahres, und ich muss diskutieren, ihn förmlich vom Platz zerren, als würde es mir Spaß machen, mich um seine Hausaufgaben zu kümmern. Manchmal denke ich, dass ich zu oft auf meinen Bruder aufgepasst habe, um selbst Kinder zu wollen.

»Verdammt nochmal, David!«

Eine letzte Runde High-Fives und Umarmungen – als würden sie sich nie wiedersehen – und dann kommt er endlich, verschwitzt und außer Atem, aber ungeheuer froh, dass er einen letzten Korb werfen durfte.

»Die haben wir richtig gefickt!«

»Du redest mal bitte nicht so, weil am Ende werd ich angeschnauzt.«

Er schmeißt sich weg mit seinem Kindergesicht, das so gern älter aussehen will.

»Stimmt aber, wir haben die gefickt! Was soll ich denn sonst sagen?«

»Keine Ahnung, was du willst, aber nicht ›gefickt‹. Oder du klärst das mit Maman.«

»Okay … wir haben die geschlagen.«

»Na also, geht doch.«

Ich lege ihm eine Hand auf die Schulter und höre nur mit halbem Ohr seinem Gequassel über das Spiel zu. Ein paar Typen vom Wohnblock E beugen sich über ein ausgeschlachtetes Mofa, und als wir vorbeigehen, blicken sie auf, einer lächelt David zu, der grüßt zurück. Basketball hat nicht nur gute Seiten. Auf dem Platz gerät mein Bruder auch ins Visier dieser Typen und glaubt fälschlicherweise, dass sie ihn wie einen Großen behandeln. In Wahrheit behandeln sie ihn wie einen zukünftigen Kurier für ihre Scheißdeals, und ich kann ihn noch so oft warnen, irgendwann wird's darauf hinauslaufen. Zum Glück hat er immer noch eine Scheißangst vor Mamans Wutausbrüchen, bei jeder schlechten Note schimpft sie auf Polnisch los. Wenn das irgendwann nicht mehr wirkt, muss ich übernehmen.

Als wäre ich ein gutes Vorbild.

»Was gibt's zu essen?«

»Was mit Hackfleisch.«

»Schon wieder?«

»Ja, schon wieder. Wenn's dir nicht passt, kannst du ja selber kochen.«

Er prustet los, weil er nicht mal weiß, wie man ein Ei kocht, stellt seinen Rucksack im Flur ab und rennt in sein Zimmer. Eigentlich müsste ich ihn wieder rauszerren, damit er Mathe macht. Ich lasse mich aufs Sofa fallen, weit genug weg von der Fernbedienung, damit ich nicht einschalte. Kein großer Verlust. Um die Zeit kommt sowieso nur Scheiß. Spielshows, Talkshows für Minderbemittelte und die Nachrichten auf France 3.

Die Wohnung ist wie immer ein Saustall, mein Zeug liegt rum, Davids Bälle und die alte Playstation 3, die ich nie zum Laufen gekriegt habe – wirklich gut angelegt, die fünfzig Euro. Am Anfang hat das meine Mutter wahnsinnig gemacht, dann hat sie aufgegeben. Zu müde. Zu wenig Schlaf. Die Nachtschichten im Krankenhaus haben sie so geschlaucht, dass man fast durch sie durchgucken kann, und trotzdem macht sie uns immer zu essen, »Gerichte von zu Hause«, wie sie sagt, die ich dann in der Mikrowelle aufwärme. Ich habe keine einzige Erinnerung an dieses Land, das ich mit zwei Jahren verlassen habe, und von dem sie immer noch glaubt, dass wir eines Tages dorthin zurückkehren.

Während das Abendessen in der Mikrowelle seine Runden dreht, mache ich gedankenverloren den Kühlschrank auf und sehe, dass er voller Jogurt ist. Naturjogurt. Und wenn ich »voll« sage, meine ich wirklich voll, mindestens acht Packs. Die natürlich abgelaufen sind, wie alles, was meine Mutter aus dem Krankenhaus mitbringt. Zumindest wissen wir, was es zum Nachtisch gibt.

»David! Essen fassen!«

»Gleich.«

Genau wie vorhin auf dem Spielfeld werde ich ihn zehnmal rufen müssen, damit er endlich aus seinem Zimmer kommt, und darauf habe ich heute keine Lust. Will ihm weder hinterherrennen noch ihm den Kopf mit Multiplikationstabellen vollstopfen. Mathe ist für den Arsch. Sein Abi kriegt man damit, und das ist auch für den Arsch. Wenn ich ausrechne, wie viele Stunden er bis achtzehn damit verbringen wird, unnützes Zeug auswendig zu lernen, würde ich ihm am liebsten sagen, er soll bei seiner Spielkonsole bleiben.

»Essen wird kalt!«

Es ist so heiß, dass ich mich vorhin beim Kosten verbrannt habe, aber ich weiß, dass er noch lange nicht kommt, also rechne ich Puffer ein und nutze die paar Minuten, die ich für mich habe, stelle meinen Rucksack in mein Zimmer. Zieh die Schuhe aus. Werfe mir das überweite Sweatshirt über, in dem ich mich gut fühle. Und begucke mir traurig den Zustand meines Zimmers, dagegen ist das Wohnzimmer ordentlich. Überall liegt was rum, Klamotten, Computerkabel, leere Dosen, und die geklauten Kartons, die ich für Kevin aufbewahre. Ich setze mich aufs Bett und denke, dass ich ab und zu mal aufräumen könnte, schon allein, um vielleicht mal eine Lady mitzubringen, falls ich eine kennenlerne.

Als ob, nie im Leben bringe ich ein Mädchen mit hierher.

Viel zu hässlich.

Und außerdem steht da das Klavier. Ich will nicht, dass irgendwer mir Fragen zum Klavier stellt.

Es ist unter Papier- und Klamottenbergen begraben, fast unsichtbar, mein altes Klavier, als hätte es aufgegeben. Mit einer Mischung aus Abscheu und Zärtlichkeit gehe ich darauf zu, so müssen sich Leute fühlen, die sich nicht mehr lieben, aber trotzdem zusammenbleiben. Nein, ich spiele nicht mehr. Nicht hier. Nicht in diesem Kinderzimmer, das im Gegensatz zu mir nicht älter geworden ist, weil ich nie Anstalten gemacht habe, etwas zu verändern.

Von der anderen Seite foltert mich David mit dem Geblöke von Maître Gims, und ich kann mir ein Lächeln nicht verkneifen, weil ich das Gefühl habe, das Klavier rächt sich. Ich muss für die Stille bezahlen. Den mangelnden Elan. Wie ein Straßenköter, den ich ausgesetzt habe, und der zurückkommt, um mich zu beißen. Mit dem Handrücken schiebe ich Klamotten vom Klavierdeckel und klappe ihn auf, die Tasten kommen mir noch vergilbter vor als beim letzten Mal. Ich lasse meine Finger darüber gleiten, beim Es halte ich inne, es ist stumm. Ein Blatt Papier fällt zu Boden, ich bücke mich automatisch, aber es ist kein Blatt Papier, sondern ein zugeklebter Umschlag, den ich fast vergessen hatte. Scheiße, wie lange habe ich das Klavier nicht mehr angeguckt?

Ich hebe ihn auf.

Ich gucke ihn an.

Mein Herz zieht sich zusammen.

Und ich lege ihn wieder auf die Tasten und mache den Deckel endgültig zu. Diesen Umschlag werde ich niemals öffnen.

In der fünften Etage geht das Licht aus. Plötzlich. Nun kann die Musik sich einrollen, strecken, kaskadenartig herabstürzen. Der kleine Junge bleibt stehen, den Finger auf dem Schalter, auf dem das kleine orangefarbene Licht im Dunkeln flackert. Sein Herz schlägt ein bisschen lauter, aber er wird ihn nicht drücken. Während die Töne aufsteigen wie ein Vogel, dessen Käfig man geöffnet hat, wird die Dunkelheit zu einem Umhang. Er beschützt ihn, lenkt seine Schritte, ermuntert ihn sanft, der Musik zu folgen. Die Treppe ist verschwunden, da sind nur noch schattenhafte Umrisse, das Gefühl, über den Stufen zu schweben, im Rhythmus seines Herzens zu klettern. Es ist ein wogender Weg, eine unsichtbare Wolke. Ein Fluss. Die Töne tänzeln im Schwarz, rieseln auf die Stufen, man kann sie fast mit den Fingern berühren.

Und plötzlich: Stille.

Der kleine Junge steht vor der stummen Tür und wartet. Er hält den Atem an. Die Musik wird zurückkommen, sie kommt immer zurück, er muss nur warten. Und wenn sie nicht zurückkommt, muss er sie locken wie ein kleines

Tier, indem er so tut, als würde er weggehen, ein oder zwei Stufen höher steigt. Früher oder später setzen die Töne dann wieder ein, verspielt, schlüpfen unter der Tür hindurch, um sich im Dunkeln zähmen zu lassen.

Vorsichtig legt er sein Ohr an die Tür, lauert auf das leiseste Rascheln, doch da ist nichts. Oder doch, verstohlene Schritte, das Klimpern von Schlüsseln. Die Tür öffnet sich, so schnell, dass der kleine Junge gerade noch Zeit hat, den Blick zu heben. Die andere Seite kommt zum Vorschein, hell, ganz anders, als er sie sich vorgestellt hat. Nein, da ist kein Zauberwald, auch kein Glaslabyrinth, auch kein riesiges Zimmer mit weißen Wänden voller Musikinstrumente. Es ist eine Wohnung wie jede andere, mit ausgeblichener, welliger Tapete. Ein kleiner Flur wird von einer nackten Glühbirne erleuchtet, der braune Teppichboden löst sich entlang der Fußleisten ab. An den Wänden alte, leicht verblasste Fotos. Und ein seltsamer Geruch nach Möbelwachs und Karamell.

Der kleine Junge würde den Mann am liebsten anlächeln, aber seine Maman hat ihm verboten, mit Fremden zu sprechen, weil es gefährlich ist, also tritt er einen Schritt zurück. Lächelt jetzt doch. Der Mann, der mit der Musik lebt, ist nicht mehr ganz jung, und auf seinem beinahe kahlen Kopf spiegelt sich das Licht. Seine Arme sind kurz, seine Finger behaart. Sein Bauch hängt über seinen Gürtel, wie der eines Ogers. Doch etwas Unerklärliches geht von ihm aus, die friedliche Sanftmut eines Groß-

vaters, und seine Augen leuchten. Nein, er ist nicht böse. Im Gegenteil. Er weiß, warum der kleine Junge an seiner Tür lauscht, er hat in seinem Alter dasselbe getan, vor sehr langer Zeit, zu einer Zeit, als die Menschen nicht genug zu essen hatten. Auch er ist der Musik gefolgt, bis zum Klavier, das dort im Wohnzimmer steht und das seinem Vater gehörte – dem Monsieur mit Schnurrbart auf einem Foto, in einem akkuraten Anzug. Das Klavier ist schön, ganz schwarz, ganz glatt, mit Pedalen aus Kupfer und in seinem Innern versteckt es lauter Töne.

Es scheint einfach.

Der kleine Junge hat sich ans Klavier gesetzt, es kam ihm so vor, als entdeckte er ein neues Spielzeug. Er ist ein bisschen eingeschüchtert und zugleich ungeduldig. Seine Finger laufen über die Tasten, eine weiße, eine schwarze, noch eine weiße und noch eine, die Musik nimmt unter seinen Händen Gestalt an, es ist magisch. Und einfach. Unglaublich einfach. Es genügt, sich dorthin zu setzen, auf diesen Hocker, der ein bisschen zu hoch ist, zu beobachten, zu verstehen und von vorn zu beginnen. Fehlerfrei. Eine Taste. Dann zwei. Dann vier. Jede Note über der Taste schweben lassen, die sie verkörpert. Sie bleiben dort, schelmisch, hängen in der Luft, in den Wind geschrieben, warten, dass sie von einem Fingerstreich befreit werden. Und wenn man sie eine nach der anderen loslässt, verwandeln sie sich in Musik und fliegen tatsächlich durch das offene Fenster davon, zu den weißen Gebäuden, die den Horizont verdecken.

Das Lächeln des kleinen Jungen wird breiter.
Auch in ihm ist etwas davongeflogen.
Er wird nicht mehr an Türen lauschen müssen.

5

»Verfickte Scheißtür!«

In Filmen dauert es gerade mal zwei Sekunden, ein Schloss zu knacken. Im echten Leben dauert es ewig, und der Schweiß läuft mir in Strömen den Rücken runter. Die Handschuhe stören mich, ich ersticke fast unter der Maske. Dabei sollte das alles ganz leicht gehen, eine ungepanzerte Tür in einem dunklen Treppenaufgang im Hinterhof.

Keine Ahnung, wieso ich bei diesem Schwachsinnsplan mitmachen wollte.

»Na los, feste!«, flüstert Driss.

»Was glaubst du, was ich hier mache?«

Der ist wirklich gut, zischt mir aufmunternde Kommentare ins Ohr, als wären wir im Kreißsaal. Ich drücke wie bekloppt, so sehr, dass es den Schraubenzieher verbiegt, aber das Schloss bleibt stur in seinem Gehäuse. Driss in seinem etwas zu großen schwarzen Overall versucht, die Tür mit einer Eisenstange aufzuhebeln, sie bleibt stecken, es knarrt und Holz splittert. Noch vor zehn Minuten schien uns die Sonne aus dem Arsch, in unserem Möchtegern-Ninja-Look, und jetzt krampft sich mir der Magen zusammen, wenn ich dran denke, dass jemand kommen könnte.

Ich wusste doch, dass ich misstrauischer hätte sein sollen: Kevins Pläne waren schon immer Scheißideen, wir sind zwar mit dem Chip vom Briefträger problemlos ins Haus gekommen, aber diese dämliche Tür wird uns noch verraten. Wir sind hier nicht in La Courneuve. Die Rue de Prony ist ein Nest der Bourgeoisie, prachtvolle Häuser, die aussehen wie Schlösser, und davor Autos, von denen das billigste sicher so viel kostet wie unsere Wohnung. Die Bullen werden es sich bestimmt nicht zweimal überlegen, herzukommen.

Das Schloss gibt nach.

Mit zitternden Händen tippt Driss eine SMS an Kevin, der mit dem Auto Schmiere steht. Rein statistisch haben wir zehn Minuten. Laut der – theoretisch glaubwürdigen – Aussage der Putzfrau ist die Wohnung eine wahre Goldgrube: Bargeld, Schmuck, HiFi-Anlage, und das alles ohne Tresor oder Alarmanlage. Open Bar.

Ich knipse meine Stirnlampe an und komme mir vor wie in *Ocean's Eleven*, aber mein Herz klopft wie wild, mir wird schlecht. Wir müssen schnell machen. Sehr schnell. Uns nicht in der riesigen Küche aufhalten, die so sauber ist, dass man denken könnte, die Wohnung wäre unbewohnt. Der Lichtstrahl flackert über den Küchenblock, Designerhocker aus Metall, den zwei Meter hohen Kühlschrank, dann kommt ein Raum voller Waschmaschinen, es riecht nach Weichspüler, eine Tür geht auf einen schier endlosen Flur. Driss ist schon weit weg, in einem der Schlafzimmer, und stößt unterdrückte Schreie aus.

»Boah, Alter, wie krass! Guck dir das Bett an!«

Ich habe nicht vor, mir irgendwas anzugucken, weil die Zeit läuft, und schon in der ersten Schublade der Flurkommode quillt eine alte Keksdose über vor Geld, bündelweise Fünfzig-Euro-Scheine. Eine Parkkarte. Und Schlüssel für einen BMW. Die Putzfrau hat nicht gelogen, hier ist Selbstbedienung, und ich widerstehe der Versuchung, alles zu durchwühlen, einfach, um zu sehen, was solche Leute wohl in den Schränken haben. Meine Lampe wandert über die museumsähnliche Einrichtung: Marmor, Kamine, Kronleuchter, Stuck und zierliche Sessel, so fein, dass man sich fragt, ob die wirklich zum Sitzen gedacht sind. Eins ist sicher: die Besitzer von dem Palast hier sind nicht fett.

Driss kommt endlich aus dem Zimmer, in einer Hand ein MacBook, in der anderen das Ladekabel, und der Blödmann hatte nichts Besseres zu tun, als sich eine weiße Pelzstola über die Schultern zu legen.

»Wie seh ich aus?«

»Beweg deinen Arsch, Driss. Wir müssen hier raus.«

Er feiert.

»Jetzt chill mal, Alter! Ich hab total viele Sachen für meine Mutter gefunden.«

Seine Augen glänzen, als wäre er betrunken, und ich ärgere mich immer mehr, dass das Schicksal nicht mich zum Wachposten ernannt hat. Der Druck schnürt mir die

Kehle zu. Diese Wohnung ist viel zu groß, drei Wohnzimmer nacheinander – drei! –, eine Bibliothek, ein Büro, mehrere Schlafzimmer, Badezimmer, Schränke, zu viele Türen, zu viele Flure, mir schwirrt der Kopf.

»Guck dir das Bild an!« Driss gluckst vor Lachen und nimmt ein kleines Gemälde vom Haken. »Potthässlich, aber bringt bestimmt jede Menge Kohle.«

Die zehn Minuten sind längst um, gerade bin ich in den Inhalt einer ausgekippten Schublade getreten. Unter meinen Sohlen knirscht es wie zertretenes Glas.

»Wir müssen raus«, sage ich und wische mir unter der Maske den Schweiß von der Stirn, aber Driss ist schon wieder irgendwohin verschwunden.

Ich überlege. Mein Rucksack ist schon voll, mit jeder Minute, die vergeht, steigt die Gefahr, dass wir bemerkt werden, aber er hat recht, wir haben nicht mal ein Viertel der Wohnung gesehen, und ich bin mir nicht sicher, ob ich was gegriffen habe, was das Risiko wert ist.

Der Schein meiner Lampe fällt auf einen Ring auf einem Nachttisch, daneben eine kleine Flasche Evian und irgendwelche Pillen. Ich drehe den funkelnden Stein im Licht hin und her, als würde ich etwas davon verstehen, dann sage ich mir, dass den keiner vermissen wird, und stecke ihn ein. Die sind reich, denen ist das egal, die kaufen sich neue. Und wenn sie wirklich dran hängen würden, würden sie ihre Ringe tragen.

Daneben ist ein Kinderzimmer von einem Jungen, der etwa in Davids Alter sein muss und Fußball liebt. Poster,

Fotos, sogar ein gerahmtes Trikot der französischen Nationalmannschaft hängt an der Wand. Wie leicht das sein muss, in so einer Wohnung aufzuwachsen, in einem Dreißig-Quadratmeter-Zimmer mit einer Todesstern-Lampe und einem riesigen Fernseher. Am liebsten würde ich seine Marvel-Figuren einsacken, aber mein Bruder wäre vor allem von der Playstation begeistert. Ich stöpsel sie aus. Ich nehme die beiden Controller mit. Die Kabel hinter dem Möbel sind total verknäuelt, und die Steckdose ist so weit hinten, dass ich mich hinlegen muss. Gleich hab ich sie. Sie ist direkt vor mir. Ich sehe nichts, aber ich kann sie ertasten, und in dem Moment bleibt mir kurz das Herz stehen.

Sirenen.

Polizeisirenen.

Ich springe so schnell hoch, dass ich in den Scheißkabeln hängenbleibe. Ich stolpere, mir wird wieder kotzübel, meine Stirnlampe fängt plötzlich an wie blöd zu blinken. Mein Rucksack hängt irgendwo fest, aber ich will ihn nicht hierlassen, also zerre ich an einem Gurt, bis er reißt.

»Die Bullen!«, brüllt Driss aus dem Flur. »Los, weg hier!«

Ich will ja. Aber meine Lampe blinkt, das Blut steigt mir in den Kopf, unter meiner Maske kriege ich keine Luft mehr. Der Lichtstrahl flackert sonst wohin und fällt auf eine Badezimmertür, die ich noch nicht gesehen habe. Ich bin am Flurende, ich bin in die falsche Richtung gerannt, ich bin so bescheuert.

Ich kehre um.

Ich renne.

Ohne Luft zu holen.

Durch einen Spalt in der Gardine sehe ich ein Stück der vom Blaulicht erleuchteten Straße. Ein Polizeiauto steht quer, ein zweites kommt gerade, vier Türen gehen auf. Da renne ich los, der Rucksack fällt mir runter, scheißegal, ich denke nur noch an die verdammte Küche, meine einzige Chance, doch noch wegzukommen. Durch die Waschküche, ich stoße mich an dem riesigen Kühlschrank, werfe einen Hocker um, und dann höre ich Stimmen unten an der Hintertreppe. Und das Rauschen von einem Funkgerät.

Zurück.

In den Flur.

Zur Wohnungstür.

Aber die ist zu, verdammte Scheiße, Dreipunkt-Sicherheitsschloss-Kacke, verrammelt wie ein Safe. Ich stürze ans Fenster, ein Reflex, auch wenn ich ganz genau weiß, dass ich im dritten Stock bin, dass es draußen nur so wimmelt vor Bullen und dass ich draufgehe, wenn ich springe. Ich möchte lachen oder weinen, mich auf den Boden setzen, das Gesicht in den Händen vergraben. Ich möchte mich in Luft auflösen, davonfliegen, in meinem Bett aus diesem Albtraum aufwachen, aber ich bleibe stehen wie angewurzelt, in meinem lächerlichen Ninja-Kostüm, mein Herz schlägt mir bis zum Hals, und schon höre ich Stimmen, die sich der Küche nähern. Da nehme ich die Maske ab, fahre mir durch die verschwitzten Haare und setze mich auf einen Stuhl mit Blümchenmuster, die viel zu zierlichen Beine knarren unter meinem Gewicht. Und ich atme.

6

Licht tanzt am Boden meines Glases. Es ist weiß, golden, unstet, verschwommener als die schmelzenden Eiswürfel, und mir wird schwindelig.

»Noch einen bitte.«

Hinter der Bar, die sich ebenfalls dreht, zögert die lange Bohnenstange im weißen Hemd. Der Barmann hat Angst, ich sehe ihm an, dass er Angst hat, vor mir, den anderen und vor dem Skandal, vor dem Moment, wenn der Wodka mich meine Hemmungen verlieren lässt, und ich vor aller Welt gröle, die Nacht sei noch jung.

»Wir schließen bald, Monsieur.«

Von wegen. Ich komme oft genug her und weiß, dass ich noch eine Stunde habe, genau sechzig Minuten, um noch ein Glas zu trinken oder zwei oder drei, sogar zehn, wenn ich will. Ich könnte mir ein Zimmer nehmen, um den Abend in diesem Hotel ausklingen zu lassen, in einem großen, sterilen Bett, die Decke anstarrend, die sich dreht wie der Horizont während eines Sturms.

»Ich bin nicht betrunken, falls Sie das meinen.«

»Ich weiß, Monsieur.«

Gar nicht so einfach, gleichzeitig herablassend und devot zu sein, aber er hat es ziemlich gut drauf, das ist sein Beruf. Der so gut ist wie jeder andere, immerhin schenkt er die Getränke in einer Kulisse aus edlem Holz aus, unter funkelnden Kronleuchtern. Ich bin mir sicher, dass er zufrieden ist, wenn er nach Feierabend nach Hause kommt, dass er auf direktem Weg zurück zu seiner Frau und seinen Kindern eilt, anstatt Zwischenstation zu machen, um im Wodkadunst drei Eiswürfeln beim Sterben zuzuschauen. Ich mag eigentlich keinen Wodka, und das ist genau der Grund, warum ich ihn trinke: um meinen Genuss abzuwürgen, um den Schaden in Grenzen zu halten, um mich nicht im Armagnac zu verlieren zu einer Uhrzeit, wenn ich schon schlafen sollte.

Der Raum ist praktisch leer: zwei Chinesen mit Krawatte, die sich leise unterhalten, ein Mädchen allein an der Bar, das mir zulächelt, und ein Pianist, dessen Begabung eine Beleidigung für den phantastischen Stutzflügel ist, auf dem er krampfhaft *La Vie en rose* spielt.

»Ein Wodka, stimmt's?«

Ich habe das Mädchen nicht kommen sehen, als wäre sie vom anderen Ende der Bar herübergeflogen, um hier direkt neben mir zu landen, auf einem Hocker, ihr Rock ist hochgerutscht. Aber ich lächle sie an, weil sie mir den Drink hinhält, den der Barmann mir verwehrt hat und in dem die Eiswürfel vielversprechend klirren.

»Danke.«

»Kein Problem«, sagt sie mit einem slawischen Akzent und lacht. »Spendieren Sie mir einen Drink?«

Vielleicht werde ich, nach einem Wodka oder zwei, erfahren, dass sie eine Touristin ist, aber vorerst lässt ihr Annäherungsversuch kaum Zweifel über ihren Beruf.

»Heute Abend nicht«, sage ich und bedeute dem Barmann, den Drink auf meine Rechnung zu setzen.

Sein verschmitztes Lächeln entblößt seine Zähne, die so weiß sind, dass man meinen könnte, sie wären nicht echt.

»Sie liegen falsch. Man sagt mir oft, ich wäre gute Gesellschaft. Vor allem an schlimmen Abenden.«

»Wie kommen Sie darauf, dass es ein schlimmer Abend ist?«

Statt einer Antwort wirft sie mir einen wissenden Blick zu, dann setzt sie sich wieder neben ihre Louis-Vuitton-Tasche. Unweigerlich schaue ich ihr hinterher, als sie weggeht. Mit einem Gefühl, das ich nicht benennen kann, aber es schwimmt in meinem Glas, in den blassen Dämpfen des Alkohols. Etwas Bitteres, Mächtiges, Dumpfes, fast wie Lust, oder vielleicht Traurigkeit. Ich denke über mich nach, über uns, Mathilde, die wohl, betäubt von Schlafmitteln, in diesem Bett schläft, vor dem mir inzwischen graut wie vor einem Kerker. Wieder steigen wirre Gedanken auf, kriechen durch meine Adern, stocken, vernebeln mein Denken wie Feuerwerk. Das Neonweiß der Bar sticht mir in den Augen, der Wodka verbrennt meine Lippen, er sengt lange Furchen in meine Kehle. Und ich schaue das Mädchen an, dieses Mal schaue ich ihr direkt in die Augen und sage mir, nein, ich will sie nicht, ihren zwanzigjährigen Körper, das bin nicht ich, das ist der Alkohol, der aus mir spricht.

Ich stehe auf.

Und stelle fest, dass das Mädchen eine Visitenkarte in kitschigem Design auf die Theke gelegt hat, eine schwarze Stielrose, und ihr Name, Irina Irgendwas, falls ich Sehnsucht hätte, Lust, dunkle Begierden. Ohne nachzudenken, stecke ich sie ein. Schnell. Hastig. Ich vergewissere mich, dass niemand mich beobachtet, weder der Barmann, noch die Chinesen, noch sie selbst, als wäre die Karte vom Teufel höchstpersönlich. Ich schäme mich, mir ist schwindelig, und die Bar hört nicht auf, sich zu drehen.

In meiner Tasche vibriert mein Telefon, ich schaue dümmlich das Mädchen an, aber nein, natürlich ist sie es nicht, eine unbekannte Nummer, eine Handynummer, die sich vor meinen Augen hin- und herwiegt, einfach nicht stillstehen will.

Ich setze mich wieder hin. Atme ein. Und ich nehme ab. Am anderen Ende der Leitung ein Räuspern, Stille, dann eine unbekannte Stimme.

»Guten Abend, hier ist der Pianist vom Bahnhof. Erinnern Sie sich?«

7

An manchen Tagen könnte ich fast an Gott glauben. Wie meine Mutter, die sich vorhin bekreuzigt hat, als das Urteil kam: sechs Monate gemeinnützige Arbeit. Dosen im Park sammeln, Graffiti von den Wänden putzen. Für einen Einbruch, ganz zu schweigen davon, dass ich schon auf Bewährung war, grenzt das an ein Wunder. Wenn ich nicht die Visitenkarte von dem Typen mit dem unaussprechlichen Namen in der Arschtasche meiner Jeans gefunden hätte, wäre meine Verhaftung im Knast geendet. Mein Anruf wäre draufgegangen, um meine Mutter anzurufen, sie hätte mich auf Polnisch angeschnauzt, und ein Pflichtverteidiger hätte mich gedrängt, meine Komplizen zu verraten, um das Gericht milde zu stimmen. Als ob ich meine besten Kumpels in den Knast schicke.

Scheiße, ich kann's immer noch nicht glauben.

Es fühlt sich an, als wäre mir ein Hundert-Kilo-Rucksack abgenommen worden.

»Ist er das?«, fragt meine Mutter und steht zum zehnten Mal auf.

»Nein.«

Sie setzt sich wieder, das Gesicht verschlossen, und würdigt mich keines Blickes. Ich dagegen bin jetzt frei und nutze die Gelegenheit, mir die Vorhalle genauer anzusehen, als wir ankamen, war ich viel zu nervös. Sie ist riesig, grandios, wie eine Kathedrale … Anwälte in schwarzen Roben, von Polizisten eskortierte Angeklagte, Schritte hallen im Gewölbe, man kommt sich vor wie in einer Fernsehserie. David gähnt, er hängt schlapp auf einer steinernen Bank, einer seiner Schnürsenkel ist auf. Seltsame Idee, ihn mit aufs Gericht zu schleppen, wohl zur Abschreckung, als würde der Anblick seines Bruders vor dem Richter ihn später davon abhalten, Scheiße zu bauen. Das Einzige, was er mitkriegen wird, ist, dass ich nun Graffiti von den Wänden kratze, wenn ich normalerweise einen Gabelstapler fahre.

»Das ist er auch nicht«, sage ich, als ein fetter Typ im weißen Hemd auf uns zukommt.

Jetzt schmoren wir hier schon seit einer Viertelstunde und warten auf meinen Wohltäter, und jedes Mal, wenn ein Typ vorbeikommt, steht meine Mutter auf, ihre kleine blaue Handtasche an sich gedrückt, und wirkt derart niedergeschlagen, dass man glauben könnte, *sie* wäre in einer fancy Gegend eingebrochen. Sie trägt ihre besten Sachen, die Jacke passt zur Tasche, die Tasche zu den Schuhen, dazu eine hochgeschlossene weiße Bluse. Sie ist sogar zum Friseur gegangen, um vor dem Herrn Richter einen guten Eindruck zu machen. Als ob die was Besseres wären, als ob wir uns rausputzen müssten, ehe man uns in den Knast schickt. Ich liebe meine Mutter, aber manchmal ist sie mir peinlich.

Trotzdem, ich hatte die Idee des Jahrhunderts. Ich hab immer noch nicht verstanden, was der eigentlich von mir will, der Monsieur Pierre Wie-auch-immer, mit seinem Gequatsche und seiner Visitenkarte vom Konservatorium, wahrscheinlich will er was Junges vernaschen, aber ich scheiß drauf, der wird schnell merken, dass daraus nichts wird. Da hinten steht er ja, mit seinem Anwalt, den er mit Vornamen anspricht, und wie kann ich dir nur danken, du musst unbedingt mal wieder zum Abendessen kommen. Sie umarmen sich zum Abschied – so langsam glaub ich, dass er den für lau engagiert hat –, dann kommt er zu uns, besorgt und feierlich in seinem grauen Mantel und den blankpolierten Tretern.

»Maman, das ist er.«

Ich senke den Blick. Der will schließlich was sehen für sein Geld, außerdem beobachtet mich meine Mutter scharf aus dem Augenwinkel. Handschlag, Bedanken, Nettigkeiten austauschen. Selbst David spielt den braven kleinen Jungen und antwortet schüchtern auf die Fragen: Wie er heißt, wie alt er ist, in welche Klasse er geht. Es fehlt nicht viel, und er hätte ein Gedicht aufsagen müssen.

»Ich weiß nicht, wie ich Ihnen danken soll, Monsieur Geithner« sagt meine Mutter, die sich bereits fünfzehnmal bedankt hat.

»Das ist doch nicht der Rede wert. Wir machen alle mal Dummheiten.«

Aber klar, sicher, der weiß, wovon er redet, in meinem Alter hat er sicher auch lauter Dummheiten gemacht, in Gegenwart seines Vaters »Verflixt!« gesagt oder ist samstags zu spät nach Hause gekommen.

»Er ist im Grunde ein guter Junge, wissen Sie. Fleißig, verantwortungsbewusst ... Zu Hause hilft er mir sehr viel. Ich weiß nicht, was in ihn gefahren ist, ich verstehe es nicht. Sicher der schlechte Einfluss dieser Nichtsnutze, mit denen er immer herumgammelt.«

Sie wirft mir einen vernichtenden Blick zu – mir ist klar, dass Kevin und Driss' auf ihrer Beliebtheitsskala seit Jahren ganz unten rangieren – während Pierre Dingsbums mich mit einem väterlichen Lächeln beehrt.

»Da wächst er raus. Er hat wirklich gut daran getan, mich anzurufen, ein halbes Jahr Sozialstunden am Konservatorium, es gibt sicher Schlimmeres.«

»Er weiß gar nicht, was für ein Glück er hat.«

»Aber natürlich weiß er das.«

Zur Bestätigung nicke ich schuldbewusst, in der Zwischenzeit erklärt er, dass ein begabter junger Mann wie ich gar nicht anders kann, als seinen Weg zu finden, dass es nur eine Frage der Zeit ist, und was weiß ich was für herablassende Platituden. Man hat es nicht immer leicht, gute Frau, gerade heutzutage ... Wenn der Typ mich nicht gerade vor dem Gefängnis bewahrt hätte, würde ich ihm direkt sagen, dass seine kleine Nummer – Seine Majestät reicht dem Volk die Hand – sein wahres Gesicht nicht verbergen kann: ein alter Sack mit Ehering, der jungen

Männern schamlos bis zum Zug folgt und ihnen seine Visitenkarte aufdrängt. Wirklich sehr gütig von Louis XIV., aber ich glaube nicht, dass ausgerechnet der mir eine Predigt halten sollte.

»Ich muss los«, schließt er nach einem Blick auf sein Handy. »Wir sehen uns dann am Montag im Konservatorium, Mathieu. Seien Sie bitte pünktlich.«

»Selbstverständlich, Monsieur. Und danke noch mal.«

Noch ein Lächeln, höfliche Verabschiedung, dann geht er mit entschlossenem Schritt davon und lässt uns drei in Grabesstimmung zurück. Ich halte die Klappe. Das Beste, was man machen kann, bis das Donnerwetter losbricht, aber komischerweise schaut meine Mutter mich nicht mal an. Ich hätte wetten können, dass sie eine Moralpredigt mit Klage-Einlagen für mich in petto hat, und ich hätte verloren, weil wir uns schweigend auf den Heimweg machen, nur das Klackern ihrer Absätze auf den Fliesen ist zu hören. Viel steckt in diesem Schweigen, die nagende Müdigkeit meiner Mutter, und das Geld, das uns dieser verlorene Tag gekostet hat, und alle anderen Tage, an denen ich keinen Lohn bekomme, Tage, an denen wir den Gürtel noch enger schnallen müssen, dabei pfeifen wir schon auf dem letzten Loch. Diesmal ist es mit Entschuldigungen nicht getan. Das war ein Ausrutscher zu viel, Schande, Verrat. Meine Kehle ist wie zugeschnürt, weil ich sie verstehe, weil ich sauer auf mich bin, weil ich wegen einem dämlichen Traum vom schnellen Geld ihr Vertrauen missbraucht habe. Was in meinem Leben fehlt, ist die Reset-Taste.

»Kommst du jetzt nicht ins Gefängnis?«, fragt David mit großen ängstlichen Augen.

»Nein, Quatsch, mach dir keinen Kopf.«

»Und wohin dann?«

»Nirgendwohin. Ich arbeite tagsüber im Konservatorium und abends komm ich nach Hause und nerve dich mit Mathe. So schnell wirst du mich nicht los.«

Mit einem Lächeln, bei dem ich fast anfange zu flennen, nimmt er meine Hand, wo er es doch hasst, wenn man ihn wie ein kleines Kind behandelt.

»Was ist ein Konservatorium?«

»Dort studieren die Leute Musik.«

»Und was machst du dann da?«

Ich werfe einen letzten Blick in die Halle und hoffe, dass ich sie nie wiedersehe.

»Putzen.«

*

Das Schlimmste ist nicht, dass man mit Wischmopp dasteht, sondern als Depp vom Dienst. Für die Putzkolonne ist denen nichts Besseres eingefallen als ein senfgelber Overall mit der knallroten Aufschrift »Reinigungskraft« und passender Basecap. Falls es jemand nicht mitbekommen hat. Falls irgendjemand glaubt, dass ich zu Besuch hier bin.

Und mein Eimer ist jetzt schon versifft.

Ich hab mir das Konservatorium eher old school vorgestellt, mit Winkeln und Treppen und kleinen Räumen, wo Schüler in Uniform vor alten Professoren mit Brille Harfe spielen. Keine Ahnung, wieso. Ich war mir sicher. Ich hätte drauf wetten können. Und hätte wieder mal verloren. Das Gebäude ist riesig, hell, verglast, ultramodern und hat endlose Korridore, da kann ich lange wischen mit meinem Mopp. Wenn ich an offenen Büros und lichtdurchfluteten Übungsräumen vorbeikomme, denke ich, dass ich es wunderschön finden würde, wenn ich hier nicht putzen müsste.

Morgens um sieben ging es noch, da war ich allein mit meiner Uniform und meinen Gedanken. Aber allmählich werden die Gänge voller. Der Tag fängt an, reiche Gören trudeln ein, in Rudeln, und ich pushe mich, damit ich meine letzten Fliesen vor der Treppe fertigkriege. Man macht einen Bogen um mich und mein Wägelchen, als wäre ich ein Möbelstück. Man wird langsamer, um nicht auf dem nassen Boden auszurutschen, man dreht sich um und beschwert sich, weil es rutschig ist. Ohne mich zu sehen, weil ich unsichtbar bin.

Ein paar geschniegelte Typen mit herzallerliebsten Locken in der Stirn und Pullovern mit V-Ausschnitt kommen mit Geigenkästen in der Hand den Gang lang. Sie reden von einem Film oder einer Serie, bei der sie sich anscheinend weggeschmissen haben vor Lachen, einer schwört, er hätte nie im Leben so gelacht. Schön für ihn. Aber vor allem das eine Mädchen sticht aus der Gruppe raus. Und nicht nur, weil sie die einzige Schwarze ist.

Groß, schlank, Mandelaugen und ein umwerfendes Lächeln, sie hat superenge Jeans an, von Stan Smith, und einen Rollkragenpullover, der ihre Formen perfekt betont. Der fette Kontrabass, mit dem sie sich abschleppt, wiegt bestimmt eine Tonne, aber nicht einer dieser angeblich so wohlerzogenen Schnösel kommt auf die Idee, ihr das Ding abzunehmen.

Ich starre sie an und versuche, nicht daran zu denken, wie ich aussehe, bis sie am Kaffeeautomaten stehen bleibt. Sie kramt im Portemonnaie, zählt ihr Kleingeld. Ich kann mir ein Lächeln nicht verkneifen, weil der Automat kaputt ist, das wird sie in zirka zehn Sekunden merken, genau wie ich vor zwei Stunden. Und ich denke mir, wenn ich mit ihr reden will, dann jetzt oder nie.

»Versuch's gar nicht erst, der ist kaputt. Hat vorhin meinen Euro gefressen.«

Sie dreht sich überrascht um und fragt sich bestimmt, ob der als Hotdog verkleidete Typ da tatsächlich mit ihr redet.

»Wie bitte?«

»Der Automat ist kaputt. Und du hast mein vollstes Mitleid, ich bin auch schon total auf Entzug.«

Ihr Blick ist aus der Nähe so intensiv, dass ich mich anstrengen muss, damit sie nicht merkt, wie peinlich mir das ist. Sie lächelt mich höflich an, bedankt sich, setzt ihren riesigen Kontrabass wieder auf und will zurück zu ihren Kumpeln. Weil ich nicht weiß, was ich sagen soll, stelle ich eine bescheuerte Frage.

»Ist das ein Kontrabass?«

Sie runzelt die Stirn, braucht ein paar Sekunden, um zu registrieren, dass ich immer noch da bin und dass ich mit ihr rede.

»Ein Cello.«

»Ist bestimmt nervig, das immer rumzuschleppen.«

»Es geht.«

Je mehr Zeit verstreicht, desto lächerlicher komme ich mir vor, aber ich bin nicht George Clooney, der Kaffee ist aus, und ich reiß mir hier den Arsch auf.

»Wenn du willst, helf ich dir tragen. Sieht schwer aus.«

»Äh … nein, danke, nicht nötig.«

Ein paar Meter weiter starren mich die Geigenjünglinge an, als käme ich vom Mond. Ich nehme an, dass die Putzkräfte nicht so oft mit ihnen reden, oder mein Gesicht passt ihnen nicht.

»Sicher? Macht mir echt nix aus.«

»Ganz sicher, danke.«

Der Hauch von Herablassung in ihrem Gesicht wirkt etwas ernüchternd, auch wenn ich zugeben muss, dass meine Flirttechnik nicht unbedingt ein Musterbeispiel der Verführung ist. Flirten können ist eine Gabe, und was das betrifft, kann man nicht gerade sagen, dass die Feen mich reich beschenkt haben. Zu meiner Verteidigung: Die Ladies aus der Cité haben's nicht so mit großen Reden, und die aus Paris hatten mich nie auf dem Schirm, weil ich nicht ins Bild passe.

»Okay. Und keine Panik wegen des Kaffees, das wird nachher repariert.«

Ein gezwungenes Lächeln ist die einzige Antwort und begräbt den winzigen Rest Selbstachtung, den ich noch hatte. Die Message ist klar: Ich bin nicht in ihrer Liga, ich bin der Putzmann, ich soll mal schön an meinem Platz bleiben. Was soll's. Die Tussi mit ihren Prinzessinnenallüren interessiert mich eh nicht. Und ihr Hofstaat, der mir belustigte Blicke zuwirft, erst recht nicht. Hier, abgeschirmt von der echten Welt, ist es leicht, sich wichtig zu machen. Ich würd sie gern mal in La Courneuve sehen, wenn der erste Pitbull auftaucht, dann könnte sie die letzten Minuten ihres Lebens zählen.

Jetzt hab ich aber noch zwei Treppen vor mir.

Und die Klos.

Ich lasse meine Wut am Wischmopp aus und schrubbe wie wild den Boden, der mir nichts getan hat. Sechs Monate. Klar, ich bin nicht im Gefängnis, aber das wird lang. Ich vermeide es, zur Treppe hochzuschauen, wo Pierre Dingsbums gerade aufgetaucht ist, umgeben von Studenten, die seine Worte nur so aufsaugen. Der Herr Direktor. Neben ihm eine Frau im grauen Kostüm, die ihm ähnlich ist, steif, elegant und kühl. Sie muss um die fünfzig sein, und ihr Pokerface wirkt wie eine wächserne Maske. Sie bleibt stehen, ganz oben an der Treppe, und mustert mich misstrauisch, während er ihr leise irgendetwas ins Ohr quatscht. Vielleicht muss ich mal klarstellen, dass ein Seniorendreier nicht wirklich mein Ding ist.

Als ich sehe, dass er die Treppe runterkommt, mache ich mit meinem Wägelchen kehrt, aber zu spät, schon steht er vor mir, verkniffen wie ein strenger Papa, der unter Verstopfung leidet.

»Mathieu, morgen früh treffen wir uns in Raum B36. Um Punkt sechs Uhr, vor der Arbeit.«

»Weil?«

Er zuckt mit den Schultern, als gäbe es keine dümmere Frage.

»Glauben Sie wirklich, ich hätte Ihnen aus der Klemme geholfen, damit Sie hier putzen?«

8

Die ersten Töne nahm ich beiläufig wahr, wie ein heimliches Raunen. Dann wurden sie zu einem Weg, einer strahlenden Spur in diesem noch dunklen Flur, und ich folgte ihnen instinktiv, mit einer Ahnung von Vollkommenheit oder vielleicht Frieden. Natürlich könnte ich sie benennen, aufschreiben, ihre Tempi und Pausen berechnen, aber wieder einmal steht mir nicht der Sinn danach. Liszt schweift mit einer Gelöstheit, die beinahe wie ein Rausch ist, einsam in diesem leeren Gebäude umher, in gestohlenen Stunden, wenn keine Menschenseele hier ist. Ich nehme keine Notiz von dem Dröhnen des Restalkohols in meinem Kopf, ich spüre, wie sich die *Ungarische Rhapsodie* ungehindert entfaltet, unter den Fingern eines Jungen, dem sein Talent noch nicht einmal bewusst ist.

Es ist sieben Uhr, es wird hell, ich bin spät dran, und ich habe einen Kater.

Der Raum B36 war keine zufällige Wahl. Ich zähle auf nichts Geringeres als den Großen Saal des Konservatoriums, um mein kleines Wunder einzustimmen. Ein richtiger Theatersaal, prunkvoll und überwältigend, in dem ein herrlicher Steinway thront, der für sich spricht: Der

Gare du Nord gehört jetzt der Vergangenheit an. Das hier ist eine andere Welt, eine Welt hinter dem Spiegel, ein Refugium, wo die Musik nicht länger im Verborgenen bleibt, sondern Königin ist.

In seiner gelben Uniform, die Schirmmütze tief in die Stirn gezogen, sieht Mathieu Malinski ziemlich unscheinbar aus, aber er ist eins mit dem Klavier und wiegt sich mit der Musik wie ein Schilfrohr im Wind. Ich sehe seine Finger gleiten, huschen, hämmern, streichen, mit einer verblüffenden Leichtigkeit manchmal den Takt vernachlässigen. Seine geschlossenen Augen. Seine großen Turnschuhe. Und ich denke, dass ich das Richtige getan habe. Dass sein Vorstrafenregister nicht ausschlaggebend ist, angesichts dessen, was ich aus ihm machen kann.

Instinktiv taucht er aus seiner Trance auf, als könnte er meine Anwesenheit spüren.

»Spielen Sie weiter«, sage ich und setze mich in die erste Reihe.

Er steht auf, rückt seine Schirmmütze zurecht und schenkt mir ein leichtes sarkastisches Lächeln.

»*Punkt* sechs Uhr, ja ...«

»Sie mussten erst einmal wieder hineinfinden«, antworte ich und deute auf das Klavier. »Ich dachte, ein Stündchen allein am Klavier würde Ihnen guttun.«

Aus seinem Kopfnicken schließe ich, dass er mir meine Geschichte abkauft, die besser klingt als die Wahrheit: Wodka und früh aufstehen, das verträgt sich nicht.

»Kann ja sein, aber ich muss jetzt echt anfangen, bin schon spät dran.«

»Eine Sekunde.«

»Ich hab keinen Bock, Überst …«

»Müssen Sie nicht.«

Ich gehe zum Klavier, bedeute ihm, dass er sich wieder setzen soll, und schlage eine Partitur vor ihm auf. Ein Lied von Schubert, das im Vergleich zu dem, was er gerade gespielt hat, eine reine Formsache sein sollte.

»Spielen Sie das.«

Ein Anflug von Misstrauen, genauso unergründlich wie unerschütterlich, flammt in seinen Augen auf.

»Wozu?«

»Mal sehen.«

»Ich seh da keinen Sinn drin.«

Es geht mir ein bisschen auf die Nerven, das kleine Wunder, also tippe ich etwas ungeduldig auf die Partitur.

»Spielen Sie das, Mathieu. Zwingen Sie mich nicht, alles zehnmal zu sagen.«

Er setzt sich hin, kneift die Augen zusammen, schneidet eine Grimasse. Seine Hände, unsicherer als vor einer Minute, scheinen ihren Platz auf der Klaviatur zu suchen, legen sich zögernd auf die Tasten. Als die ersten Noten laut werden, unbeholfen, schwerfällig, habe ich fast den Eindruck, dass er sich über mich lustig macht. Aber nein, er entziffert die Noten, so gut er kann, quält sich hochkonzentriert, verpatzt den Anfang des Stücks. Kurz danach gibt er auf, hebt kapitulierend die Hände.

»Ich krieg's nicht hin. Ist zu schwer.«

»Viel leichter als das, was Sie gerade gespielt haben.«

»Aber das Stück hier kann ich nicht!«

Sein impulsiver, fast kindischer Protest hat etwas Schizophrenes. Vor fünf Minuten noch schwebte er durch die *Ungarische Rhapsodie,* sogar ohne die Augen zu öffnen.

»Woran liegt es, Mathieu?«

»Ich weiß nicht. Da sind so viele ...«

Er zeigt mir die Symbole, die er nicht lesen kann, und trotzdem wunderbar beherrscht.

»Versetzungszeichen?«

»Meinetwegen.«

Ihn aus dem Augenwinkel beobachtend, spiele ich die ersten Takte. Er hört zu. Nickt. Und tut es mir nach, Note für Note, den Pfad, den ich im Nebel abgesteckt habe.

»Das absolute Gehör«, sage ich mit einem Lächeln. »Das hätten Sie mir doch sagen können.«

»Sie haben ja nicht gefragt.«

»Na schön, dann frage ich Sie: Wo haben Sie spielen gelernt? Hatten Sie Unterricht?«

»Kann man so sagen.«

»Bei wem?«

»Niemandem.«

Bei seiner Antwort, unausstehlich wie die eines Teenies, bekomme ich Lust, ihn zu schütteln. Aber er scheint explosiver als eine Bombe, beim geringsten Stoß könnte er mir zwischen den Händen zerbrechen.

»Ist Ihnen bewusst, dass Sie goldene Fingerspitzen haben, Mathieu?«

»Hm.«

»Aber wir werden ganz von vorn mit den Grundlagen anfangen müssen. Musikalische Elementarlehre, Harmonielehre … Ohne Noten lesen zu können, werden Sie nicht weit kommen.«

»Und das wär jammerschade«, antwortet er ironisch.

»Dann sind wir uns einig. Sie werden gleich morgen mit dem Unterricht anfangen.«

Er steht auf und rückt sein Käppi zurecht.

»Sie haben Glück«, fahre ich fort, ohne dass es mir gelingt, seinen Blick auf mich zu ziehen. »Sie werden die beste Professorin des Konservatoriums bekommen: Mademoiselle de Courcelles. Die Comtesse. So eine Möglichkeit hat nicht jeder.«

»Die Comtesse?«

»So wird sie von allen genannt.«

»Für Unterricht hab ich kein Geld.«

»Niemand spricht davon, dass Sie bezahlen sollen. Sie haben enormes Potential, und wir werden Ihnen helfen, es zu entwickeln.«

Er verschränkt die Arme mit dieser misstrauischen Miene, die er seit der ersten Minute zur Schau trägt, und wirft mir einen forschenden Blick zu.

»Das wollen Sie also?«

Die Frage bringt mich aus dem Konzept, aber es wird mir noch mehr als einmal die Sprache verschlagen.

»Was soll ich denn wollen? Eine Putzkraft?«

»Keine Ahnung. Und danke für das Angebot, aber kein Interesse. Ich spiele, weil es mir Spaß macht, und ich hab keinen Bock, bei dem ganzen Theoriezeug zu verschimmeln.«

»Je besser man etwas beherrscht, desto mehr Freude macht es, Mathieu.«

Wieder würde ich ihm am liebsten eine Ohrfeige verpassen, als ich sein sarkastisches Lächeln sehe.

»Wenn Sie das sagen.«

Er dreht sich um, durchquert den Saal und widmet sich wieder seinem Wagen, wo ganz andere Instrumente auf ihn warten – Wischlappen, Besen, Scheuertuch –, die hätten für ihn zum Tagesgeschäft werden können, wenn sich unsere Wege nicht gekreuzt hätten.

»Sie haben mich nicht verstanden, Mathieu. Dass Sie hier sind, bedeutet, dass wir einen Vertrag geschlossen haben. Entweder Sie erfüllen ihn, indem Sie guten Willen zeigen, oder ich schicke Sie dahin zurück, wo Sie hergekommen sind.«

»Heißt also Theoriekram oder Knast«, wirft er mir bitter an den Kopf.

Bei dem Gedanken, dass Amateurmusiker für so eine Chance töten würden, bin ich jetzt derjenige, der lächelt. Genie und Wahnsinn …

»Eins von beidem ist vielversprechender als die andere Alternative. Aber wenn es für Sie eine Belastung ist: Da ist die Tür.«

9

Ich bin ein Held. Ich hab das System, den Knast, die Reichen verarscht, ich hab den Spieß umgedreht, hab die Walze, die uns plattmacht, mit den eigenen Waffen geschlagen. Ohne zu petzen. Ohne mich zu blamieren. Ohne weitere gerichtliche Auflagen. Niemand hat's geglaubt, und doch, hier bin ich. Frei wie der Wind. Und alle wollen mich sehen, sich mit eigenen Augen überzeugen, dass ich wieder da bin. Ich bin der Wunderknabe, der Typ, den die Polizei auf frischer Tat ertappt hat und der anderswo als im Vorzimmer vom Gefängnis Fleury-Mérongis damit prahlen kann. Ich würde das Ganze am liebsten ausschmücken, eine schöne Fluchtgeschichte drum herum packen, aber ich hab zu viel Schiss, dass meine Mutter das mitkriegt und mich kurzerhand aus dem Fenster schubst.

Vor Wohnblock B spiele ich unter den bewundernden Blicken der Menge – okay, sie sind nur zu sechst – den Bescheidenen mit dem geheimnisvollen Lächeln. Zwischen zwei Shisha-Zügen erkläre ich wieder und wieder, wie einfach es ist, die Richter zu verarschen, ein ehrliches Gesicht aufzusetzen und Gewissensbisse vorzutäuschen. Zwei Mädels haben sich an unsere Clique drangehängt, eine ist die Schwester von ich weiß nicht wem, und ihre Bewunderung lässt mich fast vergessen, dass die komplette Story fake ist. Kevin zwinkert mir zu, heute Abend ist er stolz, dass wir befreundet sind, stolz, dass er mit mir zusammen dieses Abenteuer erlebt hat, das immer mehr zur Legende wird. Driss hat einen Einsatz einer Spezialeinheit dazugedichtet, der er mit einem ninjahaften Sprung über die Mülltonnen entkommen ist. Wenn das so weitergeht, ist aus dem Schwachsinnsplan in einem halben Jahr der Bruch des Jahrhunderts geworden.

»Alter, als die Bullen ankamen«, gluckst Driss und klopft mir auf die Schulter, »da dacht ich echt, die knallen dich ab!«

Prompt imitiert er das Laden einer Pumpgun und macht dabei ein Geräusch, das eine Explosion darstellen soll. Ich hab keine Ahnung, wie viel von seinem eigenen Schwachsinn er am Ende wirklich glaubt, aber diese Einzelheit heizt das Interesse des Publikums neu an, sie bombardieren mich mit Fragen. Hat die Polizei die Waffe auf mich gerichtet? Haben die sich wirklich abgeseilt und sind durchs Fenster reingekommen? Haben sie eine Rauchgranate geworfen und mich mit dem Elektroschocker ausgeknockt?

Ich weiche aus.

Deshalb wollen sie jetzt etwas über die Sozialstunden wissen.

»Was musst'n machen?«, fragt ein Mädchen. »Graffiti im RER wegmachen?«

»Nein. Ich muss im Musikkonservatorium im 19. putzen.«

»Geht ja eigentlich noch.«

»Ja, eigentlich schon.«

Je weniger ich sage, desto neugieriger werden sie, vor allem Kevin, der sich schon als Al Capone mit seiner getreuen Bande skrupelloser Killer sieht. Ich glaub, er hat nicht gecheckt, dass ich zum letzten Mal für einen beschissenen Ring und eine Playstation 4 Knast ohne Bewährung riskiert habe.

»Da hängen doch garantiert überall reiche Gören rum«, sagt er nachdenklich. »Da könnte man bestimmt Kohle machen.«

»Auf jeden«, meint Driss, er macht jetzt einen auf Gangster.

Bevor sie komplett in was abdriften, was sie absolut nicht sind, erinnere ich sie daran, warum ich im Konservatorium die Gänge schrubbe. Wir kennen uns seit Ewigkeiten, aber ich kapier nicht, dass sie wirklich denken, es wär eine gute Idee, Studenten aus gutem Hause zu beklauen.

»Ich an deiner Stelle würd's sofort machen«, meint Kevin.

»Du bist ja auch ein Idiot.«

Er wirft den Rest seiner Kippe nach mir, ich weiche aus, sie landet auf dem Rasen, oder eher auf dem Kippenfriedhof, man sieht vor Stummeln fast kein Gras mehr. Irgendwann werden wir hier noch alles abfackeln.

»Vergiss es«, mischt Driss sich ein und feiert. »Gegen seine neuen Kumpel darfst du nix sagen! Alter, der hat wahrscheinlich schon 'ne Schnitte aus Neuilly am Start.«

Diesmal bin ich derjenige, der ihm an den Kopf wirft, was mir grad in die Finger kommt, meine Basecap – das gute, nicht das gelbe Ding vom Putzen.

»Schnauze, Alter, weißt du, was da für Ischen rumlaufen?«

»Würd ich gern … Erzähl doch mal!«

Vor einem dankbaren Publikum gebe ich ein ziemlich authentisches Porträt der Tussi ab, bei der ich heute höflich-eiskalt abgeblitzt bin. Das tut gut, auch wenn sie's nicht mitkriegt, und außerdem schmeißen sich alle weg.

»Und die Typen?«, will die Schwester von weiß-nicht-wem wissen.

Ehe ich antworten kann, stürzt Driss sich schon in eine nicht besonders realistische, aber ausdrucksstarke Parodie der Spießer, so dass jetzt alle anfangen. Vor der Bank geht's ab, alle überbieten sich in aristokratischem Gehabe und verkniffenen Posen mit Stock im Arsch. Wie geht es Ihnen, Charles-Hubert? In der Tat ganz wunderbar, danke vielmals, Marie-Charlotte. Total dämlich, aber wir schmeißen uns weg. Und Kevin, der eine Weile gebraucht hat, um reinzukommen, äfft einen tuntigen Pianisten nach, er spielt mit zwei Fingern und stößt dabei spitze Schreie aus. Riesenerfolg, manche filmen ihn sogar, und ich hab irgendwie ein schlechtes Gewissen, weil ich drüber lache. Ich stelle mir vor, wie die glotzen würden, wenn sie wüssten, dass in meinem Rucksack Noten sind: Schubert, Chopin. Seiten voller Musik, die ich nachher entziffern werde, allein in meinem Zimmer. Weil ich morgen in der Mittagspause meine erste Stunde in Musiktheorie mit der Comtesse hab. Und ich schwör, ich würd echt viel drum geben, wenn ich einfach nur mit meinen Kopfhörern und einem Sandwich auf einer Bank sitzen könnte, ohne dass irgendwer was von mir will.

*

Der Raum ist groß und lichtdurchflutet, so weiß, dass es in den Augen weh tut, mehr Glas als in einem Aquarium. Die meisten Räume im Konservatorium sind eher nüchtern, aber der hier übertrifft sie alle: Das einzige Möbelstück ist ein Flügel mitten im Zimmer, wie ein Ausstellungsstück.

Mit verschränkten Armen und bestimmtem, kühlem Blick erwartet mich die Comtesse in Super-Nanny-Pose. Outfitmäßig ist grade eher Eiszeit: graues Kostüm, graue Bluse und graue Treter, flach wie Ballerinas. Blasse Haut, blaue Augen und absolut ausdrucksloses Gesicht, man könnte denken, sie wär aus Beton gemeißelt.

Wir beide werden garantiert viel Spaß zusammen haben.

»Guten Tag. Mathieu Malinski. Ich komme wegen … der Stunde.«

»Sie kommen zu spät.«

Kurzer Blick aufs Handy: Ich bin tatsächlich drei Minuten zu spät. Jetzt vier. Klar, sie musste sich natürlich nicht in Hochgeschwindigkeit umziehen, schnell noch einen Döner holen und dann im Laufschritt zurück, ohne die Pommes zu verlieren.

Sie mustert mich verächtlich von Kopf bis Fuß, dann bleibt ihr Blick an meinem triefenden Döner hängen, aus dem weiße Soße quillt. Es tropft, sie sieht zu, wie der Tropfen auf den Boden sackt, dann sieht sie mich wieder an.

»Falls Sie die Cafeteria suchen, haben Sie sich in der Tür geirrt«, bemerkt sie eisig.

Ich wische die Soße so gut es geht mit der viel zu dünnen Serviette vom Dönermann auf. Macht nichts, schließlich bin ich hier fürs Putzen zuständig.

»Tut mir leid, ich hatte noch kein Mittag.«

»Das ist Ihr Problem. Wir sind hier nicht an einer Autobahnraststätte, das ist ein Unterrichtsraum.«

»Okay, okay.«

Sie rümpft die Nase, um zu zeigen, dass der Geruch sie anwidert, und zu Unrecht, der Döner ist megageil, ich hab mir schon gestern so einen geholt.

»Werden Sie das los, und wenn Sie sich die Hände gewaschen haben, können Sie wiederkommen.«

»Im Ernst jetzt?«

»Sehe ich so aus, als ob ich Witze mache?«

Stumm taxieren wir uns, sekundenlang, wie zwei Boxer vor der ersten Runde. Nur, dass es keinen Ringrichter gibt. Und keine Zuschauer. Eins ist klar: Sie wird den Blick nicht senken.

»Strapazieren Sie nicht meine Geduld, Monsieur Malinski. Das ist noch niemandem bekommen.«

Ich setze mein ironischstes Lächeln auf, ehe ich zustimmend nicke und sehr, sehr langsam aus dem Raum schlurfe. Und weil wir uns so sympathisch sind, nehme ich noch einen großen Bissen von meinem Döner.

Scheiß verklemmte Spießerin, ich bin vielleicht mal am Verhungern.

Ich schlinge einen weiteren Bissen und eine Handvoll Pommes runter, dann werfe ich den Döner widerstrebend in einen Mülleimer, den ich vorhin erst geleert habe. Ich wische mir die Hände an der Jeans ab und klopfe erneut an, am liebsten würd ich alles hinschmeißen.

»Waschen Sie sich die Hände«, kanzelt mich Supernanny ab, ohne sich umzudrehen. Sie schaut aus dem Fenster.

Du lieber Arsch, die hat tatsächlich die Zeit gestoppt, die ich bis zu den Toiletten gebraucht hätte. Von wegen beste Lehrerin des Konservatoriums, die Alte ist total psycho.

»Wenn Sie möchten, kann ich auch noch duschen gehen.«

»In fünf Minuten betrachte ich die Stunde als beendet, Monsieur Malinski. Und es wird keine weitere geben.«

Zum zweiten Mal sprinte ich durch die Flure, ich reiße mich zusammen, weil ich keine Lust auf Gefängnis habe.

Als ich zurück ins Aquarium komme, versuche ich, die Stimmung mit dem Anflug eines Lächelns aufzulockern, aber dafür ist es zu spät. Wenn sie mich hier und jetzt abknallen könnte, würde sie es machen, ohne mit der Wimper zu zucken. Klar. Die ganzen unterwürfigen Spießer hier kriechen ihr bestimmt alle in den Arsch, daher hat sie die schlechten Angewohnheiten.

Sie gibt mir einen Wink, mich ans Klavier zu setzen, und innerlich muss ich grinsen, weil sie jetzt staunen wird, genau wie vorher ihr Boss.

Ich bin begabt, das weiß ich.

Sonst wäre ich nicht hier.

»Spielen Sie eine Tonleiter. Drei Oktaven in beide Richtungen.«

Ich werfe ihr ganz gechillt die Tonleiter hin, mit der Andeutung eines Lächelns, damit sie weiß, was läuft: Das Spiel hat sie noch lange nicht gewonnen.

»Jetzt in Terzen.«

Ich gehorche.

»Quarten.«

Wieder gehorche ich.

»Quinten. Schneller.«

Schneller? Am liebsten würde ich ihr sagen, dass ich nicht hier bin, um spielen zu lernen, sondern Noten lesen, dass ich schon viel schneller bin, als sie es jemals sein wird, aber ich halte den Mund und werde schneller. Dabei schaue ich sie die ganze Zeit an, denn ich muss schon lange nicht mehr auf die Tasten gucken. Und sie macht weiter. Ich merke ganz genau, dass sie den Fehler sucht, einen falschen Ton, ich soll versauen, aber den Gefallen tu ich ihr nicht.

»Versetzte Tonleitern. Die linke Hand beginnt, die rechte setzt drei Töne später ein.«

Ich bin immer noch dabei, und das ärgert sie, also setzt sie noch eins drauf, ohne Luft zu holen, ich darf auch keine Luft holen, ihre Rache für den Döner.

»Aufsteigend. Absteigend. Rechte Hand in F-Dur. Linke Hand in Des.«

Ihr Gesichtsausdruck ist phantastisch, am liebsten würde ich ein Foto machen.

»Jetzt chromatisch.«

Zum ersten Mal halte ich inne, die Hände über den Tasten, während ich versuche, zu kapieren, was sie von mir will. Das musste ja kommen.

»Sie wissen nicht, was das ist«, stellt sie spöttisch fest. »Nun, Sie werden staunen, es ist genau das, was Sie ganz zu Anfang gespielt haben.«

Sie macht mir ein Zeichen, wegzurücken, als ob sie sich schmutzig machen könnte, wenn sie mich nur streift, dann zeigt sie mir, was sie mit ihrer beschissenen chromatischen Tonleiter meint. Alles klar. Ist nur eine Begriffsfrage. Die Tonleiter spiele ich mit verbundenen Augen, und das weiß sie ganz genau.

Es ist noch nicht vorbei.

Jetzt, da sie die erste Runde gewonnen hat, setzt mir die Comtesse ein Metronom vor die Nase, stellt es auf 200 ein, und ich soll in großen Terzen folgen. Was ich auch mache, aber in meinem eigenen Tempo, denn das hier ist grad echt lahm und ich kann viel schneller spielen, als sie denkt. Ich merke, wie mir die Töne aus den Fingern spritzen, ein wahrer Sturzbach, immer schneller, immer brutaler, aber ich beherrsche mein Spiel, halte sie zusammen, ich mache mit ihnen, was ich will, und das tut gut. Supernanny reißt die Augen auf und kreischt »Das Tempo!«, aber ich scheiß drauf und mache weiter. Ich tue, als würde ich ihren Protest nicht hören: F, A, C, E, G, H, und lasse meine Tonleitern fließen, als ob ich ein Stück spiele, nach Gefühl, nach Gehör, nach dem Atem. Aber ihre Stimme drängt sich zwischen die Töne, ich verliere den Faden, und plötzlich knallt der Deckel zu – ich kann grade noch die Hände wegziehen.

Will die mich verarschen, die hat mir fast die Finger gebrochen.

»Alter, geht's noch?«

»Was glauben Sie, wo Sie hier sind, Malinski? Mein Unterricht ist keine Zirkusnummer!«

Zwei, drei, vier Sekunden völlige Stille, mit zusammengebissenen Zähnen starren wir uns an. Dritte Runde. Es fehlt nicht viel, und ich wäre ihr an die Gurgel gesprungen, stattdessen stehe ich wortlos auf, während sie ihre marmorne Fassung wiedergewinnt.

»Morgen um die gleiche Zeit«, fügt sie ruhiger hinzu. »Und seien Sie pünktlich, wenn Sie den Unterricht fortsetzen wollen.«

Es kostet mich schier übermenschliche Kräfte, mir zu verkneifen, was mir auf der Zunge liegt: dass ich fast lieber nach Fleury-Mérogis gehen würde. Und sie ist noch nicht fertig mit ihrer Belehrung.

»Wenn Sie glauben, dass Sie die Musik beherrschen können, haben Sie sich getäuscht, Malinski. Entweder Sie gehen mit oder Sie fallen raus, dann geht es ohne Sie weiter. Die Musik war vor Ihnen da, sie wird auch nach Ihnen da sein. Hören Sie zu. Respektieren Sie sie. Sonst kommen Sie nirgendwohin.«

Ich murmele irgendwas Zustimmendes und gehe zur Tür, wo sie mir gezielt einen letzten Uppercut versetzt.

»Jedenfalls nicht bei mir.«

Das Klavier ist zu einem Freund geworden. Eine vertraute Präsenz, sanft und tröstlich, die sich um ihn schließt wie eine Blase, sobald er sich auf den Hocker setzt. Es duftet leicht nach Holz und Wachs, die Sonne spiegelt sich auf dem rissigen Lack. Es ist ein Zauberkasten, eine Kiste ohne Boden, in dem tausende Töne warten, schwebend, verspielt. Eine Quelle der Musik, ein Spielzeug mit wandelbarer Gestalt, deren Schlüssel nur den Wissenden gehört. Für die anderen ist es nur ein altes, unbeseeltes Ding, doch sobald man seine Klappe öffnet, lächelt es mit all seinen elfenbeinfarbenen Zähnen.

Der kleine Junge bleibt so gut wie jeden Tag, wenn er von der Schule heimkommt, vor der Tür im fünften Stock stehen und klopft, und er weiß, dass das Klavier auf ihn wartet. Der Mann, der mit der Musik lebt, hat jetzt einen Namen, er heißt Jacques, oder besser gesagt Monsieur Jacques, weil Jacques allein ihm so schwer über die Lippen kommt. Er ist recht alt, aber sein Alter ist eigentlich keine Zahl, als ob er aufhören könnte, zu altern, für immer derselbe bleiben, mit seinem dicken Bauch und seiner Glatze, eine Art ewiger Großvater. Es ist gut, ihn dort zu wissen, mit seiner sanften Stimme, bereit, alles zu erklären, die Welt, die Sterne, das Glück, die Traurigkeit, die Musik. Monsieur Jacques weiß alles, und er lässt das Klavier sprechen, spricht es an wie einen Freund, ohne es je zu bedrängen, denn man muss sein Vertrauen gewinnen. Das Klavier ist ein wildes Tier, das man jeden Tag zähmt und das am nächsten Tag vergessen hat. Man braucht Geduld. Und Liebe. Man muss lernen, mit ihm zu sprechen, mit ihm spielen, es überzeugen, damit es seine Musik freigibt. Es ist aufregend und manchmal ein bisschen mühsam, aber der kleine Junge ist mit ganzem Herzen dabei, denn für einen Freund tut man das. Er erinnert sich nicht mehr an den Augenblick, als das Klavier angefangen hat, ihn anzulächeln, aber er ist jetzt kein Kind mehr, er ist schon neun Jahre alt und spielt wie ein richtiger Pianist.

Er ist stolz.

Noch stolzer als auf seine guten Schulnoten.

Abends, bevor er einschläft, sagt sich der kleine Junge manchmal, dass das Klavier da ist, zwei Etagen tiefer, dass es morgen noch da sein wird, und am Tag darauf, und jeden weiteren Tag, sein Leben lang, und er schläft friedlich ein, gewiegt von der Erinnerung an die Noten, die er gespielt hat. Er vergisst darüber beinahe die Rufe draußen, Leute, die Motoren laufen lassen, Pfiffe, Sirenen, Beschimpfungen. Er vergisst, dass die Welt schlecht ist, dass er niemals in das Auto eines Fremden steigen oder ein Bonbon essen darf, das man ihm schenkt. Dass er seiner Mutter versprochen hat, niemals einen Menschen zu schlagen. Dass er geschworen hat, sofort nach der Schule nach Hause zu kommen, und nicht mit den trödelnden Großen zu sprechen. Er vergisst den Jungen, der im Treppenhaus verprügelt wurde, sein geschwollenes Gesicht, seine scheuen Augen. Auch die grauen Hunde mit ihren großen Mäulern, die die Zähne fletschen und bellen. Er weiß, dass er, wenn er die Augen fest schließt, nur noch Musik sieht, Noten, die im weichen Licht, das durch die Gardine fällt, aus einem alten Klavier aus Holz aufsteigen.

Und er schläft mit einem Lächeln ein.
Weil das Klavier niemals ein Feind sein wird.
Niemals.

10

Die Comtesse am Tisch in einer Brasserie, das ist zum Schießen. Seit ich sie kenne – und da kommen einige Jahre zusammen –, habe ich sie immer nur mit kleinen Salaten zum Mitnehmen gesehen, drei Bissen Gurke und einen Würfel Feta. Sie isst so, wie sie lebt, mit einer Art germanischer Strenge, die ihre zierliche Figur und die Verzagtheit ihres Exmanns erklärt. Bei den Auswärtsessen habe ich beobachtet, wie sie ihre Rolle spielte, genießerisch die Auswahl der Weine kommentierend, aber ich weiß, dass sie im Grunde nur den wesentlichen Dingen Bedeutung beimisst. Essen gehört nicht dazu. Aber ich habe keine Ahnung, wie ich ihr sonst danken soll, und außerdem ist es schon eine Weile her, seitdem wir uns das letzte Mal anderswo getroffen haben als in unseren Büros.

Aber sie hat keine Lust, über Bücher zu reden.

Auch nicht über das Wetter.

Oder Politik.

»Ich hatte vorhin eine Stunde mit deinem Schützling«, platzt es vorwurfsvoll aus ihr heraus.

»Ich weiß, danke dir noch mal. Bei deinem vollen Terminplan ...«

»Das war seine dritte Stunde, Pierre.«

»Und ... läuft es gut?«

Ich wage kaum, ihr in die Augen zu schauen, aber ich versuche, den Schein zu wahren. Ich kann ihr nicht sagen, dass ich ganz genau weiß, wie es läuft. Dass Mathieu nach der ersten gemeinsamen dreißigminütigen Unterrichtsstunde in mein Büro gestolpert kam und brüllte: »Scheiße, die ist doch voll irre, die Alte.« Dass er mich anflehte, ihm einen anderen Lehrer zu suchen, wenn ich nicht wolle, dass das Ganze in einem Massaker endet. Ich weiß, dass dieses Unterfangen kein leichtes sein wird. Doch entweder, wir machen es mit der Comtesse oder gar nicht.

»Aus diesem Jungen wird nie etwas. Sag mir nicht, dass dich das wundert.«

»Du bist hart, Élisabeth. Es stimmt, er ist nicht sehr kompromissbereit, aber ...«

»Nicht sehr kompromissbereit?«

Der Ausdruck, das gebe ich zu, ist ziemlich schlecht gewählt.

»Er ist ein von sich selbst überzeugter kleiner Pfau, der nicht im mindesten Autorität erträgt«, fährt sie fort, während sie nebenbei die Karte überfliegt. »Er hat am Konservatorium nichts verloren.«

»Er ist extrem begabt ... Ist dir bewusst, dass er nie eine Hochschule besucht hat?«

»Oh, das ist mir durchaus bewusst«, antwortet sie mit einem kalten Lächeln. »Er ist völlig respektlos, glaubt sich allwissend und will nichts lernen.«

Der Kellner unterbricht uns, was mir etwas Zeit verschafft, um meine Verteidigung vorzubereiten. Beim Blick in die Karte stelle ich fest, dass sich hier viel verändert hat. Das Kalbsbries steht nicht mehr drauf. Das Morchelrisotto auch nicht. Stattdessen ein sogenanntes XXL-Entrecôte – als wären wir in einer Autobahnraststätte –, und der gute alte Kartoffelsalat mit Hering, nach »Großmutters Art«. Ich weiß nicht, was das bedeuten soll. Ehrlich gesagt ist es mir auch egal. Ich dachte, es würde mir guttun, mal wieder essen zu gehen, aber genauso gut könnte ich wohl ein getoastetes Käse-Schinken-Sandwich für acht Euro im Café gegenüber in mich hineinschlingen.

Für mich ist der Zug definitiv abgefahren.

Dann also ein Tatar und für Élisabeth einen Salade Landaise mit Gänsestopfleber, der ihre Gewohnheiten nicht durcheinanderbringen dürfte, zumal sie extra »ohne Mägen« bestellt. Dazu ein großes San Pellegrino, denn uns steht der Sinn nicht gerade danach, die ansehnliche Karte von Burgunderweinen durchzugehen. Abgesehen von dem Dekor aus dem neunzehnten Jahrhundert, den weißen Tischdecken und den Kupferstichplatten, hätte dieses Mittagessen überall stattfinden können, einschließlich meines Büros.

Und ich ruiniere es endgültig, als ich meinen Tatar in Worcester-Soße ertränke, weil der Deckel nicht richtig zugeschraubt war.

Es gibt solche Tage.

»Ich bin ganz deiner Meinung, Élisabeth. Mathieu ist

ein schwieriger Schüler, aber in meiner dreißigjährigen Laufbahn ist mir so etwas nicht oft untergekommen.«

»Zum Glück!«

»Du weißt doch, was ich meine. Dieser Junge ist begabt, vielleicht sogar genial. Deshalb habe ich dich gebeten, ihn unter deine Fittiche zu nehmen.«

Langsam, bedächtig, mischt sie ihren Salat, als wollte sie ihre Argumente reifen lassen.

»Du lässt dich mitreißen, Pierre. Er hat das absolute Gehör, meinetwegen, und unleugbares Talent. Aber deshalb gleich einen Mozart aus ihm zu machen …«

»Ich sage ja nicht, dass es ohne viel Arbeit getan ist.«

»Wenn es nur Arbeit wäre – das ist nicht das Problem. Er will nicht lernen!«

»Aber natürlich. Er ist nur ein bisschen durcheinander. Er hat eine stürmische Seite, aber mit der richtigen Anleitung kann er es weit bringen – sehr weit.«

Ein Anflug von Unverständnis liegt in ihrem Blick, und ich kann es ihr nicht übelnehmen, an ihrer Stelle würde ich Mathieu Malinski auch nicht als Schüler wollen. Ich muss anders ansetzen.

»Ich habe dir von seinem Hintergrund erzählt … Mit einundzwanzig Jahren schuftet er in einem Lager, weil seine Mutter es alleine nicht schafft …«

Mit einer Geste unterbricht sie mein Porträt von Oliver Twist, das sie offenbar nicht gerade zu Mitleid rührt.

»Benachteiligte Schüler haben wir genug gehabt«. Sie verliert beinahe die Beherrschung. »Stipendiaten, Kinder vom Jugendamt ... Keines von ihnen hat in Anbetracht der Chance seines Lebens jemals einen solchen Unwillen an den Tag gelegt. Im Gegenteil!«

»Er gewöhnt sich schon ein.«

»So wie er sich sträubt? Das bezweifle ich. Er ist nur darauf aus, den Showdog zu spielen, zu zeigen was er kann, ohne einen Funken Finesse. Phrasierungen, Modifizierungen, Klangebenen ... Monsieur steht über alldem.«

Da mir die Argumente ausgehen, gieße ich ihr Wasser nach, und in ihrem Glas wirbelt ein Sturm von Blasen in größtem Chaos auf.

»Ich verstehe nicht, warum du dich darauf versteifst«, fährt sie fort. »Es gibt doch genug ehrgeizige Menschen, aber du ziehst für den einen zu Felde, der nicht will.«

»Da kommt der Bernhardiner in mir durch.«

»Du wirst ihn nicht ändern, Pierre. Du wirst dir höchstens die Zähne an ihm ausbeißen.«

Ich lasse den Rest von meinem gallebitteren Tatar stehen – und das Tatar ist nicht das einzige Bittere –, während ich diesen kleinen Dummkopf verteufele, dessen größte Leistung es ist, eine der angesehensten Lehrkräfte Europas an ihre Grenzen zu bringen. Muss er das Putzen lieben!

»Wenn du nicht mehr weitermachen willst«, sage ich seufzend, »verstehe ich das. Du hast eine Engelsgeduld bewiesen.«

Meine Mutlosigkeit lässt ihre Wut plötzlich abklingen. Ich kenne sie gut genug, um in ihr eine Woge des Zweifels aufsteigen zu spüren, die allmählich ihre Entschlossenheit auflöst. Und ihr seltenes kleines Lächeln, kaum wahrnehmbar, geheimnisvoll, erhellt flüchtig ihren Blick. In diesem Moment, die Hände auf dem Tisch gefaltet und mit der Kopfhaltung einer Ballerina, macht sie ihrem Spitznamen alle Ehre.

»Ich werde doch niemanden im Stich lassen, der mich zu einem Salade Landaise einlädt«, sagt sie nur.

Ich erwidere ihr Lächeln, ohne ihr zu zeigen, wie erleichtert ich bin, denn sie weiß es.

»Ohne Mägen.«

»Und Speck. Aber meine Geduld hat Grenzen, Pierre. Wenn sich dein kleines Wunder im Gegenzug meiner Bemühungen nicht minimal anstrengt, beende ich das Ganze, da kannst du mich noch so oft zum Salat einladen.«

11

Leggiero am Arsch. Ich will nur eins: auf das Scheißklavier einhämmern, bis mir die Finger bluten. Ich hab schon jetzt die Schnauze voll von Brahms und seinen Übungen, seinem harmonischen Rhythmus aus halben Noten, den Pedalwechseln, dem geraden Rücken, und den Schultern, und meinen vierten Fingern, die nicht folgen, weil sie angeblich nicht beweglich genug sind. Supernanny muss gerade von Beweglichkeit reden. Die ist steif wie ein Besenstiel und wirft mir ihre Anweisungen an den Kopf, wie man jemandem ins Gesicht rotzt, und ich, ich schlucke wortlos alles, fast lächel ich noch freundlich. Genau das will die. Genau das wollen die. Einen braven Soldaten, diszipliniert, unterwürfig, dankbar, einen Köter, der aus Angst, aufs Maul zu kriegen, vor Herrchen kuscht. Wenn ich nicht wieder zurück in meine selbstgegrabene Grube will, muss ich diesen Preis zahlen, und so hoch ist er ja eigentlich nicht. Ich muss nur die Zähne zusammenbeißen, an was anderes denken, und mich anstrengen, so zu spielen, wie sie es gern hätten. Nach den Regeln. *Leggiero*. Muss mein Gefühl vergessen, die Freude, alles, was ich gelernt habe, alles, was ich kann, artig entschlüssele ich das Gekritzel von Brahms und den anderen, nie breche ich aus, nie tanze ich aus der Reihe.

Die haben nichts begriffen, aber ich scheiß drauf.

Und die Comtesse schließt die Augen, weil ich endlich mal so spiele, wie es ihr gefällt.

»So ist es besser … lassen Sie sich tragen … stellen Sie sich rechts eine Klarinette vor, und links ein Waldhorn.«

Klar doch. Und vielleicht noch eine E-Gitarre am rechten Fuß.

»g, h, f, d!«

Danke, weiß ich.

»h, d, f, h!«

Weiß ich auch. Steht vor meiner Nase.

»Sie kommen aus dem Rhythmus, Malinski! Konzentration!«

Nicht so einfach, wenn sie ständig dazwischenquakt.

»Die Vierten! Viel zu steif, wie Streichhölzer!«

Ich trau mich nicht, ihr zu sagen, wo sie sich die Vierten hinstecken kann, weil sie es anscheinend gut findet, dass ich mich anstrenge. Genauso wenig erzähle ich ihr, dass ihr Boss mir heute Morgen den Kopf gewaschen und mich daran erinnert hat, dass er mich fallen lässt wie ein Stück Scheiße, falls ich nicht mitmache.

Die wollen Unterwürfigkeit? Können sie haben.

»Noch mal von vorn. Da fehlt das Gefühl.«

Ich fange noch mal neu an.

»Nicht ablesen, Sie müssten die Übung doch mittlerweile beherrschen.«

Was denn nun. Vorhin erst hat sie mich angeschnauzt, weil ich die Augen zu hatte.

»Besser.«

Ihre Majestät ist zu gütig.

»Sie können aufhören, das reicht für heute.«

Ich antworte in meiner besten Streberstimme »Ja, Madame«, so dass sie die Stirn runzelt. Ich hätte es mir verkneifen können, aber es ist mir einfach rausgerutscht, außerdem hab ich in einer Stunde genug Punkte gesammelt: noch nie hat sie so oft das Wort »besser« benutzt, ich glaub, sie hat einmal sogar »gut« gesagt.

»Morgen um die gleiche Zeit«, sagt sie und packt die Noten zusammen. »Üben Sie heute Abend ruhig noch ein bisschen, damit wir das Tempo anziehen können.«

»Okay.«

»Achten Sie auf die vierten Finger.«

»Okay.«

»Und die Pedalwechsel.«

»Jap.«

Mir ist klar, dass meine Einsilbigkeit sie wahnsinnig macht, aber sie ist gleich am Anfang voll krass ausgeflippt, jetzt muss sie mir kleinere Frechheiten durchgehen lassen. Die Stunde ging relativ schnell um – passiert selten –, und sie will meine Arbeit nicht durch kleinliche Bemerkungen über Manieren kaputtmachen. Ich hab gerade gesessen. Ich habe Brahms gespielt. Ich möchte wetten, dass sie gleich zu ihrem Chef rennt und ihm die gute Nachricht verkündet: Sein Schützling ist auf den rechten Weg zurückgekehrt, er lernt jetzt Noten lesen. Ganz prima.

»Tschüss, bis morgen«, sage ich und lächel schleimerisch.

»Bis morgen, Monsieur Malinski.«

Na, sieh mal an, jetzt bin ich wieder »Monsieur«, das beruhigt mich vollends. Noch zwei Stunden, und ich hab die Comtesse in der Tasche.

»Noch eine Sache«, ruft sie, als ich schon in der Tür stehe.

»Ja?«

»Wenn der Unterricht Ihnen etwas nutzen soll, müssen Sie mit dem Herzen dabei sein.«

Als Antwort verziehe ich skeptisch das Gesicht, weil ich nicht weiß, was sie jetzt schon wieder will.

»Sie fahren mit halber Kraft, Monsieur Malinski. Sie tun alles, um möglichst glatt und fleißig zu wirken, und aus irgendeinem Grund sind Sie auch noch stolz darauf. Wenn Ihr erklärtes Ziel darin besteht, ein tüchtiger, seelenloser Befehlsempfänger mit ausreichend technischen Kenntnissen für eine Hochzeitskapelle zu werden, dann sind Sie auf dem besten Weg.«

Mir ist, als hätte sie mir eins mit dem Knüppel übergezogen, ich muss mich zwingen, zu lachen. Dabei ist es alles andere als witzig, meine Kehle wird so eng, dass es fast weh tut. Eine Mischung aus Wut, Stress und Resignation, ein Scheißgefühl, das mich jedes Mal niederdrückt, sobald ich durch diese Tür komme.

Und jetzt knalle ich sie mit solcher Wucht zu, dass sie fast aus den Angeln kracht.

*

Wir stehen voreinander wie zwei Idioten und bringen kein Wort raus. Ich, weil sie noch immer wunderschön ist, und sie, weil ihr mein Gesicht was sagt. Klar, ohne meine Hotdog-Verkleidung bin ich ein bisschen wie Clark Kent: ein Typ, den man schon mal irgendwo gesehen hat, aber man erkennt ihn nicht als Superman. Das zeugt in der Tat von einem schlechten Personengedächtnis, oder aber von mangelndem Interesse an Putzmännern … Vor nicht mal einer Woche haben wir uns unterhalten, im selben Gang, neben dem kaputten Kaffeeautomaten.

Aber Alter, diese krassen Augen.

»Wir kennen uns doch!«

Ich mustere sie einmal von oben bis unten, als müsste ich ebenfalls in meinem Oberstübchen kramen. Als wäre ich nicht den Dialog am Kaffeeautomaten tausendmal im Kopf durchgegangen, um rauszufinden, wo genau ich Scheiße gebaut habe. Sie sieht noch geiler aus als beim ersten Mal, schwarzer Pullover, Afro, umwerfendes Lächeln, bei dem sie Grübchen bekommt.

Aber ich vergesse nicht einfach, was passiert ist.

Schon lustig, in Jeans und Turnschuhen bin ich auf einmal nicht mehr unsichtbar.

»Jap, gut erkannt«, antworte ich betont ironisch.

»Ach, ja, stimmt! Vom Kaffeeautomaten!«

Das sagt sie mir mal so eben, ist ihr gar nicht peinlich, als hätte sie vergessen, dass ich ihr beim letzten Mal nicht gut genug war.

»Genau.«

»Aber … Nimmst du hier Unterricht? Ich dachte, dass du …«

»Dass ich was?«

»Dass du hier arbeitest.«

Nicht schlecht, diplomatisch, dann muss sie nicht »putzt« sagen. Leute wie sie sind so dran gewöhnt, alles schön zu verpacken, dass es ganz natürlich wirkt.

»Ja, ich putze hier, falls du das meinst.«

Sie kapiert es nicht. Wie auch. Also guckt sie mich auffordernd an, hofft, dass ich was dazu sage, aber die kann mich mal. Wenn sie was wissen will, soll sie fragen.

»Und gleichzeitig studierst du?«

Da hat wohl jemand den letzten Teil des Gesprächs mit der Comtesse mitbekommen, und jetzt versteht sie nicht, wie so ein Würstchen dazu kommt, bei der angesehensten Lehrerin des Konservatoriums Unterricht zu nehmen. So ganz kapier ich das ehrlich gesagt auch nicht, aber es tut gut, dass zur Abwechslung mal sie mich mit großen Augen anschaut. Auch wenn es mir lieber gewesen wäre, sie hätte den letzten Teil von Supernannys Predigt nicht mitgekriegt, weil ich jetzt wie der letzte Loser dastehe.

»Jap.«

»Krass. In welchem Semester bist du?«

Ich gehe nicht auf ihre – unbequeme – Frage ein, sondern starre sie so kühl wie möglich an, denn es ist schon ganz schön dreist, dass sie sich herablässt, mit mir zu reden, jetzt, wo ich in ihren Minikosmos guterzogener Streber aufgenommen bin.

»Ach, jetzt auf einmal bin ich interessant, oder was.«

»Nein.« Sie ist beleidigt. »Ich habe mich nur gefragt, woher wir uns kennen.«

»Und das hättest du garantiert auch gemacht, wenn ich meine Arbeitsklamotten angehabt hätte.«

»Was soll das jetzt heißen?«

»Das soll heißen, dass die kleine Prinzessin sich nicht mit dem gemeinen Volk abgibt.«

In ihrem Blick flammt Wut auf, sie holt tief Luft, sucht nach Worten, dann dreht sie sich um und marschiert mit großen Schritten davon. Ohne sich umzusehen. Am Ende stehe ich noch da wie der letzte Depp.

An der Treppe fängt ein Typ mit Brille sie ab, Küsschen rechts, Küsschen links, aber sie ist so sauer, dass sie ihm kaum zuhört, und ich bin stolz. Ich muss nicht hören, was sie sagen, das weiß ich auch so. Er fragt, was los ist, sie sagt, nichts, alles gut, und natürlich glaubt er ihr nicht. Mein Hochgefühl hält allerdings nicht lange an, denn der Kerl sieht gar nicht mal so schlecht aus, gut geschnittener Bart, gekonnter Out-of-Bed-Look, grauer Schal, schwarzer Mantel. Sein sicheres Auftreten gefällt mir genauso wenig wie seine selbstgefällige Visage. Und noch weniger gefällt mir, dass er ihr die Hand auf die Schulter legt, um zu zeigen, nein, Quatsch, das macht doch nichts, und sie zum Kaffeeautomaten schiebt. So langsam hab ich das Gefühl, ich hab's vergeigt.

Alter, sie wollte mit mir reden.

Hätte ich nie für möglich gehalten.

Sie wollte mit mir reden, und ich war voll assi.

Nur ich bin so blöd und finde meinen Stolz wichtiger als so eine Frau. Und was hab ich davon, zwei, drei Minuten Genugtuung, eine armselige Rache, die sie in spätestens einer Stunde vergessen hat? Sie wirkt schon wieder ganz gechillt, einen Becher Kaffee in der Hand, während der Wichser vor ihr seine Nummer abzieht und Prince Charming mäßig post. Manchmal bin ich wirklich so ein Idiot.

Und die Comtesse würde mir nicht widersprechen.

12

Eine Doppelseite in *Le Monde*, das ist das i-Tüpfelchen. Ich erkenne mich kaum wieder, schwarzweiß, Dämmerlicht, im Halbprofil, hinter den leicht unscharfen Rauchschwaden einer Marlboro. Dieses Foto ist wohl zehn Jahre alt. Ich erinnere mich sehr gut an den Tag, an dem es in einem Café in Saint-Germain-des-Prés aufgenommen wurde, um einen Artikel über meine Beförderung zum Fachbereichsleiter zu illustrieren. Damals war es nur ein kleiner Textkasten, doch die Nachricht hatte sich wie ein Lauffeuer verbreitet. Mein Telefon klingelte ununterbrochen, man gratulierte mir, als hätte ich den Prix Goncourt bekommen. Für meine Freunde war ich Michael Jackson und für meine Mutter, die damals noch lebte, der Messias. Heute ist es kein Kasten, sondern eine Doppelseite in der Mitte, die wirklich ins Auge fällt. Ich male mir aus, welchen Effekt sie auf mein Leben haben wird, in einer Stunde, in zwei Stunden, zwei Tagen. Bei einer solchen Schlagzeile:

»Pierre Geithner: der Untergang.«

Mit einer Art Fatalismus, als wäre ich schon tot, habe ich den Artikel dreimal gelesen. Die sind ziemlich gut informiert bei *Le Monde*. Ein bisschen zu gut sogar. In diesem Haifischbecken hat ihnen wahrscheinlich eine gute Seele die drohende Streichung der öffentlichen Mittel geflüstert und das Ganze zu einer Staatsangelegenheit aufgeblasen, weil sie nach Sensationen gieren.

Die Tür öffnet sich mit einem lauten Krach, herein stürmt ein dramatischer Ressigeac.

»Hast du den Artikel gesehen? Das ist eine Katastrophe!«

»Wir wollen es mal nicht übertreiben. Die schreien schon Ruin, noch bevor das Ministerium überhaupt entschieden hat.«

»Jeder weiß, wie das enden wird, Pierre. Das ist kein Geheimnis …«

Mit einem bitteren Lächeln frage ich mich, ob womöglich er, absichtlich oder nicht, die undichte Stelle ist.

»Tatsache ist, der Informationsfluss funktioniert.«

»Was willst du damit andeuten? Sei nicht paranoid!«

»Dass die Journalisten diese Geschichte nicht aus dem Hut gezaubert haben. Und noch weniger haben sie es aus dem Ministerium! Das kommt von hier.«

»Die Leute reden eben«, räumt er schulterzuckend ein. »Die Branche ist klein.«

Es setzt sich auf meinen Schreibtisch, angelt nach der Zeitung und überfliegt den Artikel noch einmal, wobei er sich nervös mit der Hand durchs Haar fährt. Nein, er hat die Presse nicht informiert. Selbst wenn er mich schon seit einer Weile loswerden will. Diese Doppelseite ist eine Katastrophe für seine Karriere, ein Vorgeschmack auf Klein-Watergate, das durchaus seine Ambitionen zunichtemachen könnte.

»Wir müssen eine Gegenerklärung abgeben«, murmelt er und legt die Zeitung wieder hin.

»Keine gute Idee. Das wird die Gerüchteküche nur brodeln lassen.«

Sein entmutigter, herzzerreißender Seufzer lässt mich beinahe vergessen, dass ich derjenige bin, der die Doppelseite in *Le Monde* ziert.

»Du hast recht. Und außerdem besteht eine Gegendarstellung bestenfalls aus zwei Zeilen am Seitenende, die sowieso niemand liest.«

»Ganz abgesehen davon – sollte die Meldung sich bewahrheiten ...«

»Wir würden uns blamieren, ich weiß.«

In der Totenstille, die sich ausbreitet, fängt er an, auf und ab zu gehen, und ich schweife ab, schaue durch das große Glasfenster, wo die Herbstsonne einen Saum auf die Wolken zeichnet. Unmöglich zu denken, zu diskutieren, ich empfinde nur Müdigkeit. Bitterkeit. Tiefe Traurigkeit. Und ich bin nicht sicher, ob mich diese Doppelseite in *Le Monde* nicht eigentlich doch ein bisschen stört.

»Unsere letzte Hoffnung ist der Grand Prix d'excellence«, spricht Ressigeac weiter, der plötzlich wieder zu sich kommt.

Das ist nicht der Moment, um zu lächeln, also nicke ich, aber über seinen Prix d'excellence kann ich nur schmunzeln. Jedes Jahr wird er uns vor der Nase weggeschnappt von Stachanowisten der Musik, Russen oder Chinesen, die nur leben, um zu spielen. Und wir klammern uns an unsere Erinnerungen wie Schiffbrüchige an eine alte Planke: Marine Dornier, 2007. Félix de Raignac, 2008. Siege, die Jahr für Jahr heraufbeschworen werden, inbrünstig rufen wir sie uns ins Gedächtnis, um uns darüber hinwegzutäuschen, dass wir nur noch die Handlanger einer neuen Generation sind.

Exzellenz ist mehr als Talent.

Es ist Arbeit, Freude, Leidenschaft, Instinkt.

»Einen Versuch ist es wert«, antworte ich ein bisschen gezwungen.

»Um Gottes Willen, Pierre! Ein bisschen mehr Begeisterung, sonst schaffen wir es nie.«

»Ich habe gesagt, einen Versuch ist es wert.«

»Das will ich nicht hören! Ich erwarte, dass du sagst: Ja, wir werden alles geben, wir schaffen es, wir werden diesen verdammten Wettbewerb gewinnen und dem Rest der Welt beweisen, dass das letzte Wort noch nicht gesprochen ist!«

»Genau das meinte ich … Nur ein bisschen weniger hochtrabend.«

Er rollt mit den Augen, verkneift sich offensichtlich, was er wirklich denkt, dann hakt er noch einmal nach, weil er nicht will, dass ich es mir anders überlege. Nicht jetzt.

»Na schön. Zeig mir mal die Dossiers … Wir haben gute Leute, oder?«

Er blättert die Seiten durch, die ich ihm reiche, und teilt sie auf meinem Schreibtisch in zwei Stapel auf, wobei er vor sich hin murmelt, aber ich höre nicht wirklich zu. Ein Foto nach dem anderen, freundliche, starre Gesichter. Manche beeindrucken ihn mehr, andere weniger, und jene, die Gnade vor seinen Augen finden, legt er auf den linken Stapel, zu all seinen Hoffnungsträgern. Ressigeac hatte schon immer die Tendenz zu glauben, er kenne sich mit den Dossiers aus, obwohl die einzige Sache, die ihn wirklich interessiert, in der Summe seiner Excelfelder Platz hat.

»Agnelli?«

»Nein. Sein letztes Jahr war sehr enttäuschend.«

»Ach. Und die kleine Belgierin ... Maud Pieters? Sie ist begabt.«

»Nicht begabt genug für den Grand Prix. Sie ist noch zu verkopft.«

Wieder vertieft er sich in seine Fahndung, bis er mir triumphierend ein Blatt unter die Nase hält.

»Sébastien Michelet! Er ist begabt, ein Arbeitstier, er spielt oft mit dem Orchester des Konservatoriums, und die Comtesse lobt ihn in den höchsten Tönen. Er ist ein zukünftiger Solist, darüber sind sich alle einig, und außerdem hat er Bühnenerfahrung ... Er ist perfekt.«

»Hm.«

»Was soll das heißen, hm? Hast du einen besseren Vorschlag?«

»Vielleicht. Lass mich mal nachdenken.«

Seine misstrauische Miene, die er immer schlechter

überspielt, spricht Bände darüber, wie wenig er meine Kompetenzen noch schätzt.

»Du scheinst nicht zu begreifen, was auf dem Spiel steht ... Wenn wir auf das falsche Pferd setzen, wird uns der Grand Prix auch dieses Jahr entgehen, und das würde ein Begräbnis erster Güte für den Fachbereich bedeuten, für das Konservatorium und für unser Budget der kommenden Jahre.«

»Ich weiß.«

»Und für dich auch, Pierre. Nach der Sache wird dich niemand mehr aus dem Wasser ziehen, weder ich noch sonst wer. Ich sage dir das in aller Freundschaft.«

»Das ist mir vollkommen klar.«

»Das scheint dir ja nicht gerade schlaflose Nächte zu bereiten.«

Ohne auf diese letzte Spitze zu antworten, schiebe ich die Lebensläufe zu einem einzigen Stapel zusammen, um ihm zu zeigen, was ich von seiner Rangliste halte.

»Ich lasse dich die Auswahl treffen«, beginnt er um des lieben Friedens willen von vorn. »Wir kommen übermorgen während des Meetings darauf zurück und sprechen mit den betreffenden Professoren. In Ordnung?«

»Hervorragend.«

Ich schaue ihm nach, wie er durch die Tür verschwindet, und mit ihm Stress und kalter Rauch, den Rücken krumm, als würde er das Konservatorium auf seinen Schultern tragen. Morgen ist auch noch ein Tag. Und ich brauche Zeit. Nicht, um die Dossiers durchzugehen, die ich schon auswendig kenne, sondern um den richtigen Blickwinkel zu finden, das schlagende Argument, den unwiderlegbaren Beweis, damit es mir gelingt, ihm den unverkäuflichsten Kandidaten der Welt zu verkaufen.

*

Mathieu Malinski sitzt am Klavier auf der Bühne im Großen Saal und wartet. In einem Lichtkreis wartet er mit seiner mürrischen Teenie-Schnute, um zu erfahren, was er hier soll. Ohne Uniform, ohne Scheuertuch, ohne Termin, ohne Noten, im Vieraugengespräch mit mir in einem leeren Saal.

Ich schaue auf die Uhr, weil die nächste Probe gleich beginnt.

»Wie fühlt es sich an, wieder an diesem Klavier zu sitzen, Mathieu?«

Lustlos, träge, zerzaust dieser kleine Idiot seine blonden Haare, bevor er einen gleichgültigen Blick auf den Steinway wirft. Ich weiß nicht, wie lange er noch gedenkt, mir mit diesem kindischen Verhalten zu begegnen, aber ich habe keine Zeit mehr zu verlieren.

»Keine Ahnung«, antwortet er lahm.

»Gar nichts?«

»Nö.«

Ich nähere mich, ohne ihn aus den Augen zu lassen.

»Das ist ein Steinway, der Rolls Royce unter den Klavieren, und Sie sagen mir, dass Sie das kaltlässt.«

»Jap.«

»Ich weiß nicht, wem Sie etwas vormachen wollen, Ihnen oder mir …«

»Gar keinem. Rolls Royce oder Twingo, da scheiß ich drauf, Autos gehen mir am Arsch vorbei.«

Einmal mehr frage ich mich, ob ich mir das Licht in diesem Abgrund der Unzulänglichkeit nicht eingebildet habe, aber ich weiß, dass die Dunkelheit in dem Moment, wenn seine Finger sich auf die Tasten legen, ein Ende haben wird. Das hoffe ich zumindest, denn wir spielen mit hohem Einsatz, wir beide.

»Erzählen Sie mir, warum Sie Klavier spielen, Mathieu.«

»Nur so. Langeweile.«

»Das ist alles.«

»Reicht doch wohl, oder?«

Ich nehme vorsichtig den Tastenschoner aus Samt von der Klaviatur und lasse das mittlere C erklingen.

»Das letzte Mal haben Sie die *Ungarische Rhapsodie* von Liszt auf diesem Klavier gespielt. Spielen Sie sie noch einmal.«

»Wozu?«

»Weil ich Sie darum bitte.«

»Ich hatte meine Stunde heute schon«, murmelt er bockig.

»Das hier ist kein Unterricht.«

In diesem Augenblick kommt der Dirigent herein, seine Tasche in der Hand, den Mantel über dem Arm. Er nickt mir zu und geht zu seinem Pult, wo er sich in aller Ruhe einrichtet. Auf dem Flur sind schon Stimmen zu hören. In wenigen Minuten wird dieser Saal voll sein.

»Da kommen Leute. Die brauchen den Saal.«

»Ein Grund mehr. Spielen Sie die Rhapsodie, wie Sie es damals getan haben.«

»Wollen Sie sehen, ob ich besser geworden bin, oder was? Dann geben Sie mir eine andere Partitur, das Stück kenn ich schon.«

»Ich weiß.«

Eine Spur Angst schimmert hinter seinem Vorhang aus Testosteron, lässt in seinem Blick etwas aufflammen, das an Kindlichkeit erinnert.

»Nein, aber ohne Scheiß, was wollen Sie jetzt?«

»Nur zu«, sage ich, die Klavierflanke des Steinway tätschelnd. »Je länger sie warten, desto mehr Leute werden hier sein.«

Wieder kommen drei oder vier Musiker herein und werfen diesem Pianisten im Kapuzenpulli, in dessen nach außen hin gleichgültigem Gesicht Anzeichen von Nervosität aufflackern, verstohlene Blicke zu. Nein, er hat noch nie in der Öffentlichkeit gespielt. Nicht wirklich. Der Bahnhof zählt nicht, er ist ein Ort des Übergangs, ein Becken der Gleichgültigkeit, eine Grauzone, wo die Aufmerksamkeit der namenlosen Passanten flüchtiger ist als ein Windstoß. Was er in diesem Augenblick erlebt, ist das Ringen mit seinem Herzklopfen, seinen Fingern, die ihm nicht gehorchen. Es ist das zugleich schreckliche und berauschende Gefühl, dass alle Blicke auf ihn gerichtet sind, dass das Licht des Scheinwerfers ihn verbrennt, seine geschlossenen Augenlider durchdringt, als wäre er nackt in der Sonne. Dann atmet er tief ein, streicht mit den Fingerspitzen über die Tasten und wagt es. Springt über seinen Schatten. Während der Saal sich zusehends mit Studenten füllt, die allesamt darauf warten, zu beurteilen, begutachten, auszulachen, abzuwerten. Ein ungerührtes Publikum, vielleicht sogar feindselig. Ein akademischer Kreis, der mit der Muttermilch aufgesaugt hat, dass nur Diplome zählen. Genau für diese Bonzenkinder, die jetzt entdecken werden, wer sich hinter der Fassade verbirgt, wird er spielen.

Ich weiß nicht warum, aber ich bin zuversichtlich.

Die ersten Noten sind gefallen, entschlossen, sicher, stark. In den ersten Takten der Rhapsodie liegt etwas Tückisches, eine martialische, ja sogar finstere Versuchung, die schnell in eine Karikatur kippen kann. Aber dieser Junge ist lange darüber hinaus. Noten sind Spielzeuge für ihn. Funken, Irrlichter. Mit einer Art feierlicher Leichtigkeit lässt er ihnen ihren Lauf, und ihr schwebendes Echo geht über in eine Woge von Milde. In einem Atemzug ist alles zerstreut – die Angst, die Aufsässigkeit, das Gehabe. Die Musik sickert in seinen Körper, strömt in seine Schultern, rinnt in seine Venen wie sie in meinen fließt, und wieder einmal spüre ich, wie mir Tränen in die Augen steigen. Vielleicht stehe ich damit ja allein da, meine schlimmen Erinnerungen, dieses Leben, das mich gebrochen hat, das Gefühl, das ich begraben wollte, alles steigt wieder in mir auf.

Ich schaue die anderen an.

Und ich sehe ihre Augen.

Ihre Gespräche sind verstummt, als wäre ein Schwarm abgezogen, und eine ehrfürchtige Stille breitet sich aus wie in einer Kathedrale. Stolz schnürt mir die Kehle zu, als wäre dieser Junge mein Sohn, und ich würde sie am liebsten anbrüllen: »Seht ihr, dafür kämpfe ich.« All diejenigen, die nicht verstanden haben, all diejenigen, die murren, die albern kichern, all diejenigen, die glauben, ich hätte den Sinn für die Realität verloren.

Die Rhapsodie umflutet uns, trägt uns fort, und wenn ich sie ließe, würde sie mich schwindelig machen.

Die Stille dauert bis zu den letzten Takten an, und ein bisschen darüber hinaus, als würden wir aus einem tiefen Schlaf erwachen. Malinski taucht aus seiner Trance auf, Tränen stehen ihm in den Augen, er ist atemlos, und für einen Moment vergisst er, seine Maske wieder aufzusetzen. Geblendet von dem kalten Scheinwerferlicht, scheint er beinahe zerbrechlich in seinem Kapuzenpulli, dieser Uniform, die den Feind nicht mehr täuschen kann. Es ist vielleicht das erste Mal, dass ich ihn wirklich sehe.

Ohne mich um die taxierenden Blicke zu kümmern, lege ich ihm freundschaftlich die Hand auf die Schulter.

»Erinnern Sie mich noch einmal, warum Sie Klavier spielen, Mathieu.«

Sein kleines verschmitztes Lachen, klingt zum ersten Mal echt.

»Nur so. Langeweile.«

13

Ich hab immer versucht, möglichst nicht aufzufallen. Mit dem Hintergrund verschmelzen, beim Gehen nach unten gucken, bloß niemanden ansehen, das ist die beste Methode, um keinen Stress zu kriegen. Die anderen wollen dich immer nur fertigmachen. Je weniger du auffällst, desto besser. Und man müsste mich bezahlen, damit ich mit Driss' roten Sneakers rumlaufe.

Alter, die glotzen alle.

Und das Schlimmste, ich find's echt geil.

Als ich von der Bühne runterkam, hab ich so getan, als wär's mir egal, aber es ist schon ein geiles Gefühl, dass ich für die verklemmten Spießer plötzlich existiere. Die fragen sich, wo ich auf einmal herkomme. Manche haben mich vielleicht erkannt, der Putzmann mit dem gelben Basecap, der Typ, der jeden Tag heimlich zum Musikunterricht schleicht. Diesmal werden alle merken, dass Superman eigentlich Clark Kent ist.

Ich hätte nie gedacht, dass man so einen Adrenalinkick kriegt, wenn man vor Leuten spielt. Du hast richtig Schiss, du willst am liebsten so schnell wie möglich abhauen, und gleichzeitig willst du's allen zeigen, alles geben. Niemand hat geklatscht, wahrscheinlich macht man das hier nicht, aber es fühlt sich an wie Applaus, Blicke, anerkennendes Nicken, sogar ein paar Komplimente im Vorbeigehen: *Bravo, Super, Wow.* Pierre Dingsbums steht immer noch auf der Bühne und beobachtet mich, dabei grinst er wie ein Honigkuchenpferd, und ich denk mir, vielleicht hab ich den doch zu schnell verurteilt.

Aber das Beste ist: Sie ist da. Sie und ihr Cello, mit großen Augen starrt sie mich an, die Überraschung ist größer als der Ärger. Ich weiß es, ich merke, dass sie sich am liebsten wegdrehen würde, mir nicht diesen Triumph gönnen will, aber sie kann nicht anders. Das ist so geil. Und vielleicht will sie auch nicht mit mir reden, aber jetzt hält mich Prince Charming mit der Brille auf, er erinnert sich nicht, dass wir uns schon mal begegnet sind. Ich bin mir sicher, der ist Pianist, weil er gleichzeitig bewundernd und neidisch guckt. Als er mir die Hand entgegenstreckt, ist sein Lächeln derart aufgesetzt, dass er sich als Präsident aufstellen lassen könnte.

»Hi. Sébastien Michelet.«

»Hallo.«

»Nicht schlecht, deine Liszt-Interpretation!«

»Danke.«

Ganz schön schwierig, sich auf ihn zu konzentrieren, wo ich doch merke, dass sie mich anschaut, aber das gehört zum Spiel.

»Woher kommst du?«

»La Courneuve.«

Er ringt sich ein Lachen ab, als hätte ich einen Witz gemacht.

»Jetzt mal im Ernst, gehst du auf eine Privatschule?«

»Nein. Ich nehme hier Unterricht.«

»Komisch, dass wir uns noch nie gesehen haben … Welches Semester bist du denn?«

»Hab grade erst angefangen.«

Wieder lacht er, wahrscheinlich, weil ich nicht wie ein Anfänger aussehe.

»Tja, also, ich muss schon sagen, nicht schlecht für ein Debüt! Bei wem bist du?«

»Comtesse.«

»Ähm … Das kann nicht sein. Die Comtesse unterrichtet nur Meisterklassen. Hast du mal eben so die Prüfung bestanden, oder wie?«

»Sieht so aus.«

Vielsagender Blick in die Runde, damit seine Kumpel das auch mitkriegen.

»Ich wusste gar nicht, dass das geht.«

Es gibt Typen, die muss man nur angucken, und würde ihnen am liebsten eins aufs Maul geben. Sein dämlicher Tick – er geht sich alle zehn Sekunden durch den Bart – ist meganervig, und sein Sunnyboy-Gehabe erst recht. Der steht bestimmt stundenlang vor dem Spiegel und übt. Aber *sie* beeindruckt er damit offensichtlich nicht, denn sie schaut mich an.

»Viel Glück jedenfalls … Wie heißt du noch mal?«

»Mathieu.«

»Hast du keinen Nachnamen? Das ist bestimmt eine ziemliche Einschränkung.«

Okay, jetzt geht er mir echt auf den Sack mit der Show, die er da vor seinen Kumpels abzieht.

»Nein, ich wurde in einer Mülltonne gefunden, aber ich hab eine Nummer.«

Sein Lächeln ist jetzt so verkrampft, dass es wie eine Grimasse wirkt. Er hätte mir gern im gleichen Ton geantwortet, aber er tritt lieber den Rückzug an, als würde er spüren, dass sich hinter dem Pianist, der im Großen Saal aufgetreten ist, ein Typ verbirgt, der ihm problemlos die Ohrfeige verpassen könnte, die er schon lange verdient hat. Deshalb begnügt er sich mit einem Grinsen und betritt die Bühne, wo er sich ans Klavier setzt.

Wusst ich's doch.

Die Musiker stimmen ihre Instrumente, Pierre Schieß-mich-tot redet mit dem Dirigenten und schaut dabei zu mir, ich habe noch ein paar Sekunden, um mit dem Mädel zu reden.

»Alles klar?«

Ihre Reaktion – sie zieht gereizt die Augenbrauen hoch – erinnert mich daran, dass ich wirklich grottenschlecht flirte.

»Sorry wegen neulich«, sage ich mit einem Lächeln. »Ich wollt nicht unfreundlich sein.«

»Dabei kannst du das echt gut.«

»Das macht die Erfahrung.«

»Und stolz bist du auch noch drauf.«

»Aber das ist echt nicht meine Schuld, ich zieh Idioten halt einfach magisch an.«

Sie kann sich ein Lächeln nicht ganz verkneifen.

»Ich bin also eine Idiotin.«

Scheiße, Mann, und wenn ich's absichtlich machen würde, das hier könnte ich nicht toppen.

»Nein, natürlich nicht! Ich meinte eher so allgemein Idioten ... Wie deinen Kumpel Sébastien.«

Es wird immer schlimmer. Keine Ahnung, was das soll. Weil jetzt eh schon alles egal ist, setz ich noch eins drauf, dann weiß ich wenigstens Bescheid.

»Falls ihr zusammen seid, vergiss einfach, was ich gesagt hab.«

»Wir sind nicht zusammen.«

»Ich dachte halt. Es sah so aus ...«

»Das hätte er gern. Aber da kann er lange warten.«

»Das beruhigt mich. Deinetwegen, meine ich. Ist der echt so bescheuert, wie er aussieht?«

»Schlimmer.«

Als hätte er uns gehört, wirft mir der berühmte Sébastien einen vernichtenden Blick zu – noch so ein Ding, das er vorm Spiegel geübt haben muss. Klar, auf einmal haben wir Plätze getauscht. Ich stell mir vor, wie das für mich wäre, alleine auf der Bühne, während ein anderer mit meiner Traumfrau redet, und ich kann mich grade noch zurückhalten, sonst hätte ich ihm zugezwinkert.

»Ich hab mich noch nicht mal vorgestellt. Mathieu.«

»Ich weiß. Anna.«

»Hast du keinen Nachnamen?«
»Nein, ich wurde von Wölfen aufgezogen.«
Das ist das erste Mal, dass mich jemand aus diesem Laden zum Lachen bringt.
»Das haben die aber gut hingekriegt.«
»Schleimer.«
»Ich bin halt nicht immer unfreundlich!«
»Das glaub ich dir nicht.«
»Okay, stimmt, aber dafür hab ich andere Qualitäten.«
»Hab ich gemerkt«, sagt sie mit ihrem Wahnsinnslächeln. »Das war phantastisch vorhin. Wirklich. Ich glaub, ich hab noch nie jemanden so spielen hören.«
Man muss echt ein totaler Loser sein, um in so einem Moment, wenn sie mir ein Kompliment macht, keinen Ton rauszukriegen, aber genau das passiert, ich kann nichts machen. Weil ich so lange zwischen einem Danke und einem dämlichen Witz schwanke, kommt gar nichts raus, und dann ruft sie jemand, weil die Probe gleich anfängt.
»Ich muss jetzt«, sagt sie fast entschuldigend. Ich sage »okay«, weil die idiotische Schockstarre weiter anhält, aber als sie gerade zu den anderen gehen will, halte ich sie in einem letzten verzweifelten Versuch zurück.
»Wollen wir nachher einen Kaffee trinken gehen?«
»Ich kann nicht«, sagt sie und winkt den wartenden Kommilitonen kurz zu. »Ich muss früher los, weil ich heute Abend meinen Geburtstag ... Aber komm doch einfach zur Party! Da sind viele nette Leute!«

»Ja, okay. Wo ist das denn?«

Als sie ihr Handy rausholt, fängt mein Herz an zu klopfen. Diesmal hat's geklappt.

»Ich schick dir alle Infos per SMS. Gibst du mir deine Nummer?«

Wenn ich jetzt, in diesem Moment, Sébastien wäre, dann würde ich wahrscheinlich mit einem Baseball-Schläger in der Hand von der Bühne springen.

*

Die Straßenlampen fallen aus, eine nach der anderen, schon eine ganze Weile geht das so, aber kein Schwein interessiert's. Die Zeit vergeht, und die Dunkelheit macht sich immer breiter. Das orange Licht, in dem wir wie Leichen aussahen, ist nicht mehr, bald verschwinden wir in den Schatten wie Vampire. Ziemlich symbolisch, finde ich, aber das geht anscheinend allen am Arsch vorbei, man gewöhnt sich halt an alles. Die Leute gehen im Licht ihrer Handys nach Hause, Apokalypsenstimmung – nur die Zombies fehlen. Im Sommer geht's ja noch, aber wenn die Tage kürzer und die Straßenlaternen weniger werden, frisst uns die Nacht allmählich auf. Ich bin hier aufgewachsen, ich kenne jede Ecke, aber trotzdem finde ich die dunklen Abschnitte zwischen zwei orangen Lichtpunkten creepy. Da kann einem einfach irgendwer auflauern, und die Autos auf dem Parkplatz sind nur Gespenster.

Ich muss David sagen, dass er früher nach Hause kommen soll.

Aber ich hätte nie gedacht, dass die Laterne über unserer Bank auch irgendwann krepiert. Ohne die glimmenden Zigaretten wären Kevin und Driss praktisch unsichtbar.

»Alter, man sieht gar nichts hier!«

»Mat, bist du das?«

»Nein, dein Cousin aus LA.«

Driss' Lachen kommt von rechts.

»Man sieht echt nichts. Lass mal ne neue Bank suchen.«

»Geht's noch?«, meint Kevin. »Da kletter ich lieber selbst rauf und wechsel die Scheißglühbirne.«

»Dann mach doch!«

»Wie viel, wenn ich's mache?«

Ich gehe noch einen Schritt näher ran, erkenne endlich ihre Gesichter und die schwere Goldkette um Kevins Hals. Ich wiege sie in der Hand, die ist echt.

»Wo hast'n die her? Haste das Zeug aus der Rue de Prony vertickt, oder was?«

»Korrekt. Und ich hab deinen Anteil.«

Er holt ein zusammengerolltes Bündel Scheine aus der Tasche, ich schiebe seine Hand weg.

»Lass mal, ich will das nicht.«

»Wieso denn nicht, Digga? Hast du doch verdient!«

»So kann man's auch nennen ... Nein, außerdem ist meine Mutter total schräg drauf seit dem Prozess. Wenn die das findet, bin ich tot.«

»Süß … Will der Mama keinen Kummer machen.«

»Vor allem will ich kein Stress.«

Ich gucke auf dem Handy, wie spät es ist und rechne schnell nach: Wenn ich nicht so spät auf Annas Geburtstag sein will, muss ich mich jetzt sofort umziehen gehen. Aber unauffällig, weil, wenn sie mitkriegen, dass ich auf eine Party gehe, komm ich nicht weg.

Kevin guckt auch auf sein Handy, sein Gesicht leuchtet in verschiedenen Farben.

»Kannst dir schon mal 'ne gute Story überlegen, woher du angeblich deine Kohle hast, das nächste Ding wird echt mega.«

»Welches nächste Ding?«, schreit Driss, seine Augen leuchten im Dunkeln. »Kein Schwein sagt mir was!«

»Hab halt auf Mat gewartet.«

Wahrscheinlich sieht man's im Dunkeln nicht, aber mein Gesicht sagt deutlich, dass ich keinen Bock auf das Gespräch habe. Nicht nur, dass ich nicht mehr Russisch Roulette mit meiner Zukunft spielen will, das Einzige, was mich grad interessiert, ist, was ich zur Geburtstagsparty von einer krass reichen Tussi anziehen soll. Vielleicht meine schwarze Jeans, wenn sie gewaschen ist. Und mein Gucci-Sweatshirt, das gar nicht wie ein Fake aussieht. Das einzige Aftershave, das ich noch habe – David hat den letzten Rest von meinem Aqua di Gio geklaut – ist so ein Zeug in schwarz-roter Verpackung, das steht seit Jahren im Bad rum und stinkt widerlich süß.

»Alter, wohin gehst du?« Kevin wird ungeduldig. »Ich

muss euch briefen. Das ist der ultimative Plan, und diesmal echt gechillt, null Risiko!«

»Keine Zeit, ich muss meinen Bruder füttern. Außerdem hab ich dir schon mal gesagt: Ich bin durch mit dem Scheiß.«

»Du kriegst doch nicht etwa Schiss, Mat? Acht Stunden pro Tag für lau, das ist Scheiß.«

»Vielleicht, aber dafür kam noch niemand in den Knast.«

»Boah ey, ich hab doch gesagt, null Risiko, Mann! Hier geht's nicht um eine Wohnung! Das ist ein Lager in einem Industriegebiet, komplett ohne Security!«

»Ja, bitte, dann macht doch. Ich bin damit durch.«

Driss schmeißt sich plötzlich weg, ohne Grund. Normalerweise ist das ein Zeichen, dass er einen Joint zu viel intus hat.

»Alter, der steht jetzt auf Putzen!«

»Ab jetzt heißt er Meister Proper«, stimmt Kevin zu.

Meister Proper gibt keine Antwort, weil er langsam spät dran ist und keinen Bock auf solche Diskussionen hat. Aber Driss will nicht locker lassen. Er kommt mir hinterher und flüstert mir vertraulich seine Argumente zu. Im orangen Licht der nächsten Laterne sind seine Pupillen so groß, dass sie fast ausdruckslos wirken.

»Komm schon, Mat! Jetzt spiel nicht die Diva. Du brauchst doch Kohle!«

»Falls es dir noch nicht aufgefallen ist, ich bin auf Bewährung, Alter.«

»Scheiß drauf, wir werden nicht geschnappt!«

»Lass mich, Driss.«

»Ja, lass ihn«, kommt Kevins Stimme von der Bank. »Seit er für die kleinen Spießer Scheißhäuser putzt, ist er einer von denen.«

Ich gehe weiter, ohne mich umzudrehen, Driss immer noch dicht hinter mir.

»Stehst echt auf Putzen, oder was?«

Ich drücke die Haustür auf, das Glas ist schon wieder kaputt – wahrscheinlich die Idioten aus dem dritten Stock.

»Klar, da kann man halt Karriere machen. Immer Arbeit, brauchst keine Ausbildung …«

Der Fahrstuhl geht mal wieder nicht, ich nehme die Treppe.

»Was ist denn dein Spezialgebiet? Böden schrubben oder Klos putzen?«

Zweiter Stock, er klebt noch immer an mir dran.

»Das muss dir doch nicht peinlich sein, muss es auch geben, Putzfrauen.«

Dritter Stock.

»Hey, Maria, ich rede mit dir!«

Mit der Selbstbeherrschung ist es wie mit den Energiebalken in einem Computerspiel. Solange du noch welche hast, und wenn's nur ein Pixel ist, kannst du alles schlucken. Aber sobald du in den roten Bereich kommst, ist es vorbei.

»Hallo, jemand zu Hause?«

Ich fahre herum, Driss läuft in mich rein, ich packe ihn

so heftig am Kragen seines Trikots, dass die Naht reißt. Ich drücke ihn gegen die Wand in diesem Treppenhaus, an diese Scheißwand, wo ich jeden Riss kenne, auch mit verbundenen Augen. Er ist zwar mein ältester Freund, aber ich muss übermenschliche Kräfte ganz tief in mir rausholen, damit ich ihm nicht in die Fresse schlage, zweimal, dreimal, bis das Blut nur so spritzt. Am liebsten würde ich ihn anbrüllen, dass ich ihn umbringe, wenn er noch ein Wort sagt, nur ein verfluchtes Wort, aber ich halte lieber den Mund, beiße die Zähne so fest zusammen, dass mir der Kiefer weh tut.

»Sag mal, geht's noch? Du bist ja total krank!«, dröhnt er und stößt mich weg.

Das Licht geht aus, aber ich scheiß drauf, ist nicht das erste Mal, dass ich im Dunkeln die Treppe hoch muss, außerdem hält mich das von sinnlosen Entschuldigungen ab. Ich hab nichts zu sagen, niemandem. Ich bin um fünf aufgestanden, hab den ganzen Tag lang Fenster geputzt, mich für meine Handspanne tadeln lassen, vor dem ganzen Konservatorium Liszt gespielt, mich in einen vollgestopften Zug gequetscht und versucht, dabei nicht zu ersticken, und jetzt muss ich irgendwas halbwegs Vorzeigbares aus meinem halbleeren Schrank zaubern und auf die Geburtstagsparty einer Frau gehen, der ich noch nicht mal einen Blumenstrauß schenken kann.

14

»Weißt du, was Cioran über die Musik gesagt hat?«

Diese eigentlich rhetorische Frage reißt mich plötzlich aus meinen Gedanken, die sich in dem dunklen Schimmer meines Weinglases verloren haben. Die Frage muss wohl an mich gerichtet sein, da mich alle in weinseligem Wohlwollen anschauen, typisch für ein nicht enden wollendes Essen.

Dabei sind wir noch nicht einmal beim Nachtisch.

»Natürlich weiß er es«, lacht Marion laut auf, die sich eine gute Stunde lang über ihr Leben als Verlegerin ausgelassen hat. »Wenn es um Musik geht, weiß er alles!«

»Beim Fußball hingegen …«

»O ja, was Fußball angeht – das ist schon fast eine Bildungslücke! Stimmt's, mein Lieber?«

»Man kann ja nicht an allen Fronten kämpfen.«

Tatsächlich, sie reden mit mir. Alle gleichzeitig. Und das ist mir ziemlich unangenehm, weil ich, trotz meiner Bemühungen, mich in dieser zugleich mondänen wie familiären Runde zu amüsieren, schon vor einer Weile abgeschaltet habe. Ich zwinge mich. Ich versuche es. Sogar an der Diskussion über die Sinnhaftigkeit, die Uferstraße für

Autos zu sperren, habe ich mich beteiligt. Doch die Zeit, die vergeht, betäubt meinen Geist, erstickt den Funken, den es mir gelungen ist, anzufachen, und ich bedaure, dass ich nur ein Glas getrunken habe. Wir sind immerhin unter Freunden, Freunden von Freunden, Leute von der Oper, ein Fernsehkolumnist, ein Journalist, eine Verlegerin ... Ein schöner Tisch, mit schönen Weinen, in der ersten Etage eines Lokals, das ich mag, mit Blick auf die Seine, einen Katzensprung von meiner Wohnung entfernt. Und trotzdem langweile ich mich. So sehr, dass ich im Minutentakt auf die Uhr schaue, dem Licht der Ausflugsschiffe auf der Seine folge und sogar mit Brotkrümeln spiele. Es kommt mir so vor, als wäre ich wieder zwölf Jahre alt und säße bei einem dieser endlosen Erwachsenenessen: Benimm dich, sitz gerade, antworte Oma, wenn sie dir eine Frage stellt.

Egal, wer uns auf Cioran gebracht hat, ich antworte auf die Frage, in der Hoffnung, den Schein wahren zu können. Mit ein bisschen Glück wird mich das Zitat retten.

»Er sagte, ›was nicht zerreißend ist, ist überflüssig, wenigstens in der Musik‹. Und da ist schon etwas dran.«

Antoine – der kaum von etwas anderem sprechen kann als seiner Kunstsendung – legt mir die Hand auf den Arm und lächelt benebelt.

»Nett. Aber das meinte ich nicht.«

»Du wirst ihn doch nicht das Gesamtwerk zitieren lassen«, gluckst Marion.

»Warum denn nicht. Du hast doch selbst gesagt, er wüsste alles!«

Ich habe das Gefühl, sie geben ihr Bestes, um mich aus meinem Dämmerschlaf aufzuwecken, weil sie mich kennen und weil sie wissen, dass es eins meiner ersten Abendessen seit dem Debakel ist und die Doppelseite in *Le Monde* schwer auf meinen Schultern lastet. Das ist aufmerksam. Wirklich. Aber mir wäre lieber, man würde mich vergessen, statt mich zu behandeln wie ein rohes Ei oder ein Kind, das man ständig animieren muss.

Ich bin hier, weil ich wieder zu mir kommen muss.

»Na, niemand?«, fragt Antoine und macht eine Geste mit seinem Glas. »Dabei ist es sein schönstes. ›Was die Musik in uns anspricht, ist schwer zu sagen; sie berührt jedenfalls eine so tiefe Zone, daß selbst der Wahnsinn nicht dorthin dringen könnte.‹«

»Ich bin sicher, dass das für alle Schüler von Pierre gilt«, spottet Marion.

»Nicht nur der Wahnsinn kann dorthin nicht dringen«, fügt der Typ von der Oper hinzu, dessen Namen ich vergessen habe.

Der kalte, grelle Lichtkegel eines Ausflugsschiffs lenkt meine Aufmerksamkeit wieder nach draußen. Ich gäbe viel darum, allein auf den Quais zu sein, die Hände tief in den Manteltaschen vergraben, flussaufwärts an der Seine entlangzugehen bis zum menschenleeren Vorplatz von Notre-Dame. Ich mag den Winteranfang, ich muss atmen.

»Entschuldigt mich«, sage ich und stehe auf.

»Da habt ihr's, wir haben ihn vergrault«, folgert Antoine vergnügt.

Ich antworte ihm mit einem Lächeln, lege meine Serviette auf den Tisch und steuere auf die Toiletten zu, langsam, um jede Sekunde des Alleinseins auskosten zu können. Hinter mir höre ich sie lachen, mir alberne Witzeleien hinterherrufen, dann übertönen die Geräusche des Restaurants sie. Besteck klirrt, Gespräche überlagern sich, die Kellner wirbeln mit ihren Tellerstapeln umher, und der weiche Teppich unter meinen Füßen gibt mir das Gefühl, auf einer Wolke zu laufen.

Jeder schöpft auf eigene Weise neue Kraft.

»Hinten links, Monsieur«, ruft mir ein Kellner zu, der nicht weiß, dass ich den Weg selbst im Dunkeln finden würde, denn ich kenne mich hier gut aus.

Die Tür fällt hinter mir ins Schloss und erstickt das Gemurmel im Lokal, ich stehe allein vor einem großen Spiegel, der künstlich auf antik getrimmt wurde. Der Händetrockner rauscht noch, und im Waschbecken steht der Seifenschaum.

Ich mache vielleicht ein Gesicht ...

Eine Frau kommt herein, lächelt mich an, dringt in meinen letzten Rest Privatsphäre ein. Also schließe ich mich in der Kabine ein, setze mich auf den Toilettendeckel und warte, dass sie wieder geht, dass die Zeit verstreicht, die fünf, vielleicht zehn Minuten, die ich angemessenerweise hier verbringen kann. Zehn Minuten, das hört sich nach nichts an, aber so kann ich die Batterien wieder aufladen. So viel wie möglich. In einer – buchstäblich – scheiß Kulisse, aber man nimmt eben, was man kriegen kann.

Eine innere Lähmung löst die Ruhe ab, eine abstruse Mischung aus Arbeit, Angst, Hoffnungen und Bedauern. Gleich werden die Desserts serviert. Ich habe keinen Hunger mehr, bereue es, Crêpes bestellt zu haben. Wir schaffen das, sage ich mir, wir haben den Grand Prix d'excellence schon einmal gewonnen. Mathilde hätte mitkommen sollen, sie wird noch wahnsinnig werden, wie ein Tiger im Käfig. Hoffentlich wird Antoine das Foto, das er vorhin von unserer Gruppe gemacht hat, in den sozialen Netzwerken veröffentlichen, denn man soll mich sehen. Sie sollen wissen, dass ich noch an Deck bin.

Wenn ich die Augen schließe, wird es noch schlimmer, so kommt es mir vor, dabei habe ich gar nichts getrunken, deshalb ziehe ich mechanisch mein Handy aus der Tasche und scrolle mich durch die Apps. Gmail, nein danke, ich pfeif auf meine Mails. Die Nachrichtenapp genauso. Ich habe keinen Kopf für das Zeitgeschehen, nicht hier, nicht auf diesem Toilettensitz, außerdem dreht die Welt sich ganz gut ohne mich weiter. Beim Klaviersimulator, mit dem ich mir in den Öffentlichen manchmal die Zeit vertreibe, zögere ich einen Augenblick, aber ich bin auch das Klavier leid. Man kann nicht rund um die Uhr mit derselben Sache herumhantieren.

Dann tue ich etwas Absurdes, von dem ich niemals gedacht hätte, dass ich es eines Tages machen würde.

Ich öffne meine Kreuzworträtselapp, hier, in dieser Toilette, die nach chemischer Zitronenmelisse riecht.

Dantischer Berg, zehn Buchstaben.

15

Ich hab getan, was ich konnte. Und es ist echt nicht so schlecht. Schwarze Jeans, schwarze Sneakers, Lederjacke (keine echte) und das Gucci-Sweatshirt für den russischen Mafiosi-Look, das Logo ist riesig, fehlt nur noch, dass es blinkt. Erst wollte ich von David seinen Vuitton-Beutel leihen, aber ich hatte Angst, das sieht zu sehr nach Banlieue aus. Naja, und außerdem muss man das Ding nur anfassen und weiß, den hat er für zwanzig Euro auf dem Flohmarkt in Saint-Ouen gekauft. Basecap habe ich auch zu Hause gelassen. Hab mich sogar gekämmt, das mach ich sonst nie, alles nur, damit ich ein bisschen so aussehe wie die.

Nur eins macht mir Sorgen, der Eingang zu dem Schuppen sieht megaedel aus, und ein Türsteher im Anzug checkt die Leute von oben bis unten ab. Ein Türsteher vor einer Bar, das ist echt eine andere Welt.

Zum zehnten Mal inspiziere ich meinen Look im Schaufenster von einem Schmuckladen, so lange, dass mich ein Typ von seinem Roller aus schief anguckt. Was denkt der Wichser, was ich wohl vorhabe? Mit dem Kopf die Scheibe einschlagen, mir das komische Hundehalsband für zwanzigtausend greifen und damit abhauen? Selbst wenn ich das auf der Straße finde, ich würd dafür keine zehn Mäuse kriegen.

Komisches Viertel, komplett ausgestorben, jede Menge Luxusläden, aber ich hab nirgendwo einen Bäcker gesehen, da fragt man sich, was die wohl frühstücken, Diamanten, oder was. Hier ist echt nichts, nur der verschlossene Eingang vom Jardin des Tuileries, Designerläden und Autos, vor denen würde Kevin in die Knie gehen. Ferrari, Maserati, Lamborghini – solange es auf »i« endet und so viel kostet wie eine Wohnung, würde er dafür sofort seine eigene Mutter verkaufen. Na, okay, ich mach mal ein Foto, um ihn ein bisschen zu ärgern.

Shit, der Türsteher hat mich bemerkt. Ich hoffe, die Karre gehört keinem Gast.

Okay, Schluss jetzt, es ist sowieso mal Zeit, reinzugehen in die ach-so-nette Bar, genau wie die drei Schnösel eben – in Jackett und Mokassins. Das kann ja heiter werden.

»Guten Abend.« Der große Schwarze im Anzug guckt mich an, als wäre ich ein Stück Scheiße an seinem Schuh.

»Abend.«

Ich will einfach an ihm vorbeitauchen, aber er hält mich zurück. So, wie der gebaut ist, mucke ich lieber nicht auf, und irgendwas sagt mir, dass er es bestimmt nicht so geil findet, wenn ich ihn mit Bruder, Akhi oder Digga anspreche.

»Heute Abend geschlossene Gesellschaft«, sagt er und

scannt unauffällig meine Klamotten. »Stehen Sie auf der Gästeliste?«

Die Liste ist Story, er hat nämlich nichts in der Hand. Schon klar, das kenne ich, das mit der geschlossenen Gesellschaft haben sie uns in jedem Club von Paris aufgetischt.

»Nein, aber eine Freundin hat mich eingeladen, sie feiert hier ihren Geburtstag.«

»Wie heißt die?«, fragt er und tut so, als ob er auf seinem Handy nachguckt.

»Anna.«

»Und wie weiter?«

Könnte schwierig werden, ihm die Geschichte mit den Wölfen zu verklickern.

»Weiß ich nicht, wir sind beide am Konservatorium. Im gleichen Jahrgang.«

Echt typisch: Während der Arsch mich disst, gehen Leute einfach an uns vorbei, die fragt niemand, ob sie auf der Liste stehen. Grade sind zwei Sunnyboys rein, bestimmt schon fünfunddreißig oder vierzig, die sich ganz toll vorkommen in ihren superengen Jeans und den hässlichen braunen Schuhen. Sie reden in irgendeiner komischen Sprache, Schwedisch oder Niederländisch. Wenn die auf die Party von einer aus dem Konservatorium wollen, bin ich der Papst.

»Sorry, aber alle anderen gehen auch rein. Gibt's ein Problem?«

»Die stehen auf der Liste.«

Ja, klar, verarschen kann ich mich alleine.

»Wegen der Turnschuhe, oder was? Der Typ eben hatte Chucks an.«

»Wie ich schon sagte, geschlossene Gesellschaft. Also entweder rufen Sie jemanden an, oder Sie sehen sich anderweitig um.«

Jetzt kommt er mir langsam gefährlich nahe, immer noch höflich, aber ich bin mir sicher, dass er keine Sekunde zögern würde, mich rauszuschmeißen – mit links, der wiegt bestimmt hundertzwanzig Kilo. Ich trete von selber den Rückzug an, die zwei Stufen runter auf den Bürgersteig, weil der nicht mehr zu seiner verfickten Scheißprivatbar gehört, und hole mein Handy raus. Natürlich geht Anna nicht ran. Sie ist wahrscheinlich ganz hinten in dem überfüllten Schuppen, Musik, Leute, die rumgrölen und tanzen, und wenn's hochkommt, ist ihr Handy ganz unten in der Handtasche.

Wie durch ein Wunder kommen gerade zwei Barbies an, kleines Schwarzes, krasses Make-up, und eine Zara-Geschenkbox.

»Hi! Geht ihr zu Annas Geburtstag?«

»Ähm … ja.«

»Kann ich mit euch mitkommen? Der Scheißtürsteher will mich nicht reinlassen, und sie geht nicht ans Handy.«

Sie wechseln einen misstrauischen Blick, als könnte ich eine Bombe reinschmuggeln. Ich mache meine Jacke ein Stück auf, damit sie die zwei Gucci-Gs sehen, aber das scheint nicht viel zu bringen.

»Okay. Könnt ihr Anna wenigstens sagen, dass ich da bin? Mathieu vom Konservatorium.«

Wieder irritierte Blicke, ich nehme mal an, sie gehen auch aufs Konservatorium und haben mich noch nie dort gesehen.

»Okay«, sagt schließlich die Dunklere von beiden nach einem flüchtigen Blick zum Türsteher. »Wir sagen's ihr.«

»Danke.«

Sie verschwinden, und der Schrank kommt jetzt doch die zwei Stufen runter, um mir zu sagen, dass ich nicht hierbleiben kann. Am liebsten würde ich ihm sagen, dass er nicht über das Stück Gehsteig bestimmt, aber ich will nicht alles noch schlimmer machen, deshalb gehe ich über die Straße und tigere dort hin und her.

Und warte.

Zehn Minuten.

Fünfzehn.

Hätten die Tussen ihr Bescheid gesagt, hätte Anna mich schon zehnmal reinholen können. Oder sie haben sie nicht gefunden. Oder sie ist gerade schwer beschäftigt, pustet goldene Kerzen aus in ihrer Bar für Reiche, und dazu regnet es Fünfhundert-Euro-Scheine. Drauf geschissen, ich werd jedenfalls nicht die ganze Nacht auf sie warten, in diesem Scheißviertel, und die Straße hoch- und runterrennen wie ein Hund, den man zum Pinkeln ausführt. Wenn sie mich hätte sehen wollen, hätte sie ihr Handy gecheckt. Ich hab viermal angerufen, verdammte Scheiße. Was ich mir für sie alles gegeben habe, den Scheißzug, die

Métro, Demütigungen, und dann der widerliche Bonbongeruch, bei dem mir das Kotzen kommt, weil ich dachte, besser als gar kein Parfüm. Denkste. Von dem Zeug kriegt man Nasenkrebs. Ich hätte einfach zu Hause bleiben sollen, einen Film gucken, da, wo ich hingehöre, bei meinen Leuten, im Armenviertel, wo keine Hundehalsbänder für zwanzigtausend verkauft werden.

16

Ich habe mir noch nie einen Boxkampf angesehen. Noch nie Kampfsport ausprobiert, nie bin ich jemandem mit etwas anderem als Worten gegenübergetreten. Was ein Gladiator im Moment fühlt, bevor er die Arena betritt, kann ich nur erahnen. Aber das, was ich heute empfinde, kommt dem bestimmt recht nahe. Nur der Boxermantel mit meinem gestickten Namen auf dem Rücken fehlt, das anschwellende Raunen der Menge und der herbe Geruch der Umkleideräume.

Im Flur konzentriere ich mich im Neonlicht auf mein Atmen. Spiele meine Argumente immer wieder durch, eins nach dem anderen. So gefasst wie möglich. Ich weiß, was mich erwartet, ich kenne deren Widerstand, und den gilt es zu unterlaufen. Mich nicht dominieren, übermannen lassen von meinen Emotionen. Nicht ich sagen, sondern wir. Nicht von Möglichkeit sprechen, sondern von Lösung. Wirken wie ein Zenmeister. Besonnen. Unerschütterlich. Alles, was ich zwar nicht bin, aber vorgeben muss zu sein.

Ich klopfe.

Ich trete ein.

Ich stelle fest, dass ich der Letzte bin.

Dafür, dass es eine sogenannte informelle Besprechung ist, hat Ressigeac ganz schön was aufgefahren. Er hat kräftig die Werbetrommel gerührt, praktisch alle Musikprofessoren einberufen, und da er Programme so liebt, hat er seine unvermeidlichen »Memos« drucken lassen und jeden Platz damit ausgestattet, zusammen mit einer Flasche Evian. Wie dieser Typ bei der Musik gelandet ist, habe ich nie verstanden.

»Guten Morgen zusammen«, sagt er, während er eine Aktenmappe aufschlägt. »Bevor wir auf die Agenda zu sprechen kommen, habe ich Ihnen eine phantastische Ankündigung zu machen.«

Ich setze meine Brille auf. Das Thema, das mich interessiert – Ernennung des Kandidaten für den Grand Prix d'excellence – steht an dritter Stelle, hinter zwei Lappalien, die mir Zeit verschaffen werden, die Stimmung im Saal auszuloten. Den Blicken der anderen nach zu urteilen, bin ich entweder paranoid, oder sie haben mich aufs Korn genommen. Sie haben genau gesehen, dass ich mit leeren Händen gekommen bin, und zwar aus gutem Grund, denn Mathieu Malinski hat nie ein Dossier gehabt. Mein Kandidat ist nicht nur unverkäuflich, sondern er existiert gar nicht.

»Sie werden alle Alexandre Delaunay vom Konservatorium in Bordeaux kennen«, fährt Ressigeac ganz stolz fort. »Nun, er erweist uns die Ehre, uns nächsten Monat einen Besuch abzustatten.«

Alle Blicke sind auf mich gerichtet. Natürlich. Es hat zu viel Gerede gegeben, zu viele Gerüchte. Delaunay hat aus seinen Pariser Ambitionen nie einen Hehl gemacht, und mein vermeldeter Untergang ködert ihn wie einen Aasgeier. Er wird bezaubern, versprechen, Bündnisse besiegeln, die Buffets der Stadt plündern. Er wird die Arena betreten. Und ich habe nicht vergessen, dass wahrscheinlich jemand an diesem Tisch heimtückisch die Schlacht eröffnet hat, mit einer Doppelseite in *Le Monde*.

»Ich verlasse mich darauf, dass Sie ihn gebührend empfangen«, fährt Ressigeac fort, wobei er mich fixiert. »Ich muss Ihnen ja nicht sagen, dass er im Moment der neue Star ist. Und ich bin sicher, dass dieser Austausch sehr bereichernd sein wird, für uns wie auch für ihn.«

Als Antwort setze ich meine Brille mit gespielter Gleichgültigkeit wieder ab, doch außer mich selbst kann ich hier niemanden täuschen. Ich mag die Art und Weise nicht, wie diese Besprechung beginnt und mein Gladiatorenkampfgeist, der auf tönernen Füßen steht, gerät ins Wanken.

»Wir werden das noch besprechen«, schließt er. »Bis es so weit ist, lassen Sie uns mit der Tagesordnung beginnen.«

Den Lappalien also. So kann ich den Blick der Comtesse suchen, deren gefaltete Hände auf dem Lebenslauf von Sébastien Michelet liegen. Während sie mir zulächelt, denke ich, dass ich ein Feigling war, dass ich sie hätte ins Vertrauen ziehen, ihr die volle Wucht der Bombe ersparen müssen, die ich im Begriff bin, platzen zu lassen. An sich habe ich nichts gegen diesen unheimlich begabten, unheimlich glatten Schüler, dessen Zukunft so klar vorgezeichnet ist. Aber er hat nicht das Format. Er würde in Stücke gerissen werden. Wir brauchen frisches Blut, Energie, jemanden, der die Maßstäbe dieses alten Hauses ein bisschen durcheinanderwirbelt. Ich habe nicht den geringsten Zweifel. Nicht den geringsten. Und selbst wenn, jetzt wäre es zu spät.

»So … Kommen wir zum dritten Punkt dieses informellen Meetings: den Grand Prix d'excellence. Die Portfolios werden zwar erst einen Monat vor dem Wettbewerb eingereicht, aber unser Kandidat muss perfekt vorbereitet sein.«

Mein Herz schlägt schneller, denn die folgenden Minuten werden Alexandre Delaunay entweder den Weg auf meinen Stuhl ebnen – oder ihm Steine in den Weg legen.

»Ich habe Pierre gebeten, den diesjährigen Kandidaten auszuwählen … Und ich verschweige Ihnen nicht, dass mehr auf dem Spiel steht als je zuvor.«

»Zweifellos«, stimmt Pajot, Professor für Violine, ihm zu, der mich nicht ausstehen kann, seit ich ihm empfohlen habe, seine pädagogischen Methoden einmal zu überdenken.

In diesem Wort liegt die gesammelte Feindseligkeit, die gesammelte Gewissheit, die im Raum stehen.

»Ich bin der Meinung«, fährt Ressigeac fort, »dass unser bestes Pferd zweifellos Sébastien Michelet ist. Für diejenigen, die ihn nicht kennen ...«

»Es ist nicht Michelet.«

Élisabeths Blick verfinstert sich wie ein Gewitterhimmel. Sie weiß es. Ich weiß, dass sie es weiß.

»Aha«, sagt Ressigeac und verzieht das Gesicht. »Ja, und? Sag nicht, du willst die kleine Pieters.«

»Nein. Es ist Mathieu Malinski.«

»Malinski ... Ich habe sein Dossier nicht gesehen.«

»Das kannst du auch nicht, es gibt keins.«

Das empörte Geraune, das den Saal durchläuft, lässt mich beinahe lächeln. Blasphemie. Alle haben von dem kleinen Wunder gehört, das ich unter meine Fittiche genommen habe, und seine *Ungarische Rhapsodie* hat sich im ganzen Haus herumgesprochen. Aber niemand hat das Unvorstellbare auch nur zu träumen gewagt, das Verbrechen der Majestätsbeleidigung.

Entsetzte Ausrufe werden laut, als hätte ich das Gebäude in Brand gesetzt.

»Augenblick mal«, sagt Ressigeac und gebietet Ruhe, indem er einen Arm hebt. »Es geht um den Jungen, dem du hier eine Stelle als Reinigungskraft verschafft hast, richtig?«

»Richtig.«

»Also, das ist doch wirklich lächerlich, Pierre! Du kannst doch im Wettbewerb keinen Schüler ohne Diplom vorstellen! Glaubst du wirklich, das ist der richtige Moment, mit dem Feuer zu spielen?«

»Man wird uns für Hanswürste halten«, fügt Pajot hinzu, dem niemand zuhört.

»Zufällig ist dieser Schüler der begabteste, den ich in meiner dreißigjährigen Laufbahn gesehen habe. Élisabeth kann das bestätigen.«

Élisabeth fällt aus allen Wolken und ihr vernichtender Blick lässt mich das Schlimmste ahnen. Aber ohne ihre Unterstützung komme ich mit meinem Putsch niemals durch.

»Er hat Talent«, presst sie hervor. »Schwierig, aber begabt.«

»Begabter als Michelet?«, fragt Ressigeac.

»Ja. Aber Talent ist nicht alles.«

Der Direktor lässt sich mit dem gequälten Seufzer eines Vaters, der von den schulischen Leistungen seines Sohnes enttäuscht ist, auf seinen Stuhl fallen.

»Bist du dir im Klaren darüber, was du da vorhast, Pierre?«

»Durchaus, ja. Mathieu Malinski ist unsere einzige Chance – ich betone, die einzige –, den Grand Prix zu gewinnen. Es wird vielleicht schwieriger, ihn vorzubereiten als jemand anderen, aber er hat ein unglaubliches Feingefühl, ein enormes Potential, von dem ein Musterschüler wie Michelet nur träumen kann.«

»So gut ist er?«

»Ja, so gut. Jeder, der ihn hat spielen hören, wird dir das sagen.«

Alle tun in einer entsetzlichen Disharmonie ihre Meinung kund, so dass ich Zeit habe, Élisabeth einen flehenden Blick zuzuwerfen. Doch sie zieht nur die Augenbrauen hoch, denn sie ist niemand, den man unter Druck setzt.

»Ich habe dir immer vertraut, Pierre«, seufzt Ressigeac. »Aber jetzt bist du auf dem Holzweg.«

»Die Untertreibung des Jahres«, gibt Pajot ihm recht.

Ich warte, bis es wieder ruhiger wird, um sie an einen leichten Sieg glauben zu lassen, doch ich habe noch ein Ass im Ärmel. Will man Ressigeac überzeugen, darf man nicht auf die Musik setzen, genauso, wie man für einen Banker wohl kaum Gedichte rezitiert.

»Die Entscheidung liegt bei dir, André. Aber ob wir gewinnen oder verlieren, mit Malinskis Auftritt beim Prix d'excellence werden wir von uns reden machen wie noch nie zuvor. Seit Jahren stellen wir unsere Kandidaten absolut nüchtern vor, es scheint mir, ein bisschen öffentliches Interesse würde uns nicht schlecht bekommen.«

»Da ist was dran«, gibt er zu. »Das könnte einen Hype geben.«

Hype. Nur er benutzt diesen haarsträubenden Ausdruck noch.

»Die Zeiten ändern sich, die Leute sind es leid, andauernd dieselben Gesichter zu sehen. Mathieu Malinski passt nicht in das Schema, ein Junge aus der Vorstadt, der nicht immer auf dem Pfad der Tugend gewandelt ist, der arbeitet, seit er sechzehn ist, sich anzieht wie eine Vogelscheuche, sich ausdrückt wie ein Teenie – und Klavier spielt wie Mozart.«

Dieses erneute Sakrileg löst empörtes Geschrei aus, aber Ressigeacs angedeutetes Lächeln sagt mir, dass Licht am Ende des Tunnels ist.

»In einem Punkt gebe ich dir recht«, räumt er ein. »Mit einem solchen Kandidaten sind wir überall in den sozialen Netzwerken präsent, und vielleicht sogar in der Presse. Das ist zweischneidig, aber was soll's.«

»Was soll's, wie du sagst. Es ist einen Versuch wert, oder? Schlimmstenfalls ist es ein weiterer Fehlschlag, und alle Welt weiß doch, dass ich es bin, der dafür bezahlen wird.«

Ohne auf das Murren von denen, die noch protestieren, einzugehen, gibt er mit einem Kopfnicken sein Okay, während er schon an den Nutzen denkt, den er aus meinem aussichtslosen Unterfangen wird ziehen können. Ich habe gewonnen. Zwar mag ich gerade die größte Dummheit meines Lebens begehen, aber ich habe gewonnen.

»Und wer wird dein kleines Wunder unterrichten?«

»Élisabeth. Wenn sie einverstanden ist natürlich.«

Unmöglich, den eisigen Blick der Comtesse zu deuten, aber das leichte Fingertrommeln auf der Akte von Michelet verrät ihren inneren Konflikt. Sie weiß, dass, wenn ich versage, wenn man mich durch den Schmutz zieht, mein Untergang sie für lange Zeit besudeln wird.

»Niemand kann ihn so gut ausbilden wie sie«, sage ich, in der Hoffnung, sie zu erweichen. »Sie hat schon angefangen, und er macht beachtliche Fortschritte.«

»Sie hat allerdings nur drei Monate. Drei Monate von heute an, um einen kompletten Amateur für den Prix d'excellence vorzubereiten.«

»Das wird völlig ausreichen.«

Dieses Mal ist es an ihr zu entscheiden. Und ich weiß, dass sie unbesehen Michelet ausgesucht hätte, wenn ich nicht wäre.

»Élisabeth?«, fragt Ressigeac.

»Warum nicht«, antwortet sie, ohne mich anzusehen. »Es ist eine Herausforderung.«

Mit leicht zitternder Hand schraube ich meine kleine Evian-Flasche auf, und nach einem Schluck eiskalten Wassers fühle ich mich wie neugeboren. So also fühlt sich ein Boxer in der letzten Runde, wenn der Ringrichter unter dem Beifall der Menge den Arm hebt. Eine Mischung aus Erleichterung, Euphorie und einem Rest an Wut.

Bleibt nur noch eine Kleinigkeit: meinen Champion zu überzeugen, seinerseits die Arena zu betreten.

*

Menschen, Lärm, Zigarettenqualm, und diese grauenvolle Musik. Ich habe diesen Ort immer gehasst, ganz im Gegensatz zu meinen Schülern, die dort Tag und Nacht zusammenströmen, während sie die Caféteria des Konservatoriums verschmähen. Ich weiß nicht, was sie hier finden, außer Hässlichkeit, aber schließlich war ich in dem Alter genauso. Auch ich trieb mich in schummrigen Absteigen herum, rauchte eine Zigarette nach der anderen und glaubte, mit meinesgleichen die Welt zu verändern. Außerdem wollte ich ihn nicht zu mir zitieren, nicht noch ein Gespräch in meinem Büro. Ich wollte, dass er sich mal entspannt, an einem Ort, der noch nie jemanden eingeschüchtert hat.

»Der Grand Prix de was?«

»D'excellence.«

Während mein kleines Wunder den dritten Zuckerwürfel in seiner Kaffeetasse versenkt, schenkt es mir ein vergnügtes Lächeln.

»Was'n das?«

»Ein Wettbewerb. Die wichtigste Gala des Jahres, bei der unter allen Schulen ein vielversprechendes Talent am Klavier augezeichnet wird.«

»Ihr Ernst?«

»Mein voller Ernst.«

Dieses Mal lacht er aus vollem Hals, und ich kann es nachvollziehen, denn mit jedem Tag erscheint ihm das, was hier passiert, absurder. Ich lasse ein paar Sekunden verstreichen, trinke einen Schluck Kaffee, damit diese neue Information sich durch das Minenfeld schlängeln kann, das ihn von seinen Emotionen trennt.

»Und wann krieg ich den Chemie-Nobelpreis?«

»Lassen Sie uns mal mit dem Klavier anfangen.«

Ein fünfter Zuckerwürfel folgt, so mechanisch, dass ich glaube, er zählt sie gar nicht. Sein verständnisloser Blick irrt rastlos durch den Raum.

»Ey, ohne Scheiß, vergessen Sie das. Ich pack noch nicht mal die Musiktheorie, ich kann keine Partitur lesen ...«

»Daran arbeiten Sie. Das Wichtigste ist das, was Sie außerdem haben, Mathieu. Talent, Begabung. Instinkt. Es ist nicht leicht, dafür einen Namen zu finden, aber ich kann Ihnen sagen, dass viele Berufsmusiker nicht halb so viel Potential haben wie Sie.«

»Super. Bin ich ja froh.«

Seine kindische, nervtötende Ironie gewinnt wieder die Oberhand, aber ich hab nicht die Absicht, mich auf sie einzulassen. Nachsicht hat Grenzen.

»Solche Antworten können Sie sich sparen, Mathieu. Wenn Sie kein Interesse haben, sagen Sie es, und ich verschwende nicht noch mehr Zeit mit Ihnen.«

»Aha, ok. Heute nicht die Leier von wegen das oder Gefängnis?«

»Nein, der Grand Prix d'excellence ist eine riesige Chance, das bedeutet fünf Konzerte mit Bezahlung, internationaler Bekanntheitsgrad. Sie wollen nichts davon wissen? Dann wird jemand anderes an Ihre Stelle treten.«

Bei diesem Argument lässt er seine Maske fallen, weil er spürt, dass ich mit meiner Geduld am Ende bin und dass ich ihn nicht länger bitte. Wenn dieser Idiot lieber den Rest seines Lebens in die Wohnungen der Bourgeoisie einbricht, will ich ihn nicht davon abhalten. Auch, wenn ich meine Karriere für diesen Wettbewerb riskiere, das letzte bisschen Stolz werde ich mir von ihm nicht nehmen lassen.

»Hey, bleiben Sie mal locker. Sie müssen auch mal meine Seite sehen: Sie kommen hier mit Ihrem Wettbewerb …«

»Ich weiß, das überwältigt Sie, wie der ganze Rest, aber es wird Zeit, dass Sie verstehen, dass das die Chance Ihres Lebens ist, Mathieu.«

»Aber ich bin nicht gut genug, Mann! Das wird voll die Lachnummer.«

»Nicht, wenn Sie üben. Wir haben noch drei Monate, das ist nicht viel, aber wenn Sie alles geben, werden Sie den Wettbewerb gewinnen.«

»Wie denn?«

»Indem Sie sich vorbereiten. Stunden nehmen. Keine Sozialstunden mehr, Sie werden den ganzen Tag am Klavier sitzen. Es sei denn, Sie bestehen darauf zu putzen, aber das würde mich wundern.«

Wieder einmal ist sein zweifelndes Gesicht so verschlossen wie das Visier einer Rüstung.

»Versteh ich nicht.«

»Was verstehen Sie nicht?«

»Warum ich … Warum machen Sie das? Was springt für Sie dabei raus?«

»Dasselbe wie für Sie: Der Grand Prix d'excellence.«

Nach kurzem Zögern fängt er an zu grinsen.

»Weil es keinen Besseren gibt als mich, um den Wettbewerb zu gewinnen? Im ganzen Konservatorium?«

»Es liegt an Ihnen, mir das zu beweisen«, sage ich und stehe auf.

Doch während ich einen Geldschein unter meine Untertasse schiebe, fragt er wie vom Donner gerührt:

»Der Unterricht ist jetzt aber nicht bei der Comtesse, oder?«

»Doch. Und auch da haben wir großes Glück.«

Ich knöpfe meinen Mantel zu, in dessen Wolle sich schon der kalte Zigarettenrauch festgesetzt hat. Jetzt wird er mir seine Entscheidung mitteilen, und meine Aufgabe ist es, diese gleichgültige Miene zu bewahren, was bei ihm ausgesprochen wirkungsvoll ist. Auf jeden Fall stoße ich in dieser stickigen Luft an meine Grenzen, der Lärm, der hier drinnen herrscht, setzt mir zu. Der Fernsehbildschirm über unseren Köpfen, der Typ, der auf Rumänisch ins Telefon brüllt, die drei lachenden Studentinnen – ich halte das nicht länger aus.

»Also?«

»Ich weiß nicht … Kann ich drüber nachdenken? Oder wollen Sie, dass ich es Ihnen sofort sage?«

Seine überraschende Antwort verdient Anerkennung, denn es ist die Antwort eines Erwachsenen.

»Lassen Sie es sich durch den Kopf gehen. Sagen Sie mir morgen Bescheid. Aber wie auch immer Sie sich entscheiden, es ist verbindlich.«

»Klar.«

Er steht auf, reicht mir die Hand, und zum ersten Mal, seit ich ihm auf einem Bahnsteig hinterhergelaufen bin, schüttelt er sein Kampfhahngehabe ab. Aber der schöne Moment dauert nur eine Sekunde, denn die hübsche kleine Cellistin aus dem dritten Semester ist gerade hereingekommen, und da sie sich zu kennen scheinen, wird Mathieu Malinski wieder zu James Dean. Mundwinkel nach unten, harter Blick, hängende Schultern, ein richtiger kleiner Kläffer. Ich warte, bis ich zur Tür raus bin, dann lächle ich, denn *genau das* will ich auf dem Grand Prix d'excellence präsentieren. Im Salle Gaveau, in Abendgarderobe. Schon allein, um die Gesichter der Jurymitglieder zu sehen, hoffe ich, er ist einverstanden.

17

Ich hab einen Moment gebraucht, um drauf zu antworten. Ziemlich lange. Eine Stunde vielleicht.

Bilde ich mir das nur ein, oder warst du vorhin irgendwie sauer?

Nö, war nicht sauer

Ganz sicher?

Ja

Dann möcht ich nicht wissen, wie's ist, wenn du sauer bist ☺

Ich ignoriere die Nachricht und den Smiley und reagiere mit Schweigen, weil ich immer noch wütend bin. Wirklich allerliebst, ihr Gesäusel, aber sie hat sich nicht mal für gestern bei mir entschuldigt, als ob das alles ganz normal wäre, als ob sie das witzig findet, mich zu einer Scheißparty einladen, zu der Arme keinen Zutritt haben. Als wir uns vorhin über den Weg gelaufen sind, kam von ihr nur ein »Was war denn los, konntest du doch nicht?«, und dann hat sie sich gewundert, dass ich keinen Kaffee mit ihr trinken wollte. Das ist das Schöne bei den Reichen, völlig ahnungslos.

Ich hätte sagen sollen, dass sie nicht auf meiner Gästeliste stand.

Und jetzt staubsauge ich. Bei mir zu Hause. Nach einem Tag Putzerei. Mein Rücken bringt mich um, ich hab alles satt, bin wütend, und meine Hände sind vom vielen Moppauswringen ganz trocken. Das wäre was für Driss, hätte er was zu lachen. Und Sébastien Michelet, seine Pianistenhände wurden bestimmt nicht allzu oft in Kloreiniger eingeweicht. Aber ich wollte meine Mutter an ihrem einzigen freien Tag nicht alles allein machen lassen, nachdem sie David angeschnauzt hat, weil er in Mathe nur 3 von 20 Punkten hatte. Wenn ich sie wäre, würde ich alles lassen, wie's ist, und mich mit einem Bier vor den Fernseher setzen, aber sie gibt nicht auf, weil wir da sind, weil sie noch nie aufgegeben hat. Eines Tages wird sie zusammenbrechen. Es läuft mir kalt über den Rücken, wenn sie mir sagt, ich solle mich ausruhen, wo sie doch auf der Arbeit schuftet; als wäre es normal, dass sie aus dem Krankenhaus kommt, wo es nach Tod und Äther stinkt, und dann noch die gammelige, staubverkrustete Wohnung putzt. Man kommt an einen Punkt, wo der Staub nicht mehr weggeht, gehört einfach zu den Möbeln. Die Ecken werden schwarz, von den Türen rieselt es runter. Der Staubsauger bleibt an dem alten, völlig ausgeblichenen Teppich hängen, man sieht danach die Spuren.

Boah, ich bin total fertig.

Und wenn ich fertig bin, bau ich Mist. Und antworte zum Beispiel nicht auf die Nachrichten dieser Frau, obwohl jeder Kerl auf diesem Planeten eine Niere geben würde, um mit ihr einen Kaffee zu trinken. Im Grunde weiß ich ganz genau, dass sie nichts dafür kann, dass sie das nicht ahnen kann, dass sie noch nie in der Haut von einem Typen gesteckt hat, der vom Türsteher abgewiesen wird, weil er nicht Charles-Antoine heißt. Also mache ich den Staubsauger aus und hol mein Handy raus, damit ich sie nicht noch mal verliere.

*Okay, vielleicht war ich ein
bisschen sauer*

Tatsächlich? ☺

*Ja, nicht weiter schlimm,
passiert halt*

Schlechten Tag gehabt?

Alter, sie hat echt keinen Schimmer.

Nein, schlechten Abend

*Siehst du, du hättest
kommen sollen!*

Dein Ernst?

*Ja, klar. Hab beim Rausgehen
gesehn, dass du angerufen hast.*

*Wollte dich nicht um 2 Uhr
morgens wachklingeln.
Wär eh zu spät gewesen* ☺

Also haben die dämlichen Tussen ihr nichts gesagt. Nicht, dass es mich wundert, aber es ärgert mich.

*Was für eine Ausrede
hattest du denn?* ☺

Ich hasse solche Momente, Sackgassen, in die man sich selber reinmanövriert, und es gibt keinen Ausweg, weil alle scheiße sind, egal, welcher. Ich hab die Wahl: lügen, so tun, als wäre ich woanders gewesen, weil ich weder sie noch ihre Party noch sonst wen brauche, oder die Wahrheit sagen und mich lächerlich machen.

*Ich war da, vor der Bar
Ich kam nicht rein
Der Pitbull am Eingang hat mich
nicht gelassen
Stand nicht auf der Gästeliste
War aber ein netter Abend
Hab mir Schaufenster angeguckt
Super Hundehalsband für 20 000
Wär ein cooles Geschenk
gewesen*

Oh nein!!! ☹

Drei Ausrufezeichen, trauriger Smiley, sie trägt richtig dick auf, und ich bereue schon, dass ich mich für die Wahrheit entschieden habe. Dass die mich am Ende noch bemitleidet.

*Was denn? Magst du
keinen Schmuck?*

Idiot ☺

Das hört man gerne

*Es tut mir echt leid, Mathieu!
Ich hätte dich anrufen sollen
Aber es war schon so spät
Und ich war mir sicher, dass du
angerufen hast, um abzusagen
Echt scheiße
Ich wusste nicht mal, dass
die Leute am Eingang gefilzt
werden!!!*

Gleich erzählt sie mir noch, sie hätte den Hundertzwanzig-Kilo-Affen im schwarzen Anzug überhaupt nicht bemerkt.

*Vergiss es einfach,
das Thema ist durch*

*Ich hab so ein
schlechtes Gewissen!*

Kannst du auch ☺

Mein erster Smiley. Er begräbt das Kriegsbeil und ich habe fast – nur fast – das Gefühl, irgendwie am längeren Hebel zu sitzen.

Wie kann ich das wiedergutmachen?

Den nächsten Geburtstag bei McDonalds feiern

Ihre Antwort – drei Smileys, die sich kugeln vor Lachen – führt dazu, dass ich sie mir bei sich zu Hause vorstelle, drei Meter hohe Decken, Kamin, Zierleisten, wie das Zimmer in der Rue de Prony, aber ohne Marvel-Figuren. Großes Bett, großes Fenster. Keine Ahnung, wieso, ich sehe sie vor mir, wie sie auf dem Bauch liegt und das Handy anlächelt, barfuß, in einem weißen T-Shirt, das ein Stück hochgerutscht ist. Wie ein Werbeplakat für eine SFR-Flatrate. Vielleicht sitzt sie in Jogginghose in der Métro oder bei ihrer Oma am Tisch, aber das ist mir egal, träumen darf jeder, und es kostet nichts.

Ich könnte dich zum Essen einladen.

Bei dem unerwarteten Vorschlag fängt mein Herz an zu klopfen, wie mit vierzehn, wenn Camille Lebert an mir vorbeikam, ich war verrückt nach ihr, und sie hat mich nie registriert. Hab allerdings auch nie mit ihr geredet.

Kommt drauf an wohin

Pizza? Ich kenne einen Spitzenladen, da wirst du Augen machen

Na hoffentlich, nach so einer Werbung

Heute Abend?

Die Frau hat irgendwas an sich, abgesehen von ihrem Hintern und ihrem Lächeln, das mich jedes Mal komplett fasziniert. Das Gefühl gefällt mir, ich weiß nie, was als Nächstes kommt, dabei bin sonst eher ich derjenige, der den Ton angibt. Und gleichzeitig ärgert es mich, weil ich dann der Loser bin und sie die Prinzessin, die alles hat. Quasimodo. Selbst David wollte damals, als er in Dauerschleife Disneyfilme anguckte, immer lieber Phoebus sein, weil er auf die Klamotten und das Schwert stand.

Ok

Ok. Dabei bin ich nach einem langen Arbeitstag und zwei Stunden Musiktheorie endlich zu Hause, ich muss noch zwei Zimmer saugen und fühle mich jetzt schon wie ein Zombie. Aber scheiß was drauf, ich geh mit ihr essen, und meine Energiebalken füllen sich sekündlich auf – in einer Minute bin ich wieder voll. Jetzt hoffe ich nur, dass mein Gucci-Sweatshirt noch frischgewaschen riecht, dass meine Mutter sich bereit erklärt, fertig zu saugen, und dass David seine Scheißmatheaufgaben, die uns 3 Punkte eingebrockt haben, mal alleine macht. Ich bin eine Niete in Mathe, das ist allgemein bekannt. Und außerdem, die können auch mal ohne mich klarkommen, Mann, das Leben besteht doch nicht nur aus Putzen, obwohl, für meine Mutter schon, seit zehn Jahren.

»Ich geh noch mal raus«, rufe ich im Vorbeigehen, aber niemand hört mich, weil sie wegen der drei Punkte streiten.

Ich steh vor dem Badezimmerspiegel: Seh blass aus, die Haare wie ein Wischmopp, und dann auch noch der Pickel mitten auf der Stirn. Aber ich hab immer noch blaue Augen, das schiefe Lächeln kriege ich ziemlich gut hin, und ich weiß, dass ich ihr gefalle. Wird schon gehen. Kein Parfüm diesmal, der Bonbongeruch hängt immer noch in meinen Klamotten, aber ein bisschen Gel – von David – um meine Locken zu verwuscheln. Gar nicht mal so schlecht, ohne Scheiß. Mit der Lederjacke ist der Look ziemlich gut, cool, irgendwie Bad Boy, und das ist es ja bestimmt, was ihr an mir gefällt. Das einzige Problem ist die Kohle. Ich weiß zwar nicht, wo ihre Pizzeria ist, Rue des Cannettes oder so, aber ich hab so eine Ahnung, dass es wieder schweineteuer wird. Weil ich schon seit einer Weile pleite bin, ist das alte Plastiksparschwein in der Sockenschublade meine einzige Hoffnung, das hat mir meine Mutter geschenkt, als ich klein war. Da habe ich immer meine Ersparnisse reingesteckt, schon das Geld von der Zahnfee, und das mache ich bis heute, zuletzt die

Provision von Kevin, dafür, dass ich seine geklauten Kartons lagere. Seit ich ein neues Handy habe, ist nicht mehr viel drin, aber immerhin, die paar Scheine sollten fürs Abendessen reichen.

Soweit kommt's noch, dass ich mich einladen lasse.

Ich bin vielleicht Quasimodo, aber noch lange kein Sozialfall.

*

Fotos von alten Filmstars an den Wänden. In Schwarzweiß und in Farbe, ihr Lächeln stammt aus einer anderen Zeit, lange vor meiner Geburt. Manche davon kenne ich, so wie man die halt kennt, und manche wirken irgendwie richtig vertraut. Meine Mutter fand diese Schauspieler toll, als sie noch Fernsehen geguckt hat, und ich bin auf ihrem Schoß eingeschlafen, weil es nichts Öderes gibt als alte Filme.

Anna ist in die Karte vertieft, sie kann sich nicht entscheiden. Ich auch nicht. Nicht so einfach, zu überschlagen, wie hoch die Rechnung am Ende wird; Vorspeise oder Nachtisch, Hauptgerichte für zwanzig Euro, da kommt schnell was zusammen. Wenn ich die billigste Pizza nehme, sieht das knauserig aus, das fällt hundertpro auf, dabei klingt die echt lecker. Schinken, Champignons, Käse. Fünfzehn Euro. Geht eigentlich für einen Schuppen mit so vielen Schauspielern in Schwarzweiß, ich hab Schlimmeres erwartet, vor allem, seit ich weiß, wo Madame ihren Geburtstag feiert. Wenn sie jetzt keine Dummheit macht und zum Beispiel Entrecôte bestellt – was keinen Sinn macht in einer Pizzeria –, müsste es gehen. Und sie schaut jetzt fröhlich auf, weil sie nicht rechnen muss.

»Willst du Wein?«

Dreißig Euro die Flasche, nein, danke.

»Lieber nicht, ich muss morgen um fünf raus.«

»Um fünf!«

»Ja, klar, ich gebe alles. Putzen ist meine große Leidenschaft.«

»Hast aber auch echt Talent.«

Sie guckt mich so spitzbübisch an, dass ich sie am liebsten küssen würde, hier, auf der Stelle, über die Speisekarten weg, aber stattdessen lasse ich es bei einem Lächeln, weil ich unfähig bin, so was zu bringen. Meistens lasse ich den Ladies den Vortritt.

»Wann hast du angefangen?«

Wir wissen beide, was sie meint, und ich hab absolut keinen Bock, darüber zu reden.

»Mit Putzen?«

»Ja, genau«, antwortet sie lachend.

»Mit sieben.«

»Und du hattest nie richtigen Unterricht?«

»Nein.«

Sie schaut mir tief in die Augen, und ich weiß, dass sie sich fragt, warum ich ausweiche, warum ich mich wieder in die Karte vertiefe, obwohl ich sie schon auswendig kann.

»Weißt du, dass ich noch nie jemanden getroffen habe, der so putzt wie du?«

»Dann solltest du erst mal sehen, wie ich die Fenster poliere.«

»Kann's kaum erwarten.«

Der Kellner hat ein perfektes Timing, jetzt muss ich der reichen Frau nicht von dem armen Typen erzählen, sie hat alles, er nichts. Das interessiert eh kein Schwein, meine Jobs, die marode Wohnung, meine marode Mutter, meine Kumpels auf der Parkbank und die Scheißideen, wegen derer ich jetzt den Mopp schwinge, dort, wo sie studiert. Viel lieber will ich sie reden und lachen hören, will sehen, wie sie sich bewegt und mich auf ihre spezielle Art anguckt – als ob sie in meinem Blick nach den Sachen sucht, die ich ihr nicht erzählen will.

Je mehr sie redet, desto toller finde ich sie.

Sie ist hier aufgewachsen, in einem Zimmer mit Blick über die Baumkronen, gar nicht weit von dieser Pizzeria, die sie schon als kleines Mädchen super fand. Am Anfang waren die Schatten der Bäume an der Zimmerwand gruselig, wie Krallen, die sich im Wind bewegen, aber als sie größer wurde, hat sie die Fenster aufgemacht und den Vögeln Konzerte gegeben. Nachts, wenn der Autolärm endlich von Stille abgelöst wurde. Zuerst Geige, dann eine Weile Gitarre, akustisch und E-Gitarre, dann Cello, alles, um ihre Eltern zu ärgern, die eine Pianistin aus ihr machen wollten, weil ein Flügel was hermacht. Gute Noten. Reitunterricht. Die Eltern sind Anwälte. Ferien am Atlantik, im familieneigenen Ferienhaus, Meer, Pinien, Wellen, am liebsten für immer dort bleiben, weit weg vom Rest der Welt, aber nein, das geht schließlich nicht. Abi und dann Jura, das Studium fand sie blöd. Das Gefühl, ins Nichts zu laufen. Und der Sprung ins kalte Wasser, sie stellt sich vor ihre Eltern hin und erklärt: Ihr werdet lachen, ich will Musikerin werden. Sie ist ein bisschen sauer, weil ihre Eltern sie mit allen Mitteln davon abbringen wollten, aber sie hat sie lieb, und jetzt sind sie stolz, obwohl sie erst nichts davon wissen wollten, denn nun wird ihre Tochter berühmt; sie findet das saukomisch, aber ihre Eltern sind sich ganz sicher, und ich werde bestimmt nicht widersprechen.

Sie stippt die letzten Krümel Tiramisu von ihrem Teller.

»So, das reicht jetzt aber, ich komme mir vor wie bei einem Interview!«

»Passt doch für einen zukünftigen Star.«

»Mit dem Cello? Träum weiter! Wenn hier jemand ein Star wird, dann du, Mister Future Solist.«

Merkwürdig, wie sie mich bewundernd ansieht, wo ich mir in ihrer Gegenwart wie der letzte Loser vorkomme.

»Das dauert noch«, sage ich und widerstehe der Versuchung, mir noch einen Kaffee für vier Euro fünfzig zu bestellen.

»Sag das mal Geithner! Ich glaub, der hat sich noch nie so für jemanden eingesetzt.«

»Hör bloß auf … Jetzt soll ich auch noch bei dem Wettbewerb da mitmachen … Keine Ahnung, was das soll.«

»Bei welchem Wettbewerb?«

Ich komme mir vor, als hätte ich ein Staatsgeheimnis verraten, und jetzt ist es auch schon egal, scheiß drauf, ich bestelle mir noch einen Kaffee.

»Den Grand Prix de ... Was weiß ich. D'extravagance. D'exécution.«

»D'excellence!«

Ihre Augen sprühen Funken – das kommt vielleicht vom Wein – und zum ersten Mal legt sie mir die Hand auf den Arm.

»Ich glaub's nicht«, sagt sie und sieht mich an, als wäre ich grade vom Himmel herabgestiegen. »Du trittst beim GPE an?«

»Keine Ahnung. Ich hab mich noch nicht entschieden.«

»Wie jetzt?«

»Geithner hat mich gefragt, aber ich weiß noch nicht.«

Sie lacht so laut auf, dass die Typen am Nebentisch sich zu uns umdrehen, vielleicht liegt's auch an ihrem schulterfreien T-Shirt.

»Du bist echt unglaublich! Weißt du eigentlich, was das bedeutet?«

»So ungefähr.«

»Ist klar. Du kriegst die Chance deines Lebens, jeder am Konservatorium würde dafür morden, und du ... *weißt noch nicht*.«

»Ich bin nicht gut genug.«

»Komm, hör auf.«

»Doch, wirklich. Ich spiele nach Gehör, ja, aber Notenlesen, vergiss es.«

»Hör auf.«

Ich höre auf. Weil der Kellner die Rechnung auf den Tisch legt, und weil ich meine Entscheidung getroffen habe. Ich mach mit bei dem Wettbewerb, schon allein, damit ich hinterher nicht denke, hätte ich mal. Ich mach es, weil ich Bock drauf habe, weil das Klavier mir gefehlt hat, weil mir der Kopf schwirrt vom Wein, sie hat mir dreimal nachgeschenkt, und weil mir die Bewunderung in ihrem Blick gefällt. Ich mach es, weil die mich mal können, die ganzen arroganten Spießer. Ich mach es, um es ihnen zu zeigen, und mir, und ihr.

Ach, scheiße Mann. Ich weiß nicht, was ich da gerechnet hab, aber es ist viel teurer, als ich dachte.

»Gib her«, sagt sie und will mir die Rechnung aus der Hand reißen. »Ich lade dich ein!«

»Beim nächsten Mal vielleicht.«

»Aber das war ausgemacht!«

»Vergiss es.«

Total bescheuert, aber diese Rolle tut mir gut. Ich bereue nur, dass ich die Kohle abgelehnt habe, die Kevin mir zustecken wollte, dann könnte ich mir noch ein paar solche Abendessen leisten.

»Willst du mir beweisen, dass du nicht so leicht zu haben bist?«, fragt sie und lächelt hintergründig.

»Korrekt. Damit du nicht denkst, ich bin nur wegen deiner Kohle mit dir zusammen.«

Sie prustet los, und ich Idiot muss unbedingt noch klarstellen, dass ich natürlich nicht meinte ›mit ihr zusammen‹, sondern ›zusammen essen, hier, im Restaurant‹, das nimmt dem Ganzen was von seinem Zauber.

Sie bedankt sich.

Ein Küsschen auf die Wange.

Ich liebe ihr Parfüm.

»Weißt du, was du heute vorm Einschlafen machst? Du denkst über Geithners Angebot nach; dass das genial ist, dass du riesiges Glück hast, dass du dir das auf keinen Fall entgehen lassen darfst. Und wenn du nicht mitmachst, bring ich dich um, kapiert?«

»Okay.«

»Was, okay?«

»Geht klar, ich mach's.«

Sie steht auf, knöpft ihren Mantel zu und flasht mich ein letztes Mal mit ihrem umwerfenden Lächeln.

»Geile Scheiße.«

Ich dagegen finde die Scheiße nicht so geil, kommt mir eher vor, als würde ich die Arme ausbreiten und ins Nichts springen, wie in *Assassin's Creed*. Aber es hat auch was Berauschendes. Kommt vielleicht vom Wein.

18

»Ja?«

Routinemäßige Frage. Dumme Frage. Gezwungene Frage, um die Schotten zu öffnen, um mich zu erinnern, dass jetzt die Zeit ist, meinen Gedanken freien Lauf zu lassen, ohne wirklich nachzudenken, als würde ich über dies und jenes plaudern. Mit mir selbst. Mit der Leere. Vor diesem gleichmütigen Typen mit den unweigerlich übergeschlagenen Beinen, mit zu hellen Schuhen zu den gestreiften Socken. Auch unvermeidlich, die gestreiften Socken. Das ist seine originelle Note, seine Anwandlung von Abenteuer. Ein Hauch scheuen Lebens in dieser trüben Kulisse, dessen Farben von einer Sitzung zur nächsten wechseln. Blaue Streifen, rote Streifen. Ohne dieses kleine Detail hätte ich wirklich das Gefühl, tausendmal dieselbe Stunde erlebt zu haben, endlos, unterbrochen nur von Schweigen. Aber nein, ich gehe jede Woche dorthin, erleichtere mein Portemonnaie um hundertzwanzig Euro, sitze auf einem Clubsessel aus Leder, dessen Armlehnen von zig depressiven Händen abgewetzt sind.

Heute habe ich nichts zu sagen.

»Ja?«

Diese Frage geht mir allmählich auf die Nerven. Anscheinend ist es normal, dass man durch mehrere Phasen geht, darunter die Revolte, bevor man versteht, dass die Pausen genauso viel kosten wie die Worte. An dem Punkt bin ich noch nicht. Ja kann nur ein Seelenklempner fragen. Ja bedeutet nichts. Nicht in diesem Kontext. Es ist ein Wort aus zwei Buchstaben für einen Scheck über hundertzwanzig Euro, weil er, wer hätte das gedacht, keine Karte akzeptiert.

Die Minuten verstreichen. Langsam. Ich überlege, was ich sagen kann, um die verlorene Zeit zu rechtfertigen, aber mir ist nicht danach. Mein Blick schweift wie immer durch den Raum, verweilt auf den beigefarbenen Wänden, und ich denke, ich könnte den Raum aus dem Gedächtnis heraus zeichnen, auf den Millimeter genau. Die einander gegenüberstehenden Sessel, der Louis-Philippe-Schreibtisch, die Schreibunterlage aus Leder, der Kalender, der Montblanc-Füller, der Teppich, von dem ich jeden Schnörkel kenne, und die Couch, auf die ich mich die ersten Male gelegt habe. Ich bin aufgestiegen. Jetzt sitze ich im Sessel. Um Monologe zu halten wie zuvor, mit dem Unterschied, dass ich seine Augen sehe.

In seinen Augen ist nichts.

»Ich habe nichts Großartiges zu erzählen.«

»Nichts Großartiges?«

»Gar nichts, wenn Sie so wollen.«

Er will nicht so. Er begnügt sich damit, mich mit seinem Reptilienblick zu beobachten und zu warten. Darauf, dass ich rede. Dass ich mich vergesse, sei es nur, um den Scheck, den ich nachher unterschreiben werde, zu rechtfertigen. Dass mein eigenes Schweigen mich von einem Gedanken zum nächsten lockt, bis sich unverhoffte Tore öffnen. Die Absicht ehrt ihn. Aber das funktioniert nicht. Das hat nie funktioniert, jedenfalls nicht, dass ich wüsste. Seit ich diese Arbeit begonnen habe, wie er es nennt, glaube ich nicht, dass sich die Last, die mir auf dem Herzen liegt, auch nur um ein Gramm erleichtert hat. Die Schlaflosigkeit ist immer noch da, und die Versuchung, zu trinken, zu rauchen, zu warten, dass das Leben vergeht, den Glauben aufzugeben, dass man den Funken wieder entfachen kann.

»Ich glaube ich vergeude meine Zeit.«

Er weiß es, ich habe es ihm schon zehnmal gesagt. Zehnmal hat er mit einem Nicken geantwortet. Aber heute hat er gute Laune.

»Hier … oder woanders?«

Ärgerlich lasse ich mich in dem Sessel zurückfallen, dessen Sitzfläche glänzt wie eine vereiste Stelle.

»Sie wissen genau, was ich meine. Seit wann betreuen Sie mich jetzt? Ein Jahr?«

»Ein bisschen weniger.«

»Und wir sind immer noch am selben Punkt.«

›Wir‹ heißt ich. Deshalb lächelt er.

»Sie haben große Fortschritte gemacht.«

Ich habe den Eindruck, ich sehe mich selbst gegenüber einem etwas minderbegabten Schüler: ein Mitleidslob.

»Das sagen Sie.«

Erneutes Nicken. Sein durchdringender Blick erinnert mich an meine ersten Sitzungen, als ich noch nah am Wasser gebaut war, als ich meine letzte Hoffnung, wieder ins Leben zu finden, in diese verfluchte Couch setzte. Er sagte mir, ich könne weinen, wenn mir danach sei, und ich nehme an, andere tun es, da immer Taschentücher bereit liegen. Ich habe verstanden, dass niemand mich verurteilen würde, Tränen kein Zeichen von Schwäche sind, aber ich kann mein Herz nicht ausschütten, nicht einem Typen, der unauffällig die Zeit im Auge behält, im Glauben, ich würde es nicht merken.

Ich denke wirklich, dass diese Sitzung die letzte sein wird.

»Wenn Sie diesen Weg nicht gegangen wären, wären Sie nicht dort, wo Sie heute sind.«

Und ausgerechnet jetzt redet er plötzlich mit mir.

»Ich bin nirgendwo. Ich habe nur aus meiner Arbeit wieder etwas Energie gezogen.«

»Und das ist Ihrer Meinung nach wenig?«

Nein, das ist nicht wenig, aber ich rieche den Braten. Und ich weigere mich, das ihm zuzuschreiben, denn es genügt nicht, ›Ja?‹ zu sagen, die Beine übereinanderzuschlagen und zu warten, bis die Stunde vorbei ist. Er hat nichts damit zu tun, dass Licht am Ende des Tunnels aufflackert. Nicht er hat am Gare du Nord Bach gespielt, nicht ihn werde ich allen Widrigkeiten zum Trotz bis zum Grand Prix d'excellence treiben. Es war Zufall. Nichts als

Zufall. Wäre ich zehn Minuten früher oder zehn Minuten später vorbeigekommen, wäre mein Leben noch da, wo ich es umherdümpeln ließ. Ich weiß auch, das braucht er mir nicht zu sagen, dass all das nur eine Kompensierung ist, ein Linderungsmittel, eine Übertragung. Ein Aufwallen der Vaterrolle. Als ob ein Kind ein anderes ersetzen könnte.

Ich stehe auf.

»Sie haben noch vierzig Minuten.«

»Ich weiß. Schenke ich Ihnen.«

Ein mildes Lächeln, beinahe spöttisch, signalisiert, dass er mir nicht glaubt, ich würde schon in der nächsten Woche wiederkommen, mit eingekniffenem Schwanz, wie ein Jugendlicher in der Krise, um die Arbeit da wiederaufzunehmen, wo wir aufgehört haben.

Er irrt sich.

Wir sind fertig.

Sollte ich eines Tages wieder ins Leben zurückfinden, dann nicht durch das hier.

»Denken Sie in Ruhe darüber nach«, sagt er mit seiner milden Stimme, nicht ohne meinen Scheck einzustecken.

»Das wird nicht nötig sein.«

»Wie Sie wollen.«

Er begleitet mich in seinen geräuschgedämpften Flur, dieser hinter einem Vorhang verborgenen Tür entgegen, durch die ich hoffentlich nie wieder gehen werde. Und er reicht mir die Hand, sachlich und kühl wie eine Wachsfigur.

»Bis nächsten Dienstag vielleicht.«

19

»Ja?«

Ich geh rein. Ich nehm meine Basecap ab. Und weil er auf einen Stuhl weist, setze ich mich. Er hat ein schönes Büro, ganz weiß, und eine große Fensterfront. Die Art Büro, in der du ganz gechillt arbeiten kannst, denk ich mal, acht Stunden am Tag, ohne Stress. In einem schönen Sessel, mit Hintergrundmusik. Zwei Stunden Mittagspause, nachmittags zwei Kaffeepausen, zwischendurch surfst du ein bisschen auf deinem iMac für zweitausend Euro, und um sechs kannst du gehen. Manche reißen sich nicht grade den Arsch auf.

Geithner (endlich kann ich mir seinen Namen merken) guckt mich gespannt an, kann seine Ungeduld schlecht verstecken, aber, keine Ahnung, wieso, er bleibt stur bei seinem Sphinx-Face. Undurchdringlich. Wenn ich mir ihn und die Comtesse so angucke, glaub ich langsam, dass man nur mit Stock im Arsch am Konservatorium unterrichten darf.

»Setzen Sie sich, Mathieu. Sind Sie zu einem Entschluss gekommen?«

»Joa.«

Beiläufig schiebt er mir eine Partitur rüber, die ziemlich krass aussieht. *Rachmaninow, 2. Klavierkonzert op. 18 in c-Moll.*

»Was'n das?«

»Das Stück, das Sie für den Wettbewerb einstudieren werden.«

»Ich hab nicht gesagt, dass ich mitmache!«

Er lächelt.

»Nein, haben Sie nicht.«

Jetzt würde ich am liebsten nein sagen, nur um ihn zu ärgern. Aber ich habe mehr zu verlieren als er, deshalb verkneife ich mir diesen kleinen Spaß, der mich direkt wieder an meinem Wischmopp befördern würde.

»Noch können Sie nein sagen«, fährt er fort, als könnte er Gedanken lesen.

»Geht klar, ich mach mit bei Ihrem Wettbewerb.«

»Das ist nicht *mein* Wettbewerb, Mathieu. Sie können es sich nicht mehr erlauben, nur zuzuschauen. Jetzt nicht mehr.«

»Ich weiß.«

»Nein, tun Sie nicht. Dieser Wettbewerb ist Ihr Lebensinhalt, die Luft, die Sie atmen, ein Kampf, den Sie jeden Tag aufs Neue ausfechten, und den wir hoffentlich gemeinsam gewinnen. Sie werden ihn lieben und hassen, alle möglichen Gefühlszustände durchmachen, aber diese Gleichgültigkeit, die ist vorbei.«

Ich find's witzig, dass er die Nummer mit der großen Rede vor der Schlacht abzieht – wie im Film.

»Keine Panik, wenn ich sage, ich bin dabei, dann zieh ich das auch durch.«

Er lächelt wieder und gibt den Noten einen letzten Stups, sie landen auf meinem Schoß, Vier- und Fünfklänge, überall Akzente und Anmerkungen.

»Haben Sie schon mal Rachmaninow gespielt?«

»Nein.«

»Spricht Sie das an?«

Ich versuche vom Blatt zu lesen. Note für Note. Das Einzige, was zu mir spricht, ist Frustration, weil ich die Musik nicht entwirren kann vom Rest, und ich würde lieber ein Stück spielen, dass ich gut kenne.

»Naja.«

»Naja? Wirklich?«

Ich warte auf eine weitere Moralpredigt, aber falsch gedacht. Er holt sein iPhone raus und sucht was, dann reicht er mir Kopfhörer, die von Bose mit Lärmreduzierung, die ich mir auch für unterwegs kaufen wollte, ehe ich gesehen habe, dass sie dreihundertfünfundsiebzig Euro kosten.

»Legen Sie die Noten beiseite. Hören Sie einfach zu.«

Ich setze die Kopfhörer auf, und plötzlich ist da nichts mehr, nichts als Stille, eine Leere wie im Weltraum, mein Atem, Geithner sagt irgendwas, ich höre ihn nicht. Die ersten Töne, wie aus dem Nichts. Leicht, bestimmt, tiefgründig, schon kribbelt es mir in den Fingerspitzen. Dann setzt das Orchester ein. Ja, das Orchester, ich bin nicht allein, Geigen, Streicher, Blechbläser, Bässe, die alles mit sich davontragen, die Musik wird zu einem Strudel. Sie atmet, dröhnt, schwillt an. Aber ich eröffne, mir folgen sie, um mich drehen sie sich. Wie Segel, wie der Wind, der die Boote aufs Meer hinaustreibt. Irgendwann verliere ich mich darin, ich weiß nicht mehr, wo das Klavier ist, ich weiß nicht, ob ich das spielen kann, ob ich ihnen folgen kann, ob sie mir folgen können, aber krasse Scheiße, ist das schön.

Geithner gibt mir ein Zeichen, die Kopfhörer abzusetzen.

»Immer noch naja?«

»Nein, das ist superschön. Aber echt krass zum Spielen. Können wir nicht lieber was Einfacheres nehmen?«

Seine Antwort ist ein ironisches Lächeln. Klar. Den Grand Prix de sonst was gewinnt man nicht mit *Hänschen Klein*.

»Kommen Sie.« Er steht auf. »Wir haben einen Termin mit der Comtesse.«

»Wenn sie erfährt, dass ich mitmache, erschießt sie sich!«

»Sie weiß es schon.«

»Und lebt noch?«

Statt den verärgerten Papa zu spielen, muss er lachen.

»Soweit ich weiß, ja.«

Ich geh ihm hinterher, und auf dem Gang frage ich mich, was sie wohl überzeugt hat, mich für den verdammten Wettbewerb zu coachen, wo ich schon mit den einfachsten Partituren kämpfe, die sie mir vorlegt.

Ich hätte nie gedacht, dass sie zusagt, nicht mal für eine Million.

*

Wir haben die Comtesse vor dem Großen Saal getroffen, sie war natürlich scheißpünktlich wie eine Schweizer Uhr: Viertel vor heißt Viertel vor. Nicht vierundvierzig, nicht sechsundvierzig, Geithner macht lächelnd eine Bemerkung dazu, aber sie ist nicht zu Späßen aufgelegt. Und noch weniger ist ihr danach, mich zu sehen. Zwischen dem Musikunterricht und dem Grand Prix d'excellence liegen Welten, und keine davon ist meine. Ich weiß, was sie denkt, es steht ihr ins Gesicht geschrieben, und an ihrer Stelle würden das alle denken: Mit einem Loser wie mir beim Wettbewerb anzutreten ist Selbstmord.

»Das hätten wir auch in meinem Büro machen können«, sagt sie mit ironischem Unterton. »Es sei denn, es wartet bereits ein Publikum in Ekstase.«

»Noch nicht«, antwortet Geithner und lässt ihr den Vortritt.

Mit einem aufmunternden Nicken winkt er mich ebenfalls rein.

Licht.

Auf der Bühne stehen nebeneinander zwei Flügel.

»*Das* ist deine Idee?«, fragt die Comtesse und klingt in etwa so überzeugt, als würde er aus Marokko anrufen und ihr eine Internet-Flatrate verkaufen wollen.

»Und sie ist gut.« Geithner lässt sich nicht aus der Ruhe bringen. »Er hat vielleicht nicht die nötigen Grundlagen, aber er hat das absolute Gehör, und das ist ein Riesenvorteil. Dafür sind doch zwei Flügel ideal!«

»Mag sein.«

Ihr »Mag sein« heißt nein, aber Geithner lässt nicht locker.

»Probier es doch mal! Du wirst sehen, er folgt dir blind.«

»Das weiß ich schon, aber das wird nicht reichen. Nicht für den Grand Prix. Ich nehme an, du hast etwas … Entsprechendes ausgesucht.«

Als Antwort hält er ihr die Partitur hin, dabei beobachtet er sie aufmerksam.

»Rach 2? Das ist ein Scherz.«

»Das kann er schaffen.«

»Papperlapapp. Er kann nicht mal etwas Einfaches vom Blatt spielen. Von der Technik ganz zu schweigen: Für die Dezim-Intervalle der linken Hand braucht man eine Spanne, die er nie im Leben hat.«

»Daran kann man arbeiten.«

»In drei Monaten?«

Es ist ein seltsames Gefühl, die beiden zu sehen, wie sie über mich reden, als wäre ich nicht da. Ich gehe ein paar Schritte und erinnere mich, dass Anna hier saß, erste Reihe, als ich das letzte Mal gespielt habe. Ich gehe zu ihrem Platz. Ich versuche, das Ganze mit ihren Augen zu sehen. Und sage mir, dass ich wirklich nicht hierher gehöre.

»Monsieur Malinski!«, schnappt die Comtesse. »Wenn es nicht zu viel verlangt ist, schenken Sie uns doch bitte ein Mindestmaß an Aufmerksamkeit. Es geht hier um Sie.«

»Entschuldigung. Hatte nicht das Gefühl, dass ich nach meiner Meinung gefragt werde.«

»Da haben Sie sich getäuscht. Und spielen Sie nicht ständig Oliver Twist, Sie sind in einer äußerst privilegierten Lage.«

»Ja, schon klar.«

Geithner greift ein, bevor die Situation eskaliert.

»Was Élisabeth von Ihnen wissen will, Mathieu: Trauen Sie sich zu, an dem Stück zu arbeiten?«

»Das Stück zu spielen«, korrigiert sie. »Daran arbeiten, das kann jeder.«

Das ist das Schöne bei den beiden, die setzen immer noch eins drauf, falls du nicht genug Druck hast.

»Keine Ahnung, das müssen Sie mir sagen. Ich denke, es ist machbar«, sage ich, um sie zur Weißglut zu treiben, »schon krass, klar, aber machbar, kann halt sein, ich merk nach zwei Tagen, das wird nix.«

»*Kann halt sein*«, wiederholt sie und wirft Geithner einen vielsagenden Blick zu.

Er hält mir dir Noten hin und legt mir eine Hand auf die Schulter.

»Sie schaffen das.«

Der glaubt dran. Man sieht, dass er dran glaubt, und genau deshalb hab ich letztendlich Bock, es zu machen. So richtig, hundertpro, auch wenn das Stück echt hardcore ist. Immerhin ist der Typ Direktor vom Konservatorium, und von Anfang an hat er auf mich gesetzt. Hier, in diesem Saal, hab ich gespielt, vor Profis, vor Anna, und keiner hat gedacht, dass ich nicht hierher gehöre. Keiner. Nicht mal der Wichser Michelet, der vor Neid erstickt. Der Einzige, der das denkt, bin ich selber. Und die Comtesse mit ihren beschissenen Intervallen.

»Setzen Sie sich«, sagt sie und weist auf den Klavierhocker. »Wir werden es gleich wissen.«

»Ob die Methode sinnvoll ist«, fügt Geithner hastig hinzu, weil er Angst hat, dass ich beleidigt bin.

Während ich mich einrichte, stellt die Comtesse die Noten vor mich hin und setzt sich dann an den anderen Flügel, mit einer noch undurchdringlicheren Miene als Geithner. Sie schlägt einen Akkord an, dann noch einen. Ich mache es ihr nach ohne hinzuschauen. Sie spielt weiter, zwei Takte, drei Takte. Ich folge. Wieder spielt sie den ersten Takt. Wieder folge ich. Da dreht sie sich zu Geithner um, frostig, undurchdringlich, mit dem Hauch eines Lächelns.

»Das war schon klar, Pierre.«

Er zwinkert ihr zu und lässt uns mit Rachmaninow allein.

20

Das Aufzuggitter ist hinter mir heruntergesaust wie eine Guillotine. Und so stand ich da wie angewurzelt, vor der Tür, mit meinem Schlüssel in der Hand, bis meine Beine ganz taub waren. Ich kann nicht. Ich kann nicht mehr. Meine Absätze pressen sich in den Teppich, meine Schultern verkrampfen, und die Luft wird dünner. Ich atme, in dem Versuch, das aufsteigende Unbehagen zu verscheuchen, das in meinen Adern pulsiert, das mich keinen klaren Gedanken fassen lässt. Ich habe den Eindruck, wieder zwölf Jahre alt zu sein, die Angst vor der Schule, der Innenhof des Lycée Carnot, mit seinen Gefängnisgängen und dem Glasdach unter dem grauen Himmel. Vor einer geschlossenen Tür stehen, obwohl die Stunde schon angefangen hat, zu wissen, dass sie hämisch grinsend meinen Namen tuscheln werden, weil ich dünn bin, weil ich eine Brille trage. Nicht klopfen wollen. Hoffen, dass die Zeit stillsteht.

Ich weiß nicht, warum ich jetzt daran denke.

Lautlos und ohne das Licht anzumachen, habe ich mich umgedreht und bin wieder hinuntergegangen. Zu Fuß. Als ob Mathilde mich hören könnte. Als ob es sie kümmerte. Ich wartete wie ein Dieb darauf, dass die Nachbarn aus der dritten Etage in ihre Wohnung gingen, um sie nicht grüßen zu müssen, um mir die Floskeln zu ersparen, den Tratsch des Verwalters, die Kommentare zu den Arbeiten im Hof. Ich drückte mich an den Wänden entlang, durchquerte das Foyer, ohne mein Spiegelbild anzusehen, und trat mit dem berauschenden Gefühl, die Schule zu schwänzen, wieder auf die Straße.

Meine Tasche behindert mich, die Müdigkeit strahlt in meine Beine, aber ich kümmere mich nicht darum, draußen geht es mir besser, ich brauche einen Drink, oder einfach das Alleinsein. Ich spüre die Kühle der Nacht auf meinem Gesicht, das Blut fließt wieder durch meine Adern, ich atme. Je mehr ich mich entferne, desto tiefer atme ich. Man könnte meinen, ich wäre zum Nomaden geworden. Ich kann mich kaum an die Behaglichkeit der Sesshaftigkeit erinnern, die Zeit, als die Wohnung meine Zufluchtsstätte war, wo ich die Schuhe auszog, wenn ich zur Tür hereinkam. Zwanzig Jahre gemeinsamen Lebens. Zwanzig Jahre. Wir waren Freunde, Geliebte, Vertraute, Partner, und heute sind wir gar nichts mehr, weder allein noch zusammen, nichts als zwei Einsamkeiten nebeneinander in einem Bett. Das Schweigen wiegt schwer. Und die Traurigkeit. Und die Ohnmacht. Ich wünschte, ich hätte das Verlangen, woanders zu sein, für die griechischen Inseln, Vietnam oder Süditalien würde ich alles hinter mir lassen, aber ich habe keine Lust auf gar nichts. Nur auf eine Nacht Schlaf, traumlos, ohne Geräusche, ohne dass ein anderes Atmen mich daran erinnert, nicht alleine zu sein.

Wenn ich den Mut hätte, würde ich es ihr sagen.

Mathilde, es funktioniert nicht. Es funktioniert nicht mehr.

Es ist nicht deine Schuld, es ist nicht meine Schuld, es ist über uns hereingebrochen.

Auf dem Boulevard ist nicht viel los, ein paar Fußgänger, ein paar Autos. Und ich. Ich knöpfe den Mantel zu, wickle mich in meinen Schal, bin fest entschlossen zu laufen, zur Seine vielleicht. Oder zum Jardin du Luxembourg, um den Geruch des nassen Grases durch den Gitterzaun zu riechen. Hier fühle ich mich wohl. Das ist mein Viertel, meine Gegend. Meine Straßen, meine Abkürzungen. Auf der Terrasse des *Rhumerie* trotzt eine Gruppe betrunkener, Cocktails schlürfender Manager der Kälte, und ihr dämliches Glucksen nervt mich. In ihrem Lachen klingt der Sommer, auch wenn die Touristen – endlich – weg sind. Man ist nie wirklich allein, nicht hier. An der Straßenecke zur Rue de Seine streichelt ein Obdachloser seinen Hund, und auf dem Kirchenvorplatz müht sich ein Mädchen damit ab, ihren Motorroller zu starten. Ich würde meine Umhängetasche so gern auf einer Bank stehen lassen, ohne Gewicht laufen, mich frei fühlen, aber nein, ich begnüge mich damit, sie mit der anderen Hand zu greifen. Wenn ich es könnte, hätte ich es schon längst getan. Und nicht nur meine Tasche hätte ich zurückgelassen.

Die Schaufenster, dunkel und altvertraut, erregen nur für einen Augenblick meine Aufmerksamkeit. Ich gebe nichts darum, alte Bücher, Macarons, Tanzschuhe. Ich versuche, nicht zu denken. Ich verliere mich in Details, ein Klettergerüst, eine Regenrinne, ein schlecht geparktes Auto, mit einem Reifen auf dem Bürgersteig. Wenn ich durch die Gardinen etwas erkennen kann, schaue ich in die manchmal gemütlichen, manchmal trostlosen Wohnungen mit ihren Möbeln, Bildern, dem Licht der Fernseher, das über die Wände flimmert, und ich sage mir, dass all diese Menschen ein Leben haben. Und die meisten sind noch trister als mein eigenes. Ich habe Glück. Es gibt Leute, die unter einer Toreinfahrt in einem Karton schlafen.

Doch das ist nur ein schwacher Trost.

Als ich auf der Pont des Arts die Straßenseite wechsle, werde ich beinahe von einem Lieferwagen überfahren, den ich noch heftig beschimpfe, als er schon nicht mehr als zwei rote Punkte auf der Uferstraße ist. Das ist ja wohl unfassbar, mitten in der Stadt so aufs Gas zu treten, wo doch alles frei ist, und sich nicht einmal zu bequemen, Fußgängern auszuweichen. Arschloch. Auf mich wartet ein Wettbewerb. Ein Junge, den es für den Grand Prix d'excellence vorzubereiten gilt – und nicht nur das. Ich muss noch ein paar Dinge regeln. Wichtigeres, als von einem Lieferwagen zerquetscht zu werden, in dieser Eiseskälte, mit einem einmaligen Blick auf den Louvre.

Ich mag diesen Ort, vor allem nachts.

Es ist schon eine Weile her, seit ich das letzte Mal hergekommen bin.

Auf das Geländer gestützt, blicke ich über die Seine, die nur ein langer Federzug von schwarzer Tinte ist, und der Wind bläst durch meinen Schal. Irgendwelche Idioten bringen es immer noch fertig, Vorhängeschlösser an die Brücke zu hängen, X und Y, ewige Liebe. Das weckt in mir ein eigenartiges Verlangen, ein Verlangen, von dem ich dachte, es sei tot, nämlich eine Frau in den Armen zu halten, ihren Hals zu küssen, ihren Duft zu riechen, ihren Atem in meinem Ohr zu spüren. Das letzte Mal, dass eine Frau mir dieses Gefühl gab, war vor ein paar Tagen. Ich erinnere mich nicht mehr an ihren Namen, aber ich habe ihre Karte und das leicht verschwommene Bild ihrer langen Beine auf einem Barhocker vor Augen. Ihr Lächeln wie eine Einladung, ihre Unbekümmertheit, die einen Hauch von Gleichgültigkeit hatte. Es ist mir ein bisschen peinlich, dass ich daran denke. Jetzt, hier. Ich habe Mathilde nie betrogen, nicht ein Mal in zwanzig Jahren. Vielleicht in Gedanken, aber das zählt nicht.

Langsam wird es richtig kalt.

Dann öffne ich mein Portemonnaie und ziehe, verstohlen wie ein Dieb, die Karte heraus, die ich hätte wegwerfen sollen, die ich sicher war, weggeworfen zu haben. Irina. Genau, so hieß dieses Mädchen, an dessen Gesicht ich mich nicht mehr erinnere, während mir ihre Beine und Stimme so deutlich im Gedächtnis geblieben sind, dass ich sie vögeln könnte, auf dieser Brücke, gegen dieses Geländer. Ohne nachzudenken, nehme ich mein Handy, dann schaltet sich mein Verstand ein, schwach, zögernd, gerade noch genug, dass ich meine Nummer unterdrücke.

Es klingelt zweimal.

Dass ich mich nicht an ihr Gesicht erinnere, ist mir unangenehm.

Es kommt mir vor, als würde ich ein Paar Beine anrufen.

»Ja, hallo?«

Dieser slawische Akzent. Ich schweige.

»Hallo?«

Ich lege auf. Das Herz klopft, die Hände zittern, ohne, dass ich mir die Scham, die Angst, den Ekel, die Schuldgefühle bewusst machen könnte, die mir durch den Kopf spuken. Und ich werfe die Karte mit ihrer lächerlichen schwarzen Stielrose so weit wie möglich in den Wind, der sie fortträgt. Sie wirbelt im Licht, landet in der Seine und verschwindet schließlich in der Dunkelheit, aus der sie nie hätte auftauchen dürfen.

21

Paris bei Nacht ist schon schön, die Seine-Ufer sind menschenleer, die Fenster von den Wahnsinnswohnungen hell erleuchtet. Ganz vorne ist Notre-Dame, und vor mir Annas Hintern auf dem Fahrradsattel. Die schönste Aussicht der Welt. Ich würde gern ein Foto machen, aber ich lass es lieber, ich bin gerade in Fahrt und hab keinen Bock, auf die Schnauze zu fliegen. Es heißt zwar immer, Fahrradfahren verlernt man nicht, aber ich fühle mich nicht besonders wohl auf dem Scheiß-Leihrad, es wiegt eine Tonne und lässt sich ungefähr so leicht lenken wie ein Sattelschlepper. Ich hab sie gewarnt. Ich saß das letzte Mal mit zehn Jahren auf einem Fahrrad, heute fährt David damit.

»Alles klar, Mat?«

Im Gegensatz zu ihr. Als echte Pariserin fährt sie jeden Tag, von Partys nach Hause, zu Freunden oder einfach so, weil sie die Nacht genießen will. Und ja, klar, mal eben umdrehen, den Lenker loslassen, freihändig fahren ... Sie dreht sich um und macht ein Foto, beim Fahren, und riskiert einen Zusammenstoß mit dem Bordstein. Sie findet es garantiert richtig geil, wie ich steif auf meinem Rad hänge und bei jedem Schlagloch ins Schlingern komme.

»Jap.«

»Nicht zu anstrengend?«

»Kein Stück. Ich hab's voll drauf.«

Ich liebe ihr Lachen.

Selbst wenn sie mir den Rücken zudreht, sehe ich ihren Blick vor mir.

»Und? Hab ich gewonnen?«

»Nö. Total hässlich, alles scheiße.«

»Lügner!«

Ich will ihr auf einem viel zu engen Gehsteig hinterherfahren und rausche fast in einen der verriegelten Bücherkästen – sie hat mir erklärt, was das ist –, die an den Quais stehen. Sie weiß ganz genau, dass sie die Wette gewonnen hat, das war schon vorher klar. War sowieso nur ein Vorwand, um uns so spät noch zu treffen, obwohl wir eigentlich beide schon gechillt zu Hause saßen. Anscheinend ist sie genauso süchtig nach mir wie ich nach ihr. Es fing damit an, dass wir zwei Stunden hin- und hergeschrieben haben, über alles Mögliche, und irgendwann habe ich geschrieben – keine Ahnung, wieso eigentlich –, dass ich Paris nicht mag, dass es eine Scheißstadt ist, wo du ohne Kohle nichts unternehmen kannst, außer dich in eine volle Métro quetschen, wo alle eine Fresse ziehen. Da haben wir gewettet, dass sie mich innerhalb einer Stunde umstimmen kann. Dass ich danach nach Hause fahre und sage: Diese Stadt ist … Was war es? Zauberhaft. Also bin ich in den letzten Zug gesprungen. Ich weiß nicht mal, wie ich danach zurückkomme, aber das ist mir scheißegal, ich wäre auch zum Bahnhof gesprintet, wenn sie vorgeschlagen hätte, dass wir durch die Abwasserkanäle schwimmen. Wir sind eine Weile rumgefahren, vor allem an der Seine lang, ich habe kleine Gassen, Springbrunnen, Denkmäler und beleuchtete Brücken gesehen und bin bestimmt zehnmal fast auf die Fresse geflogen. Einfach herrlich.

Wir haben nicht mal um was gewettet.

Auf einer Minibrücke vor Notre-Dame guckt sie auf die Uhr und kichert.

»Ups, hätt ich nicht gedacht!«

»Ich schon, wir sind garantiert einmal durch ganz Paris. An manchen Sachen kamen wir dreimal vorbei.«

»Von wegen. Du hast einen saumäßigen Orientierungssinn! Du hast nicht mal ein Zehntel von Paris gesehen.«

»Okay, wenn die Pariserin das sagt.«

Wir steigen ab und setzen uns auf ein Mäuerchen gegenüber von Notre-Dame, wie in einer amerikanischen Liebeskomödie, denke ich, sie hat nicht gelogen, es ist zauberhaft, und wenn ich sie hier nicht küsse, bin ich ein Idiot.

»Urteil?«, fragt sie stolz. »Und die Wahrheit, wenn ich bitten darf!«

»Hast recht. Superschön.«

»Ha! Man kann hier sehr wohl Spaß haben, ohne Geld auszugeben.«

»Stimmt.«

Als sie mein spöttisches Grinsen sieht, merkt sie, dass was im Busch ist.

»Ich höre ein ›aber‹.«

»Aber deine Wette hast du trotzdem verloren.«

»Wieso?«

»Du hast gesagt, eine Stunde. Die ist lange vorbei.«

Sie prustet los, beschimpft mich und gibt mir einen Schubs. Ich sage, dass sie eine schlechte Verliererin ist, sie tut so, als würde sie gehen, ich renne hinterher und halte sie fest, sie schubst mich weg, sagt, dass es aus ist zwischen uns, sie wird bei der Scheidung das Sorgerecht für die Leihfahrräder einklagen, ich flehe sie an, uns noch eine Chance zu geben, aber sie weigert sich, allerhöchstens geteiltes Sorgerecht, da lege ich meine Arme um sie und ziehe sie an mich, sie schaut mir in die Augen – dieser Wahnsinnsblick – und küsst mich.

In Filmen hasse ich solche Szenen.

So was von bescheuert.

Aber Alter, das ist so geil.

So stehen wir eine Weile, ohne was zu sagen, engumschlungen, als ob wir sonst umfallen würden. Wir küssen uns so lange, dass mir schwindelig wird. Ich vergrabe mein Gesicht in ihrem Rollkragen, rieche den Duft ihrer Haut. Ich schiebe meine eiskalten Hände unter ihren Pullover, um mich aufzuwärmen, und weil ich sie unter meinen Händen spüren will. Sie beschwert sich, ich wäre eine schlechte Partie, es gibt im Winter nichts Schlimmeres als einen Kerl mit kalten Händen. Ich kontere, dass es im Sommer super ist, sie soll nur abwarten. Aber sie hat keine Lust zu warten, und ich auch nicht.

»Gehen wir zu mir?«, flüstert sie mir ins Ohr. »Arschkalt hier.«

»Okay. Aber … deine Eltern, die sind doch bestimmt …«

»Nein, die sind nicht ›bestimmt‹. Ich bin schon groß. Und sie sind sowieso übers Wochenende weg, sie kommen morgen Abend wieder.«

»Wochenende bis Dienstag.«

»Wir haben ein Haus in der Normandie, sie bleiben oft drei, vier Tage. Ruhiger zum Arbeiten … Aber ist doch auch egal, komm!«

Ich komme. Natürlich komme ich. Ich strample so heftig, dass ich mich auf dem Platz vor Notre-Dame fast hinlege. Aber mir sind ihre Eltern nicht egal, ich hab echt keinen Bock, denen über den Weg zu laufen. So richtige Geldsäcke, die halbe Woche in ihrem Zweitwohnsitz, ich sehe sie vor mir, in ihrem 7er BMW mit den Golftaschen. Vor allem weiß ich genau, wie sie gucken werden, wenn sie sehen, wen ihre Tochter da angeschleppt hat.

*

Schlüsselklimpern, eine Tür fällt ins Schloss.

»Wir sind's!«

Wie jetzt, wir sind's? Ich sitze schlagartig senkrecht im Bett, wie die Typen in den Horrorfilmen nach einem Albtraum. Und rüttele Anna an der nackten Schulter.

»Scheiße, deine Eltern!«

»Was?«

Sie räkelt sich wie eine Katze, zieht eine Schnute, ihr Gesicht ist zerknautscht.

»Deine Eltern sind hier!«

»Und?«, grunzt sie. »Ist doch egal.«

Na gut. Ist doch egal, das beruhigt mich etwas, aber ich bin trotzdem gestresst. Wenn ich mich schnell anziehe, ohne duschen oder Zähne putzen, komme ich vielleicht mit einer kurzen Begrüßung durch und kann schnell abhauen. Aber Anna packt mich an den Hüften und zieht mich wieder unter die Decke, ihr Körper unter mir lässt mich sofort heiß laufen. Ich will sie. Schon wieder. Pausenlos. Trotz der Geräusche aus dem Wohnzimmer, obwohl ich Schiss habe, dass ihre Eltern jeden Moment reinplatzen. Zwanzig vor acht. Wir haben vielleicht zwei Stunden geschlafen, wahrscheinlich weniger, aber ich bin nicht müde. Mein Kopf ist voller Bilder, zögerliches Annähern, verschämtes Lächeln, und dann plötzlich ganz nah, Stille, unsere Zungen finden sich, wir reißen uns die Klamotten runter, ihr Wahnsinnskörper, ihre Brüste, die sich mir entgegenwölben, der BH, der nicht aufgehen will, meine Hände auf ihr, ihr warmer, weicher Mund, meine Finger zwischen ihren Beinen. Ich hab das Licht ausgemacht, und sie hat es wieder angeknipst, weil sie mich sehen wollte. Stunden, die wie im Flug vergehen, wir entdecken, streicheln, spüren. Lachen. Blicke. Schwerer Atem. Wie oft wir uns geschworen haben, das war jetzt das letzte Mal, weil wir schlafen müssen, weil sie um zehn Probe hat, weil ich nicht geübt habe und weil man vor einer Stunde mit der Comtesse besser ausgeschlafen ist.

Sie küsst mich auf die Schulter. Den Hals. Hinters Ohr.

Ich schiebe die Decke weg, damit ich ihren Körper sehen kann.

Und da klingelt der Wecker.

»Shit, wir müssen aufstehen«, seufzt sie und lächelt verschlafen.

Vor dem Fenster die Bäume mit ihren berüchtigten Ästen, die ihr Angst gemacht haben, als sie klein war, und die ich mir irgendwie ... nicht so zivilisiert vorgestellt hatte. Zunächst mal sind sie auf der anderen Straßenseite, hinter einem Gitter mit vergoldeten Spitzen. Als sie »Garten« sagte, habe ich mir ein kleines Stück Grün vorgestellt, etwas verwildert, viele Bäume, ein Springbrunnen und überall Vögel. Das ist kein Garten, sondern ein verdammter Park, Golfrasen, Statuen, breite Kiesalleen. Springbrunnen gibt es auch, die sind allerdings riesig, und das Gebäude mittendrin sieht aus wie ein Schloss. Oh, Mann, sogar Tennisplätze, und eine Art großes Gewächshaus. Das ist also der Garten. Keine Ahnung, was sie zu dem Blick aus meinem Fenster – Hochhäuser, noch mehr Hochhäuser und ein Parkplatz – sagen würde. Dorf vielleicht.

»Kommst du?«, fragt sie und schwingt sich aus dem Bett. »Ich glaub, wir brauchen einen Kaffee.«

»Ähm ... Ich muss los. Wir sehen uns nachher im Konservatorium.«

»Quatsch, wir gehen zusammen! Frühstück, Dusche, und los.«

In der hellgrauen Schlafanzughose und dem weiten T-Shirt, unter dem sich ihre Brustwarzen abzeichnen, ist sie noch viel heißer als gestern. Wird allerdings schwierig, zu vögeln, vor allem, solange ihre Eltern nebenan in der Küche lachen.

Ich gehe ihr hinterher und hoffe, dass ich in meinem zerknautschten Kapuzen-Shirt einigermaßen vorzeigbar bin. Sieht aus, als hätte ich drin gepennt, zum Glück ist es schwarz, das grenzt den Schaden etwas ein. Ich weiß ja, dass ich ihnen sowieso nichts vormachen kann, ich bin nun mal kein Sébastien Michelet, das sehen die gleich, und auch, dass ich mich in ihrer hübschen Bourgeoisie-Wohnung mit Blick auf den *Garten* unwohl fühle.

Annas Eltern sind wie sie. Schön. Elegant. Und schwarz, was mich irgendwie wundert, als könnte man nicht schwarz und bürgerlich sein. Ich ärgere mich über mich selbst, so zu denken, ist doch total bescheuert, aber zu meiner Verteidigung, ich hab zwei Stunden geschlafen, und mir geht der Arsch auf Grundeis wegen der Audienz beim Königspaar, nachdem ich die Nacht mit der Prinzessin verbracht habe. Quasimodo hoch zehn.

»Morgen! Das ist Mathieu!«

Auf jeden Fall wirken sie cool, umarmen Anna und schütteln mir freundlich die Hand, ohne dass ihr Lächeln gefriert. Ich werde gebeten, mich zu setzen, mir wird Kaffee angeboten, oder Tee, wie ich möchte, viele verschiedene Sorten, und Müsli, und Obst, und sogar Croissants, weil sie vorhin welche mitgebracht haben. Alter, und ich hatte mir erzkatholische Spießer vorgestellt, die komplett ausflippen, weil ihre Tochter einen Typen anschleppt. Meilenweit an der Realität vorbei.

»Ihr kommt ja früh zurück«, sagt Anna und schenkt mir Kaffee ein.

»Dein Vater hatte ausnahmsweise mal einen Termin im Palast vergessen«, antwortet ihre Mutter lachend.

»Nicht vergessen«, entgegnet ihr Vater im gleichen Ton. »Ich hatte ihn mir nur nicht aufgeschrieben, kleiner, aber feiner Unterschied.«

Ich frage mich, von was für einem Palast sie reden, bis mir einfällt, dass beide Anwälte sind und dass ich nur hier bin, weil ich auch mal vorstellig werden musste, im Justizpalast.

»Bist du auch am Konservatorium, Mathieu?«, fragt Annas Mutter, die mich duzt, was ich nie gedacht hätte.

»Ähm ... Ja, kann man so sagen.«

Dämliche Antwort, Anna springt ein.

»Mathieu ist neu. Er vertritt uns beim Grand Prix d'excellence.«

Es hagelt bewundernde Ausrufe, Glückwünsche, noch ein Croissant, und ich fühle mich mehr denn je wie ein Eindringling. Und jetzt geht es los, eine Frage sie, eine Frage er, welches Instrument ich spiele, wann ich angefangen habe, wann der Wettbewerb ist, wie meine Karriereplanung aussieht – als ob ich so was hätte – und ob ich Brahms spiele, weil Brahms unschlagbar ist. Die Fragen kommen schnell genug, dass ich antworten kann, ohne lange zu überlegen und, vielleicht, die Illusion erwecke, dass ich aus ihrer Welt komme. Sie scheinen mich zu mögen, oder sie sind ultrahöflich. Sie fragen, wie wir uns kennengelernt haben, wie bei einem richtigen Paar. Darauf antwortet Anna, während ich mein zweites Croissant mit dem Gefühl runterschlinge, grad eine Prüfung bestanden zu haben. Sie erzählt ihnen nur, dass wir uns im Konservatorium begegnet sind und uns erst nicht ausstehen konnten, aber dass sich das geändert hat, wie man sieht. Ihre Eltern lächeln. Kein Wort übers Putzen, den senfgelben Anzug, mein unbeholfenes Flirten. Schwein gehabt. Die Illusion hält. Ich hab Glück, dass ich nicht rede wie einer aus der Cité, wie Driss oder Kevin, weil meine Mutter mir verboten hat, wie ein Assi zu sprechen. Ich hab mich immer aufgeregt, wenn sie mich deswegen angeschnauzt hat – grade sie mit ihrem polnischen Akzent –, aber heute bin ich ihr total dankbar.

»Aus welcher Ecke sind Sie?«, fragt mich der Vater, er siezt mich.

»Aus La Courneuve.«

»Da haben Sie aber einen weiten Weg mit den Öffentlichen, oder?«

»Es geht.«

Jetzt erzählt er mir, wie nervig es ist, morgens um sieben über die Autobahn nach Paris reinzufahren, wenn man aus der Normandie kommt. Dass es unerträglich geworden ist, in der Innenstadt Auto zu fahren. Dass man am besten die Métro nimmt, sonst kann man es vergessen. Mir fällt auf, dass sie bei »La Courneuve« nicht mal mit der Wimper gezuckt haben, als wenn ich auf der anderen Seite vom »Garten« wohnen würde, nicht mal ein Stirnrunzeln. Ist denen völlig wurscht. Am Ende hab ich noch ein falsches Bild von den Reichen.

Aber noch ist die Prüfung nicht vorbei.

»Das ist der Vorteil, wenn man selbständig ist, da kann man die Stoßzeiten vermeiden«, fährt er fort. »Und Anna ist die Letzte, die sich beschwert: Je weniger wir in Paris sind, desto besser! Da hat sie ihre Ruhe.«

»Ich drängel immer, dass sie ganz nach Pont-Audemer ziehen«, antwortet sie lachend.

»Und was machen Ihre Eltern, Mathieu?«

Die Mutter schaltet sich ein, sagt, dass ich nicht auf indiskrete Fragen – Berufskrankheit ihres Mannes – antworten muss.

»Meine Mutter arbeitet im Krankenhaus.«

»Ärztin?«

»Im Nachtdienst.«

»Notaufnahme ... das ist bestimmt sehr anstrengend!«

»Ja, ein bisschen. Aber geht schon, sie hält sich gut.«

Neuerliches Nicken, und ich werde den Teufel tun, zu erzählen, dass meine Mutter für weniger als den Mindestlohn die Scheiße von den Kranken wegputzt. Ich hab keinen Bock, armselig zu wirken, vor allem nicht vor solchen Leuten, vor dieser Bilderbuchfamilie und ihrer Prinzessin.

Ich hab kurz Schiss, dass Anna sich fragt, wieso ich denn bitte um sechs Uhr morgens im Konservatorium die Flure scheuere, wenn meine Mutter Ärztin ist, aber das fällt gar nicht auf.

Jetzt fehlt nur noch die nächste Frage, die logischerweise kommen muss, hundertpro, und auf die ich keine Lust habe.

Ich trinke meinen Kaffee aus.

Und warte.

»Und was macht Ihr Vater?«

Heute steht alles still. Nicht eine Note, weder weiß noch schwarz, nichts als eine lange, leicht beklemmende Stille und unterdrückte Tränen. Ein Junge weint nicht. Ein Junge ist stark. Besonders, wenn er zehn Jahre alt ist. Fast. Neuneinhalb. Also schaut er auf die Klaviatur, wischt sich die Augen, atmet tief ein, legt die Finger auf die Tasten und sagt sich, dass die Töne da sind, versteckt hinter dem lackierten Holz, dass sie warten. Dass sie spielen wollen, die Stunden gezählt haben. Sie eingeschlossen zu lassen, wäre ein bisschen, als würde er sie verraten. Aber die Tränen kommen wieder, und obwohl er sie zurückhält, werden sie zu einem Vorhang, der den Blick verschleiert, eine Last auf dem Herzen, flüssige, düstere Gedanken, die ihm über die Wangen laufen. Sie hängen an den Wimpern, und beim ersten Blinzeln fallen sie ganz von allein, selbst wenn er nicht weinen will. Und wenn man sie verwischt, sie abtrocknet, in dem Versuch, sie verschwinden zu lassen, vervielfältigen sie sich, es folgen neue, sie werden zu einem Strom.

Monsieur Jacques hat das Klavier wieder geschlossen. Seine Hand hat sich auf die Schulter des Jungen gelegt, sanft wie ein Vogel, der landet, und er wartete ab. Geduldig, schweigend. Ist einfach nur da. Wie die Sonnenstrahlen, die durch den Vorhang fallen, spendet seine Gegenwart etwas Wärme, wenn in einem die Kälte ist. Er kann Blicke lesen. Er weiß, dass die Tränen schwer wiegen. Und er ermuntert sie, herauszukommen, sich zu befreien, wie man die Noten loslässt, die im Bauch des Klaviers brodeln. Auch sie dürfen fließen. Man muss sie hören, sie ziehen lassen, sein Herz um all das Wasser erleichtern, das sich aufstaut.

Nein, es ist nicht schlecht zu weinen.
Es ist kein Zeichen von Schwäche.
Niemand kann einen Strom aufhalten.
Der Junge ist sich nicht sicher, ob er reden möchte. Erzählen. Erklären, woher seine Tränen kommen. Er sollte glücklich sein, eigentlich ist er glücklich, es ist komisch, zugleich traurig und fröhlich zu sein. Er hat jetzt einen kleinen Bruder, mit winzigen Händchen, einem goldigen zerknautschten Gesicht und Haaren, die bald ausfallen werden. Er kann noch nicht viel, noch nicht einmal lächeln, aber das wird kommen, und der Junge darf ihn tragen, wenn er sehr vorsichtig ist. Dieses Baby hat er sehnlich erwartet, jeden Tag hat er einen kleinen Strich in ein Heft gemalt, sein Bett und sein kleines Spielzeug vorbereitet. Es ist ein Glück, einen kleinen Bruder zu haben. Es ist ein Glück für alle.

Außer für seinen Vater.
Sein Vater hat ihn nicht gewollt.

Er habe sie gewarnt, hat er gesagt. Er habe ihn nie gewollt.

Gestern Abend ist er fortgegangen.

Das ist schon zu einer Erinnerung geworden, wie die Dinge, die ihm gehörten, wie der Rasierer im Badezimmer, der wohlriechende Schaum, die großen Schuhe in der Diele, die ihm, wenn er hineinschlüpft, wie Siebenmeilenstiefel vorkommen. Sein Telefon, das niemand anfassen darf. Und sogar die DVDs im Wohnzimmer, die eine klaffende Lücke im Regal hinterlassen haben. Der Junge weiß nicht mehr genau, wann sein Vater aufgehört hat, ihn auf die Schultern zu nehmen, ihn »Kleiner Mann« zu nennen oder ihm die roten Autos zu zeigen, die sie niemals kaufen würden. Das war früher. Vor seinen Wutausbrüchen. Bevor er damit aufhörte, jede Nacht zu Hause zu schlafen. Er sagte, es sei dumm, Striche in das Heft zu malen, es könne genauso gut sein, dass das Baby nie komme. Diese Momente, wenn die Erwachsenen »reden«, sind eher wie ein Streit, aber gestern Abend hat er angefangen zu schreien, er wolle den kleinen Bruder nicht, so wie er den Jungen nie gewollt hatte. Dass man sich das vorher überlegen solle. Dass man seine Entscheidungen nicht vom lieben Gott abhängig mache, denn den lieben Gott gebe es gar nicht. Dass er und Maman hätten glücklich sein können, wenn sie keine Kinder hätten. Es ist mehr als ein Streit gewesen. Als er den Koffer in der Diele gesehen hat, hat der kleine Junge verstanden, dass es endgültig ist, also hat er die Arme nach seinem Vater ausgestreckt, um sich zu verabschieden, ihn um Verzeihung zu bitten, ihm dort, wo er hingehen würde, etwas Zärtlichkeit mitzugeben. Aber sein Vater hatte schon den Koffer in der Hand und außerdem eine Plastiktüte. Also hat er ihn angesehen, ihm zugenickt und gesagt: »Tschüss, kleiner Mann.«

22

Rachmaninow, das *2. Klavierkonzert, op. 18*. »Rach 2«, wie die Comtesse es nennt. Dieses Stück hat mir immer Halt gegeben, selbst in den schlimmsten Zeiten meines Lebens. Es hat mich am Tiefpunkt besänftigt, in den Stunden des Zweifels zu mir gesprochen, meine Glücksgefühle begleitet. Ich hörte es bis zum Rausch, im dunklen Zimmer in meinem Sessel, meine letzten Zigaretten genießend. Es gehört zu mir wie so viele andere Stücke, und vielleicht sogar ein bisschen mehr.

Es hat mehr verdient als das, was ich höre.

Viel mehr.

Mit meiner Tasche in der Hand stehe ich im Flur und höre zu. Das Ohr an die Wand des Proberaums gepresst, aus dem die Noten kommen. Eine Gruppe Studenten geht vorbei, grüßt mich, übertönt für einen Augenblick die Takte, auf die ich lauere. Ihr Gemurmel entfernt sich, das Klavierspiel wird wieder laut, und nein, also wirklich, unmöglich, das hat nicht genug Substanz, nicht genug Seele. An der Technik gibt es nichts zu bemängeln. Sie ist beherrscht, ausgewogen, perfekt akademisch. In einem Wort, es ist ordentlich. Aber es ist nicht außerordentlich, nicht so, dass man damit den Grand Prix d'excellence gewinnen würde.

Allmählich glaube ich, dass Élisabeth recht hat.

Talent ist nicht alles, man muss es auch wollen.

Ich feile an meinen Argumenten und meiner Miene des strengen Vaters. Meine bombastische Ansprache über Wille, Halbheiten, die letzte Chance, ist zurechtgelegt. Mit einer Prise Rührseligkeit über mein Schicksal, über mich, der in diesem Glücksspiel, diesem Russisch Roulette Kopf und Kragen riskiert. *Dies irae*.

Ich öffne die Tür, doch nicht Mathieu sitzt am Klavier.

Es ist jemand anderes, der Champion, den ich nicht wollte, der Musterschüler ohne Genie. Sébastien Michelet. Mit der Haarlocke in den Augen, dem blauen Sakko, der überzeugten Miene eines Solisten. Seine schwächelnden Hände hüpfen über die Tasten, hechten hinter dem Takt her und holen ihn mit knapper Not ein, als ob jeder Akkord mit einem Seufzer der Erleichterung einhergehen würde. Wenn ich nicht genau wüsste, worum es hier geht, würde mich sein Anblick sehr amüsieren, wie er sich bei einer derart verkopften Interpretation in beseelte Posen wirft.

Ich lasse die Tür offen und stürme davon, unter dem belustigten Blick Michelets, den ich in meinem Rücken brennen spüre. Dieser kleine Scheißer. Er wird seine Stunde des Ruhms bekommen. Und ich stehe da wie ein Trottel, eine Marionette. Ich sehe aus wie das, was aus mir geworden ist: ein Pseudodirektor, den man Stück für

Stück zwischen zwei nachsichtigen Lächeln hinausdrängt. Wie naiv von mir, zu glauben, dass man mir eine Chance geben würde.

Ohne zu klopfen, stoße ich die Tür auf, so blass vor Wut, dass Ressigeacs Assistentin den Rückzug antritt, wobei sie ihren Aktenordner liegenlässt – sie spürt das Gewitter aufziehen, die Unterschriften müssen warten.

»Guten Tag, Monsieur Geithner«, flüstert sie mir im Vorbeigehen zu.

»Guten Tag, Camille.«

Ich warte.

Als hätte er mich nicht hereinkommen sehen.

Als wäre die AXA-Rechnung, die er sorgenvoll betrachtet, weltbewegend.

»Einen Augenblick, Pierre, ich bin gleich für dich da.«

Über sein Blatt gebeugt, wird Ressigeac seiner Rolle voll gerecht. Ernster Gesichtsausdruck, zusammengepresster Kiefer, ein Arm hinter dem Rücken. Napoleon in Austerlitz. Dann hebt er den Blick, und wir taxieren uns gegenseitig, um unsere Aussichten in dieser neuen Runde abzuschätzen.

»Kannst du mir das erklären?«

»Dir was erklären?«

»Warum Michelet Rachmaninow übt! Willst du mir vielleicht erzählen, dass das Zufall ist?«

Bei seiner gespielten Überraschung würde ich ihm am liebsten seine Mozart-Büste an den Kopf werfen.

»Also wirklich, Pierre, warum regst du dich so auf? Ich

habe nur eine Ausnahmeregelung erwirkt, für den Fall eines Rücktritts.«

»Rücktritt?«

»Falls die Dinge nicht so laufen, wie du es planst … Falls du deine Meinung änderst. Ich tue das für dich, damit du ein Sicherheitsnetz hast.«

Ich hau dir dein Sicherheitsnetz gleich um die Ohren.

»Warum sollte ich meine Meinung ändern? Soviel ich weiß, haben wir nie einen Ersatzkandidaten für den Wettbewerb gebraucht!«

»Wir hatten auch noch nie einen freien Kandidaten.«

»Malinski ist kein freier Kandidat, er hat sein Diplom gemacht, du warst damit einverstanden.«

»Ich habe dich unterstützt, Pierre, aus Freundschaft, und aus Achtung vor deiner Arbeit. Aber wir wissen beide, dass das Diplom deines kleinen Schützlings etwas … aus dem Boden gestampft wurde.«

Ohne zu antworten – ich habe meine Wahl genug gerechtfertigt –, setze ich mich auf die Ecke seines Schreibtischs, denn ich weiß, dass ihn das ärgert. Sein Blick verfinstert sich, als er die Dossiers sieht, die ich unter meiner linken Gesäßbacke zerknittere, und das schenkt mir schäbigerweise eine leichte Linderung.

»Ich nehme an, dass Michelet damit einverstanden ist, den Springer zu machen«, sage ich kalt.

»Absolut. Ebenso wie sein Professor. Niemand wird etwas sagen, sie sind sich dessen bewusst, dass es im Interesse des Fachbereichs ist. Falls Malinski es zu Ende bringt, tja, dann hat Michelet eben ein schwieriges Stück geübt, das schadet nie.«

»Also alles in Butter.«

»Werd nicht ironisch, Pierre. Warte, bis sich die Wogen geglättet haben, denk darüber nach, und du wirst sehen, dass alles, was ich tue, zu deinem Besten ist. Du hast mittlerweile eine Menge Kritiker, und die haben dich auf dem Kieker.«

Ich lächle ihn gehässig an, sehr viel anderes bleibt mir nicht übrig.

»Du bist mein Schutzengel, André.«

»Jetzt mach aber mal halblang.«

Mit einem gereizten Seufzer zieht er eine Rechnung unter meiner linken Gesäßbacke hervor und tut so, als widme er sich wieder seiner Arbeit. Das Gespräch ist beendet, die Runde endet mit einem gefährlichen Unentschieden.

Früher oder später werden sich unsere beiden Champions Auge in Auge gegenüberstehen, vorausgesetzt, Mathieu hält bis zum Schluss durch, ohne einzuknicken.

All das ist nur Politik.

Ginge es nach Rachmaninow, wäre Michelet derjenige, der die Böden schrubben würde.

23

Verfickter Rachmaninow, willst du mich verarschen, Alter. Es ist sechs Uhr morgens, meine ehemaligen Kollegen in der Senfuniform kommen grade zur Arbeit. Ich hab die ganze Nacht an dem Stück gesessen, leise vor mich hin gespielt, versucht, die abnorm große Spanne zu finden, die man für die Anfangsakkorde braucht. Ich hab mich verflucht, dass ich keine zwei Meter groß bin und keine riesigen Affenhände habe. Oder acht Hände, wie eine Spinne. Keine Ahnung, wann genau ich nicht mehr konnte, viel zu spät jedenfalls, es fuhren keine Métros mehr, da habe ich mich eine halbe Stunde auf den Boden gelegt. Konnte aber nicht pennen. Ging mir total auf den Sack, das mit den Fingern. Ich hab mir eingeredet, dass es unmöglich ist, der hat das für Schimpansen geschrieben, aber da ich Geithner mit so was nicht kommen kann, bin ich drangeblieben. Und zum Glück, denn so langsam krieg ich's hin. Nicht immer, aber es wird besser.

Rachmaninow, ich fick deine Mutter.

Erst mal brauch ich aber einen Kaffee und frische Luft. Die verlassenen Flure sehen um die Zeit noch länger aus als sonst, und das sage ich nicht nur, weil ich hier wochenlang den Mopp geschwungen habe. Es ist ein anderer Ort, wenn niemand hier ist. Alles wirkt größer, heller, auch gelassener irgendwie. Ich hab das Gefühl, dass ich hier hingehöre, und die paar Gestalten, die ich um die Zeit sehe, sind Eindringlinge. Den meisten Leuten sind leere Räume unheimlich. Bei mir ist es umgekehrt. In einer Stunde werde ich nur noch eins wollen: ans Ende der Welt flüchten, um dem Strom von Charles-Henris zu entgehen.

Zum Glück gibt es Anna, aber sie kommt erst mittags.

Draußen wird es langsam hell, ziemlich eisig, aber sonnig. Ich trinke meinen Kaffee gern hier draußen, und wie es aussieht, bin ich nicht der Einzige, denn hier sitzt, steif und mit übereinandergeschlagenen Beinen, die Comtesse und hält einen Starbucks-Becher in der Hand. Eigentlich wundert es mich nicht, sie hier zu sehen, im Morgengrauen, zwei Stunden vor ihrem ersten Studenten. Um ehrlich zu sein, kann ich mir den Rest viel weniger vorstellen: die Comtesse im Bett, am Tisch, auf dem Klo. Die Frau ist wie Dracula: immer angezogen, wie aus dem Ei gepellt, adrett, topfit, kann sein, dass sie im Sarg schläft.

»Guten Morgen!«

»Guten Morgen, Monsieur Malinski. Sie sind früh auf.«

»Sie auch.«

»Ich genieße die Ruhe vor dem Sturm.«

Die frische Luft scheint ihr gutzutun, ich finde sie irgendwie nicht ganz so steif, aber vielleicht hab ich mich auch nur dran gewöhnt inzwischen. Wie um noch eins draufzusetzen, holt sie jetzt eine Schachtel Kippen raus und steckt sich eine an. Anscheinend guck ich so geschockt, dass sie lachen muss, als sie die Rauchwolke weit von mir weg ausstößt, das machen Raucher oft, damit du denkst, du atmest ihren Dreck nicht ein.

»Ganz recht, Monsieur Malinski, selbst Professoren haben ihre Laster.«

»Naja, gibt Schlimmeres.«

»In der Tat.«

Eine Minute vergeht, eine lange Minute. Ein Schluck Kaffee. Ein Blick zum Himmel, der langsam richtig blau wird. Ich suche nach Worten, und sie anscheinend auch.

»Kommen Sie zurecht?«, fragt sie schließlich, als wüsste sie, dass ich die ganze Nacht geackert habe.

»Hm. Ach, keine Ahnung. Kann nicht behaupten, ich hätte keinen Schiss.«

»Zweifel sind ganz normal. Das ist sogar ein Zeichen von Intelligenz.«

Ach du Scheiße, das Letzte, was ich erwartet hab, sind Komplimente.

»Wissen Sie, was Sarah Bernhardt mal gesagt hat?«, fährt sie fort, als ob ich wüsste, von wem sie redet. »Einer jungen Schauspielerin, die prahlte, sie habe niemals Lampenfieber, entgegnete sie: ›Keine Sorge, das kommt mit dem Talent.‹«

»Krass.«

»Sie sagen es.«

Ich sehe ihr beim Qualmen zu und denke, dass sie

schon komisch ist. Sie hat mir sehr klargemacht, dass ich ein Loser bin, auf dem besten Weg zu einem hardcore Fail, dass sie mit mir ihre Zeit verschwendet, und jetzt redet sie plötzlich von Talent und zitiert Sarah wie-auch-immer – wahrscheinlich eine Schauspielerin aus den 80ern. Da stimmt doch was nicht. Bestimmt hat ihr Boss gesagt, sie soll sich ein bisschen Mühe geben, im Interesse des GPE.

Okay, jetzt sag ich auch schon GPE. Ich werde wie die.

»Das Stück, an dem Sie arbeiten«, fährt sie fort, »passt ganz ausgezeichnet zu dem, was Sie gerade durchmachen. Zweifel, aber nicht nur. Rachmaninow hat es nach dem Misserfolg seiner ersten Sinfonie komponiert … Wussten Sie das?«

»Nein.«

»Seine Vergangenheit, schmerzliche Momente seines Lebens, das alles steckt im ersten Satz … Im zweiten glimmt Hoffnung auf, wie eine Rückkehr ins Leben. Und im dritten Satz hat er sein Selbstvertrauen wiedergefunden, da hat er begriffen, dass die Musik das Kostbarste ist.«

Ich lächele.

»Nur, dass er eben Rachmaninow war.«

»Oh, Sie können mir glauben, dass er sehr hart arbeiten musste, um dahin zu kommen. Talent kommt nicht ohne Arbeit aus, im Gegenteil. Aber das wissen Sie bereits – so oft, wie Sie es hören.«

Vielleicht ist es eine schlechte Idee, den Zauber dieses

Gesprächs zu brechen, aber ich möchte wirklich mal wissen, wieso ich plötzlich nicht mehr der Depp vom Dienst bin, sondern eine junge Klavierhoffnung.

»Darf ich Sie mal was fragen?«

»Sie dürfen.«

Sie drückt ihre Zigarette aus und hält den Stummel – Comtesse-like – zwischen Daumen und Zeigefinger, um ihn später in einen Ascher zu werfen. Würde mich nicht wundern, wenn sie den kleinen Finger abspreizt, wie die Adeligen in den alten Komödien, bei denen meine Mutter sich immer wegschmeißt.

»Wieso sind Sie auf einmal korrekt zu mir?«

»Sie meinen im Unterricht?«

»Nein, im Unterricht sind Sie schrecklich.«

Anstatt mir einen ihrer ätzenden Kommentare an den Kopf zu knallen, begnügt sie sich mit einem schiefen Lächeln, als ob ich sie auf einmal nicht mehr zur Weißglut treibe. Nicht mal ein Supernanny-Naserümpfen. Das kann nicht sein, entweder ist sie Buddhistin geworden, oder sie hat im Lotto gewonnen. Und weil sie mir kein Stück entgegenkommt, muss ich wohl näher erklären, was ich meine.

»Ich weiß doch, dass ich für Sie nicht grade der ideale Kandidat bin. Egal, was ich mache, Sie finden's scheiße. Ich streng mich an, nie ist es gut genug. Ihnen gefällt nicht, wie ich spiele. Und jetzt auf einmal hab ich das Gefühl, es ist voll okay.«

»Was an sich nichts Schlechtes ist, oder?«

»Schon ... Aber ich brauch keine Extrabehandlung. Ich weiß, dass Sie mich nicht mögen, aber ich schaff das.«

Sie steht auf, sieht mir fest in die Augen und klappt den Mantelkragen hoch. An ihrem Blick lässt sich nichts ablesen. Keine Gefühle, kein Ärger, nichts. Ohne Scheiß, wenn sie irgendwann mal pokert, zieht sie garantiert richtig ab.

»Ich werde Ihnen ebenfalls eine Frage stellen, Monsieur Malinski. Sehe ich aus wie jemand, der seine Zeit verschwendet?«

»Äh ... nein.«

»Und zu Recht. Ich bereite Sie auf den Wettbewerb vor, weil ich an Sie glaube – und weil Sie das Glück haben, dass Monsieur Geithner Sie unterstützt. Dass Sie kein einfacher Schüler sind, bestreite ich nicht, aber Sie sind begabt und haben das Zeug zum Gewinnen. Sie sind derjenige, der überzeugt werden muss, nicht ich.«

Ich höre ihr total perplex zu, weil ich nicht weiß, was ich sagen soll.

»Dass ich *korrekt* bin, wie Sie es ausdrücken, liegt daran, dass ich – endlich – das Gefühl habe, in Ihrem Dickschädel regt sich etwas, und dass man Sie nicht mehr beknien muss, das Glück beim Schopf zu packen. Irre ich mich?«

»Nein.«

»Nun, da haben Sie Ihre Antwort.«

Am liebsten würde ich ihr erzählen, dass ich die ganze Nacht an meiner Spanne gearbeitet habe, dass ich lieber eine halbe Stunde auf dem Boden geschlafen habe, als aufzugeben, dass ich Rachmaninow plattmachen werde. Aber ich bin nicht David. Ich zeige nicht meine Bilder vor, damit sie mich lobt. Sie wird früh genug merken, dass ich meine Intervalle geübt habe. Genau wie sie gemerkt hat, dass ich an dem Stück gearbeitet habe, genau wie sie gemerkt hat, dass ich den Preis jetzt wirklich will. Nicht, um ihnen eine Freude zu machen, nicht für sie und nicht für Geithner, vielleicht nicht mal für mich. Wenn ich den Rach 2 vor Publikum spiele, will ich den Stolz in Annas Augen sehen.

24

Ein Konzert ist mehr als Musik. Ein Konzert ist Warten hinter der Bühne, das Gemurmel des Publikums, ein verstohlener Blick in den Saal. Lampenfieber, Bauchkrämpfe, Hyperventilieren. Unter Applaus auf die Bühne treten, Verbeugen, die letzten Sekunden vor der Stille, der Saal wird dunkel. Das Herz will nicht, der Verstand schaltet sich ein, die Klaviatur wirkt beinahe feindselig. Dann die Musik. Ein Konzert ist ein Fallschirmsprung: Das Schwierigste ist die Vorbereitung.

Mathieu hat genau das begriffen, und jetzt hat er Angst. Das ist ganz normal.

Es kommt mir beinahe grausam vor, dass ich diesen Jungen mitgenommen habe, damit er, in seiner grässlichen Kunstlederjacke, die ihm als Jackett dient, seine erste Musikveranstaltung im Théâtre des Champs-Élysées erlebt. Aber es musste sein. Er musste es sehen, verstehen, das abstrakte Bild von dem, was ihn erwartet, beleben. In den letzten Tagen ist er selbstsicherer geworden, vielleicht ein bisschen zu sehr, denn er benimmt sich wie die vier wiedervereinigten Beatles. Ankunft im Helikopter, tobende Stadien. Den Grand Prix in der Tasche –

easy. Als er mich fragte, ob man beim Verlassen des Saals Autogramme gebe oder ob *die Babes* einen auf Facebook stalken, wusste ich, es wurde Zeit, dass er es selbst erlebt. Dass er sich ein paar Ausschnitte dieser ihm fremden Welt zu eigen macht. Sonst würde er, selbst mit der bestmöglichen Vorbereitung, auf die Realität prallen wie eine Fliege auf eine Windschutzscheibe.

Träumereien sind Gift.

Gift für jeden.

Wir müssen uns jetzt auf der brechend vollen Treppe nach oben durchkämpfen, und hier ist Mathieu in seinem Element. Ich bin direkt hinter ihm, während er sich mühelos wie eine Katze durch die Menge schlängelt. Die phantastische *Suite española*, die den Abschluss des Konzerts bildete, tönt immer noch in meinen Ohren, und ich weiß, dass auch er immer noch ergriffen ist. Ich habe im Saal seinen gebannten Blick gesehen, die großen Augen eines Jungen, der es gar nicht fassen kann.

»Und?«

»Derbe!«, antwortet er und weicht einem roten Kleid aus.

Derbe. Bei dem Ausdruck muss ich schmunzeln, weil er hier nicht das Gleiche bedeutet. Hoffen wir, dass ihn niemand benutzen wird, um seine Leistung zu beschreiben, wenn er seinerseits im Scheinwerferlicht Platz nimmt.

»Trinken wir was?«

Die Frage überrascht ihn, entweder weil ich nicht so aussehe, als würde ich trinken – wenn er wüsste –, oder weil er sich ausmalt, dass ein Professor immer nur ein Professor ist.

»Äh … ja, klar.«

»Wird gar nicht so leicht, an die Bar zu kommen … Wir müssen uns durchquetschen.«

»Kommen Sie mal mit!«, antwortet er mit einem Augenzwinkern.

So schnell bin ich noch nie an die Bar des Théâtre gekommen, selbst dann nicht, wenn ich einen Künstler vorstellte. Trotzdem hatte ich Zeit, im Vorbeigehen ein paar Hände zu schütteln, Guten Abend, wie geht's dir, Lächeln, Nicken. Ganz Paris ist hier. Denis Lavergne und seine Frau, die mich unauffällig mustert, als wäre ich aus dem Grabe auferstanden. Anne, na sowas, die habe ich ja seit Jahren nicht gesehen, und der unvermeidliche Jacques-Antoine, der darauf besteht, mich mit Küsschen auf seine verschwitzten Wangen zu begrüßen. Ich kann nicht sagen, ob all das mir gefehlt hat, ich glaube nicht.

»Was wollen Sie trinken?«, fragt Mathieu, der zwischen zwei Typen mit Brille geschlüpft ist und sich mit den Ellbogen auf die Bar stützt.

Man beäugt ihn misstrauisch, aber das ist ihm egal, er ist jung, unbeschwert, und das Ausmaß seiner Unverschämtheit verleiht ihm Flügel. Ich beneide ihn.

»Einen Armagnac.«

Jetzt ist es an mir, die Ellbogen zu gebrauchen, um die beiden Drinks zu bezahlen – während er in seinen Taschen wühlt, was ich zu schätzen weiß –, selbst auf die Gefahr hin, eine Schale Erdnüsse umzustoßen, die sich auf dem Teppichboden verteilen. Geschickt durch eine Menschenmenge zu lavieren, das ist eben nicht jedem gegeben.

Wir stoßen an, mit Bier und Armagnac.

»Prost!«, sagt er so laut, dass ich mich schnell umschaue, ob uns auch niemand zuhört.

»Auf den Wettbewerb«, antworte ich und erhebe mein Glas.

Man sagt nicht »Prost«, nicht hier, genauso wenig, wie man »Guten Appetit« beim Essen sagt. Man macht keine albernen Witze, oder Selfies auf der Treppe. All diese Details – von der Jacke ganz zu schweigen – entlarven ihn in diesem Theater, wo jeder perfekt seine Rolle spielt, als Eindringling. Doch solche Einzelheiten werden wir schon zu gegebener Zeit in Angriff nehmen.

»Was will der denn hier?«, fragt Mathieu plötzlich.

Ich stecke mein Portemonnaie wieder in die Tasche, wobei ich unter Entschuldigungen alle um mich herum anremple, und wende mich zu der kleinen Gruppe, die er feindselig mustert. Sébastien Michelet. Ein Sektglas in der Hand, in seinem schicken Perfekter-Schwiegersohn-Anzug: perlgraues Jackett, weißes Hemd, seidene Krawatte. Bestimmt meint er ihn, aber meine Aufmerksamkeit erregt Ressigeac, der in Begleitung seines aktuellen Stars ist, dieses Geiers von Alexandre Delaunay. Das ging ja schnell. Er hat nicht lange auf sich warten lassen, nachdem sein geplanter Besuch in Paris durchgesickert war wie die Ankündigung der Geburt des Messias. Fehlen nur die Heiligen drei Könige und der Leitstern. Michelet und Ressigeac gehen wunderbar als Esel und Kuh durch.

»Er setzt sich in Szene«, antworte ich, ohne meinen Rivalen aus den Augen zu lassen.

»Für wen?«

»Für jeden. Die Branche ist klein ... Er mag zwar nur Ihr Ersatzmann für den Wettbewerb sein – Ihr Stellvertreter, ich weiß nicht, wie man das nennen soll –, aber ich nehme an, er hofft, an Ihrer Stelle antreten zu können.«

Als ich beobachte, wie sein Gesicht sich verzerrt, werde ich mir meines Fehlers bewusst.

»Was? Das haben Sie mir nicht gesagt!«

»Weil ich es selbst bis vor ein paar Tagen nicht wusste.«

Sein Blick ist fassungslos und wütend zugleich, er scheint in meinen Augen vergeblich nach einem Dementi zu suchen.

»Das heißt, dass ...«

»Das heißt, dass, wenn Sie abspringen, er die Gelegenheit ergreift, anzutreten. Und, glauben Sie mir, das gefällt mir auch nicht.«

»Ich hab keinen Bock, mit dem Spacko da zu konkurrieren«, knurrt er und zieht eine Schnute wie ein bockiges Kind. »Soll der doch antreten, wenn er will. Mir geht das am Arsch vorbei, Sie haben ja mich angehauen.«

Es ist beinahe rührend zu sehen, wie er an seinem Platz festhält, nachdem er sich erst so gesträubt hat. Vielleicht hätte ich so ansetzen sollen.

»Ich habe mich von Anfang an für Sie eingesetzt, Mathieu, und das werde ich auch weiterhin tun. Vergessen Sie Michelet, er ist derjenige, der hier die undankbare Rolle spielt.«

Ressigeac hat mich gesehen und winkt uns herüber. Aber Mathieu ist noch nicht fertig.

»Sie haben ja Nerven!«, platzt er plötzlich heraus. »Sie melden mich für den Grand Prix an, man weiß ja nie, auch wenn ich nicht das Profil hab, vielleicht klappt's ja doch aus Versehen. Und wenn ich's nicht bringe, wenn ich nicht das Niveau hab, wenn ich euch auf den Sack geh, kein Ding: Michelet ist ja da!«

Die elementarste Pädagogik besagt, dass ich ihm antworten soll, wie man einem Schüler antwortet, um seinen Wutausbruch zu deeskalieren, um ihn mit einem onkelhaften Wohlwollen an den Rangunterschied zwischen uns beiden zu erinnern. Aber ich habe mich verändert. Ich bin erschöpft, ich glaube nicht mehr daran, und ich bin ihm die Wahrheit einfach schuldig.

»Die Dinge liegen nicht immer einfach, Mathieu. Wissen Sie, wer der dritte Mann ist, zwischen Michelet und dem Direktor?«

»Nein.«

»Das ist mein Ersatzmann. Mein Michelet. Auch er wartet, dass ich einen Fehler mache, und wenn ich untergehe, wird er meinen Platz einnehmen.«

Malinski schaut mich an wie vor den Kopf geschlagen, den Mund weit geöffnet.

»Ihr Ernst?«

»Mein voller Ernst.«

»Aber ... Warum?«

»Weil das hier ein Haifischbecken ist, weil man nicht auf Lebenszeit Direktor ist und es mir passieren kann, dass ich meine Stelle verspiele, wie Sie, also habe ich keine andere Wahl, als zu kämpfen. Und Sie werden dasselbe tun, anstatt sich zu beklagen, denn die da hinten haben bestimmt keine Gewissensbisse.«

Ein angedeutetes Lächeln spielt um seinen Mund.

»Na los, kommen Sie«, sage ich und klopfe ihm auf die Schulter. »Wir gehen unsere *Freunde* begrüßen. Ich zähle auf Sie, damit wir einen guten Eindruck machen.«

Schon präsentiert Alexandre Delaunay sein schönstes Lächeln und zupft seinen Hemdkragen zurecht. Ich hatte ihn mir größer vorgestellt. Nicht so jung. Aber es fehlt ihm nicht an Allüre, und mit seinen gekonnt zerzausten Haaren – das Markenzeichen seiner Generation – sieht er gekünstelt *cool* aus. Ich kann ihn schon jetzt nicht ausstehen.

Ein letzter Blick zu Mathieu, der mir mit engelhafter Miene folgt.

»Bereit?«

Seine Antwort, so leise, dass niemand außer mir sie hören kann, fasst ziemlich genau zusammen, was ich denke.

»Die ficken wir in den Arsch.«

*

Rückzug ist eine Kunst. Eine Kunst, die ich ausreichend lange beherrsche, um mich nicht auf ein zweites Glas Champagner einzulassen, eine neue Batterie von Fragen, die nicht leicht zu umschiffen wären. Sie haben genug gesehen. Genau das Richtige. Einen Mathieu mit einem geheimnisvollen Lächeln, höflich, beinahe wohlerzogen, und sein aufrührerischer Ruf hat sein Übriges getan. Woher er kommt. Welche Ausbildung er gemacht hat. Wie es kam, dass er in den Grand Prix d'excellence katapultiert wurde, obwohl noch nie jemand etwas von ihm gehört hat. All diese Fragen stellt sich sogar Ressigeac, und unsere Schwächen werden zu unseren Stärken. Ich hätte schwören können, in den Augen des Messias zwischen zwei Enarque-Lächeln eine Spur von Verunsicherung zu entdecken.

Alexandre Delaunay ist genau das, was ich erwartet habe.

Und ich bin ziemlich stolz auf meinen Protegé, der, da er sie nicht *in den Arsch gefickt hat*, perfekt war.

Am Ausgang des Théâtre beginnt der Ansturm auf die Taxen, der uns zu einem letzten Bad in der Menge zwingt, Zeit, in Richtung Rue du Faubourg Saint-Honoré zu flüchten. Ich wickle mich in meinen Schal und setze mir eine dicke Wollmütze auf, die meinen jungen Schützling losprusten lässt.

»Sie sehen ja heiß aus, Mann!«

»Mag sein, aber ich hole mir hier wenigstens nicht den Tod.«

Er auch nicht, wie er behauptet, und das glaube ich ihm gern, denn in seinem Alter hätte mir heute eine Windjacke gereicht. Es ist kalt an diesem Abend, aber es verspricht eine schöne Nacht zu werden, und ich bin zufrieden. Es ist lange her, dass ich als einfacher Zuschauer bei einem Konzert war, mit meiner Bewegtheit als einzige Richtschnur. Ich habe sogar geglaubt, dass ich nie wieder dieses Verlangen haben würde.

»Wie kommen Sie nach Hause, Mathieu?«

»Ich nehm die Métro ab Concorde ... Wenn ich Glück hab, krieg ich den letzten Zug noch.«

Das dritte Taxi wird uns vor der Nase weggeschnappt, mit seinem roten Licht, und seinen Fahrgästen in Abendgarderobe, die aus dem Théâtre kommen. Dann noch eins, diesmal leer, dessen Fahrer es nicht für nötig hält, anzuhalten, als ich ihm ein Zeichen gebe.

»Ich kann Sie absetzen, wenn Sie wollen.«

»Nein, danke«, antwortet er lächelnd. »Nett von Ihnen, aber das dauert doch ewig.«

»Um diese Zeit ist wenig Verkehr.«

»Das wird doch schweineteuer für Sie! Die ziehen einen doch ab, die Taxifahrer.«

Mir kommt eine Idee, die ich ohne diesen nächtlichen Spaziergang nie gehabt hätte, bei dem ich fast zu einem Eiszapfen erstarre.

»Mir fällt da etwas ein, Mathieu ... Ich habe ein Apartment, ein kleines, voll eingerichtetes Studio in der obersten Etage unseres Hauses, das leer steht. Soll ich Ihnen die Schlüssel geben? Sie könnten es bis zum Wettbewerb nutzen.«

Er schweigt – und wirkt etwas misstrauisch, ich frage mich, warum.

»Äh … danke, aber ich hab kein Geld für die Miete.«

»Keine Sorge. Ich will kein Geld von Ihnen.«

»Vermieten Sie Ihr Studio nicht?«

»Nein.«

Wieder einmal starrt er mich an, als ob ich ein Staatsgeheimnis vor ihm verbergen würde.

»Warum machen Sie das?«

»Um Ihnen die Fahrzeit, die Strapazen und den Stress zu ersparen. So vereinnahmend, wie der Wettbewerb ist, sollen Sie wenigstens von den Sorgen des Alltags verschont werden. Aber wenn Sie kein Interesse haben, ich dränge Sie zu nichts! Es ist Ihre Entscheidung.«

Er mustert mich. Immer noch misstrauisch. Als ob ich versuchen würde, ihm Lexika anzudrehen.

»Das kann ich nicht annehmen«, sagt er schließlich.

»Doch, das können Sie. Ich biete es Ihnen an, weil es wirklich kein Problem ist. Das Studio steht leer, dann nützt es wenigstens jemandem.«

Er ist schon einverstanden, das wissen wir beide, aber er sträubt sich noch aus Prinzip, was für seine Erziehung spricht. Und da ich nicht die ganze Nacht lang im auffrischenden Wind stehen will, hole ich meinen Schlüsselbund aus der Tasche und mache den Schlüssel zum Studio mit seiner Schutzhülle aus blauem Plastik ab.

»Hier. Ich schicke Ihnen die Adresse, den Code und alle Einzelheiten per SMS.«

Er zögert ein letztes Mal und steckt dann den Schlüssel ein, denn es ist kalt, und für die Aussicht, in die Innenstadt zu ziehen, lohnt es sich, seinen Stolz einmal herunterzuschlucken.

»Danke.«

»Sie können schon heute Abend einziehen, wenn Sie möchten. Es ist vielleicht ein bisschen staubig, aber so dramatisch ist es nicht.«

»Ich weiß nicht, was ich sagen soll«, gibt er zu, so gerührt, als hätte ich ihm das Petit Trianon geschenkt.

»Schon gut, Mathieu, machen Sie sich nicht zu viele Gedanken. Und Sie werden sehen, die Gegend ist sehr schön.«

Endlich bequemt sich ein Taxifahrer anzuhalten, setzt die Warnblinker und lässt das Fenster herunter, um mich zu fragen, wo es hingehen soll. Eine Pariser Tradition, auf die man gut verzichten könnte, besonders bei diesen eisigen Temperaturen, doch ich protestiere nicht, weil ich nicht riskieren will, zu Fuß weiterzugehen. Es ist mein Glückstag, der Herr erklärt sich großzügig bereit, die Seine zu überqueren, und entriegelt die Tür seiner schwarzen Großraumlimousine. Mathieu steht da, verlegen, als ringe er immer noch nach Worten, um mir zu danken. Mit seiner Kapuze, seiner Jacke, deren Reißverschluss er bis zum Hals hochgezogen hat, den in den Taschen vergrabenen Händen und seinen riesigen Turnschuhen, wirkt er auf meinen Fahrer wenig gewinnend, und er lässt ihn nicht aus den Augen, während ich einsteige.

»Alles in Ordnung, Monsieur?«, fragt er argwöhnisch.

»In bester Ordnung, warum?«

Ich schnalle mich an, er rast los.

»Ich dachte, sie würden überfallen.«

Ein besorgter Blick in den Rückspiegel, zweimal, als ob Mathieu hinter dem Auto herlaufen würde.

»Nein, keineswegs.«

»Na, umso besser.«

»Ja, umso besser.«

Ich lasse mich in den Sitz sinken, der penetrante Geruch nach Leder ekelt mich. Ich hätte heute nicht zwei Mahlzeiten auslassen und dann auf nüchternen Magen zwei Gläser trinken dürfen.

»Aber trotzdem«, bleibt er beharrlich, »man muss vorsichtig sein. Kerle wie den sehe ich jeden Tag, die lungern auf der Straße rum … Die fangen damit an, Sie nach einer Kippe zu fragen, und dann …«

Interessiert mich nicht, was dann passiert. Die Lichter blinken durch das beschlagene Fenster, weiß und kalt, und das Auto biegt auf die Brücke Alexandre-III ein. Die Bilder des Abends ziehen an mir vorbei, so gegensätzlich. Erst das phantastische Konzert, das meine Freude als Zuschauer wieder zum Leben erweckt hat, und dann Alexandre Delaunays zuckersüßes Lächeln … Der Kontrast der Eindrücke lässt mich ein bisschen verloren zurück.

Und ich habe die Schlüssel zum Studio weggegeben, einfach so.

Mathilde wird das wahrscheinlich nicht gefallen.

»Wenn ich Innenminister wäre«, redet der Fahrer weiter, begleitet von der Erkennungsmelodie von Radio-Télévision Luxembourgeoise, »ich kann Ihnen sagen, ich würde die ganz schnell gefügig machen, diese kleinen Gangster.«

Darüber sprechen wir dann, wenn er Innenminister ist. In der Zwischenzeit starre ich auf die Lichter draußen und ignoriere, dass er mir im Rückspiegel ständig begeistert zuzwinkert. Der Smalltalk mit meiner Bäckerin ist mir schon lästig, aber endlose Diskussionen mit einem verbitterten Taxifahrer, das verkrafte ich nicht.

»In Russland ist das eine ganz andere Geschichte, hab ich recht? Man kann ja von Putin halten, was man will, aber der hat das Gesindel unter Kontrolle.«

Vor dem Hôtel Matignon schlottert ein Polizist mit kugelsicherer Weste in einem Wachhäuschen. Unsere Blicke treffen sich in der größten Teilnahmslosigkeit, und ich frage mich, wie lange ich wohl so reglos in einem Aquarium sitzen könnte.

»Womöglich habe ich Ihnen das Leben gerettet!«

»Wie bitte?«

Man muss diesem Schwachkopf anerkennen, dass es ihm trotz allem gelungen ist, mich an der Ecke des Boulevard Saint-Germain aus der Reserve zu locken. Beinahe hätte ich bis zum Ende durchgehalten.

»Die kleine Kanaille eben. Ich weiß nicht, was der vorhatte, aber wenn ich nicht in dem Moment vorbeigekommen wäre ... Vielleicht wären Sie heute Nacht in der Notaufnahme gelandet!«

Warum nicht gleich im Leichenhaus, wenn wir schon dabei sind?

»Er war keine *kleine Kanaille*.«

»Letzte Worte von einem, der abgestochen wird«, lacht er. »Sie haben ja keine Ahnung, was man nachts in Paris alles sieht. Und dann die ganzen Ausländer ...«

Ich sage ihm, dass er mich absetzen soll, bevor er sich in die kleinen Straßen vorwagt – die Kälte ziehe ich jeder weiteren Minute seiner Gesellschaft vor.

Zum Glück nimmt er Kreditkarten.

Das ist selten.

»Bitte schön, Monsieur. Sind Sie sicher, dass Sie nicht wollen, dass ich außenrum fahre? Sogar in den feinen Vierteln, heutzutage ...«

Ich schlage ihm die Tür vor der Nase zu, nachdem ich ihm beinahe an den Kopf geworfen hätte, dass die kleine Kanaille, deren bedrohlicher Schatten über seinem Weg lag, ohne Partitur *Nocturnes* spielt, die zu Tränen rühren. Vorausgesetzt, er kann überhaupt weinen. Das bezweifle ich. Und ich hoffe aus tiefstem Herzen, dass Mathieu Malinski eines Tages das Plakat des Théâtre zieren wird, vor dem dieser Schwachkopf glaubte, mir das Leben gerettet zu haben. Der Tag der Abrechnung wird kommen. Mit dem Leben, den Vorurteilen, all den Taxifahrern dieser Erde.

25

Ich hätte bis morgen warten können. Oder bis zum Wochenende. Hätte meiner Mutter sagen können, dass ich ausziehe, also, nicht wirklich, nur für ein paar Tage, hätte ihr persönlich sagen können, dass ich sie nicht im Stich lasse. Hätte ihr erzählen können, dass ich bei einem Wettbewerb antrete. Dass ich immer noch Klavier spiele, obwohl sie denkt, dass ich seit Jahren keine Taste mehr angeschlagen habe. Hätte ihr versprechen können, dass ich bald wiederkomme, und schwören, dass David wunderbar allein zurechtkommt, dass sich die Nachbarin um ihn kümmert, wie damals, als ich mit meinen Freunden unterwegs war und Scheiße gebaut habe. Dass er viel selbständiger ist, als sie denkt. Und dass alles gutgehen wird.

Aber ich habe mich nachts um eins rein geschlichen, um meine Sachen zu packen.

Ganz leise.

Wie ein Dieb.

Ich erzähle es ihr morgen, per SMS oder am Telefon, das ist einfacher. Nicht so dramatisch: »Maman, ich bin für ein paar Tage weg. Bei einer Freundin. Ich kann bei ihr wohnen, solange sie nicht da ist.« (Ja, richtig gehört, ich habe Freundinnen, die mir ihre Wohnung überlassen.) »So spare ich mir die zwei Stunden Fahrt jeden Tag. Dann kann ich morgens länger schlafen.« So in dem Stil etwa, das passt schon. Sie weiß am besten, wie anstrengend es ist, zu den Stoßzeiten mit den Öffentlichen zu fahren, und dass ich mitten in der Nacht aufstehen muss, um den Boden im Konservatorium zu schrubben. Das wird sie verstehen. Wenn sie schon nicht versteht, dass ich das Klavierspielen niemals aufgeben werde, auch wenn das »nichts für unsereins« ist.

Sie glaubt, dass ich seit Jahren nicht mehr spiele, dass ich mich jetzt für andere Sachen interessiere.

Ohne die Schuhe auszuziehen, habe ich mich durchs dunkle Wohnzimmer getastet und mein Ladegerät gesucht. Dann habe ich ganz vorsichtig die Falttür vom Schrank aufgeschoben und dabei die Luft angehalten, als ob es dann weniger quietscht. Meine Daunenjacke. Mein Rucksack. Und dann in mein Zimmer, Klamotten einpacken, und weil ich nicht viele habe, sieht mein weißer Holzschrank danach echt leer aus. Das werden sie morgen sehen, und es versetzt mir einen Stich. Verdammt nochmal, ich zieh ja nicht in den Krieg, ich wohne nur ein paar Tage in Paris bei den reichen Spießern.

Ich habe T-Shirts, Sweater, Jeans und Turnschuhe mitgenommen. Eine Basecap. Und weil ich ein bisschen Schiss hab, dass ich mich dort vielleicht einsam fühle, nehme ich auch ein paar Mangas mit, damit ich nicht die ganze Nacht die Decke anstarre. Ja, ich kenn sie schon, aber das ist egal, die kann man gut noch mal lesen, außerdem hasse ich Leere. Wenn ich als Kind nicht schlafen konnte, hab ich immer gewartet, bis meine Mutter mir Gute Nacht gesagt hatte, und dann hab ich mit der Taschenlampe unter der Decke stundenlang ein- und denselben Comic gelesen.

»Mathieu?«

Scheiße, ich hab David geweckt.

»Du bist wach? Schnell wieder ins Bett, es ist schon ganz spät.«

»Ich hab was gehört.«

Ich muss lachen, sein Schlafanzug ist ihm viel zu klein, aber er will keinen anderen, weil Harry Potters Visage drauf ist.

»Das war ich, ich hab was gesucht. Na, los, geh wieder ins Bett.«

Plötzlich sieht er meinen Rucksack und kriegt Angst. Das weckt bei mir alte Erinnerungen, auf die ich absolut keinen Bock habe.

»Gehst du weg?«

»Ich schlafe bei einer Freundin.«

»Bei wem?«

»Kennst du nicht.«

Er ist noch halb im Schlaf und starrt mich an wie eine Eule.

»Nimmst du deine Mangas mit?«

»Ja, damit ich was zu lesen hab, ich bin nicht müde.«

»Ich auch nicht«, gähnt er. »Leihst du mir einen?«

Ich lasse meinen Rucksack stehen und schiebe ihn an den Schultern sanft Richtung Kinderzimmer.

»Komm, David, dir fallen schon die Augen zu.«

Er schläft praktisch im Stehen, aber die Sorge hält ihn wach. Kinder sind ein bisschen wie Hunde, die riechen förmlich, wenn irgendwas nicht stimmt.

»Bist du morgen wieder da?«

»Nein, ich bleibe ein paar Tage bei ihr. Ist praktischer für die Arbeit, das ist gleich um die Ecke.«

Er zieht ein Gesicht, als ob er gleich anfängt zu weinen.

»Hey, alles gut«, sage ich und wuschel ihm durch die Haare. »Ist doch nur für ein paar Tage.«

»Und du musst nicht ins Gefängnis?«

»Nein, Quatsch, ich muss doch nicht ins Gefängnis!«

Sein Dackelblick könnte einen Stein erweichen, fast möchte ich meinen Kram wieder auspacken, aber ich hab schließlich auch ein Leben. Eine Wohnung mitten in Paris, für lau, wo ich in Ruhe meine Partituren studieren kann, ohne Motorlärm, ich könnte Anna sogar einladen, so was kann man nicht ablehnen. Ich hatte noch nie einen Ort für mich alleine. Noch nie. Nicht mal ein Zimmer, das sich abschließen lässt, um in Ruhe Pornos zu gucken. Und außerdem werde ich irgendwann sowieso ausziehen, wird Zeit, dass er lernt, allein klarzukommen, verdammt nochmal.

Ich habe ihn ins Bett gebracht, getröstet, gut zugedeckt. Das ist das Beste, was ich machen kann.

»Mat?«

Verdammt nochmal, nicht mal zwei Minuten. Ich hab

grade mal meinen Rucksack zugemacht, da steht er schon wieder in der Zimmertür.

»Was denn noch?«

»Kannst du mir was spielen? Ich kann nicht einschlafen.«

»Es ist viel zu spät.«

»Bitte.«

Aus Prinzip zögere ich noch ein bisschen, damit er nicht denkt, mit der Mäuschenstimme bekommt er alles, was er will. Es ist eine schlechte Angewohnheit, aber er kriegt mich jedes Mal rum. Ich weiß, dass er mir abends manchmal durch die viel zu dünne Wand zuhört, wenn ich spiele. Wäre doch irgendwie blöd, ihm das vorzuenthalten. Auch wenn er seine Nummer abgezogen hat. Das geht sowieso nicht mehr lange; in zwei, drei Jahren hat er einen Bartflaum, Käsefüße und eine Stimme zum Totlachen.

»Na gut. Aber nur eins.«

Die Nocturne op. 9 Nr. 2 in Es-Dur, wie immer, das ist sein Lieblingsstück. Wie immer setzt er sich neben mich und schaut auf die Tasten, als würde er ein Feuerwerk angucken, allmählich wird er ruhiger. Seine Angst verfliegt, die Musik durchströmt ihn, er macht die Augen zu, lächelt und kuschelt sich an mich wie ein kleines Tierchen. Als das Stück zu Ende ist, geht sein Atem langsam und gleichmäßig, schwer liegt sein Kopf auf meiner Schulter. Ich trage ihn in sein Zimmer und lege ihn ins Bett, wo er lächelnd weiterschläft, den Kopf voller Musik, und ich mache leise die Tür zu.

Er kann sich glücklich schätzen, dass er einen Pianistenbruder hat.

Ich hätte auch Boxer sein können.

26

Im Dunkeln spielen. Ein unvergleichliches Gefühl des Schwebens, des Dahintreibens, diese flüchtigen Momente, wenn man sich selbst vergisst. Das Klavier, wie ein alter Freund, erwacht unter meinen Fingern und die Musik streckt sich, noch zögerlich, noch ungeschickt, als ob wir uns von neuem miteinander vertraut machten. Schostakowitsch, *2. Klavierkonzert*, zweiter Satz. Die Lichter der Stadt, die in das Schwarz kriechen, um über das Bücherregal zu streicheln, und die so vertrauten Schatten – es geht mir gut, zum ersten Mal seit sehr langer Zeit. Ich weiß nicht, wie spät es wohl ist, das ist nicht wichtig, ich fühle mich wieder lebendig, und die Eiswürfel in meinem Glas sind geschmolzen. Ich habe nur einen Schluck getrunken. Ich war nicht in der Stimmung. Ich mag keinen Wodka.

»Was machst du da?«

Plötzlich ist das Licht wieder da, lässt mich die Augen zusammenkneifen. Und Mathilde steht in der Tür, in einem ihrer neuen Nachthemden, unförmig, auf traurige Art bequem, die mich beinahe die Stunden vergessen lassen, die wir im Dunkeln verbrachten, ich am Klavier, sie auf dem Sofa, die Musik genießend, während die Menschen schliefen. Diese Nächte, die im Sog einer Umarmung endeten, egal, wo, auf einem Möbelstück oder gegen eine Wand, in ersticktem Lachen, in dem rauschhaften Glauben, dass es immer so sein würde. Wir waren nicht wie die anderen. Wir hatten die Zeit überlebt.

»Siehst du doch. Ich spiele.«

»Um zwei Uhr morgens?«

So, jetzt weiß ich es. Als ich mich an das Klavier setzte, musste es ein Uhr gewesen sein, vielleicht früher, und die Eiswürfel klirrten noch in meinem Glas. Musik hat einen seltsamen Bezug zu Zeit. Ich habe den Eindruck, von einer langen Reise zurückzukommen.

»Es tut mir leid, wenn es dich aufgeweckt hat. Ich war mir sicher, dass du deine Ohrstöpsel trägst.«

»Ich habe dir doch gesagt, dass ich sie nicht mehr vertrage.«

»Entschuldige, das hatte ich vergessen.«

Sie ärgert sich über mich, und ich habe Verständnis für sie, weil ich weiß, dass sie schlecht schläft. Das ist nicht der beste Moment, noch eins draufzusetzen, aber es hilft auch nicht zu warten.

Ich spreche so gleichgültig, wie ich kann.

Und ich gebe mir einen Ruck.

»Übrigens, es wird jemand für eine Weile im Studio wohnen.«

»Was? Du hast es vermietet, ohne es mir zu sagen?«

»Nein, ich habe es nicht vermietet. Ich stelle es einem Schüler zur Verfügung.«

Die Nachricht lässt sie empört mit den Augen rollen, als hätte ich ein Sakrileg begangen.

»Also nimmst du deine Schüler jetzt schon zu Hause auf? Wir haben dieses Zimmer für Thomas' Studium eingerichtet, nicht um irgendjemanden dort übernachten zu lassen!«

»Er ist nicht irgendjemand, Mathilde, er ist ein feiner Mensch, und da wir dieses Studio nicht brauchen, haben wir doch sogar schon besprochen, es zu verkaufen.«

»Das ist etwas anderes.«

Ihr Schweigen lässt mich glauben, dass die Diskussion beendet ist, aber nein, sie fängt gerade erst an.

»Und du verlangst keine Miete«, fährt sie fort, obwohl ich weiß, dass es ihr egal ist.

»Nein. Er hat kein Geld, und wir brauchen keins.«

»Darum geht es nicht.«

Ich frage sie nicht, worum es dann geht, denn sie weiß es selbst nicht. Was an ihr nagt, ist, dass ich gerade die Zahnräder blockiert, diese ewige Talfahrt gestoppt habe, die uns nirgendwohin führt. Thomas ist nicht mehr da. Wir können nicht in einer anderen Zeit, in der Schwebe verharren, ohne ein Möbelstück zu verstellen, aus Angst, uns einzugestehen, dass das Leben weitergeht. Dieses Studio – er hatte noch nicht einmal Zeit, dort zu leben – ist nur ein unvollendetes Projekt, eine leere Hülle. Ich will mich nicht mehr in meinen Schmerz einkapseln, den Rest meines Lebens in einem Museum verbringen und hingebungsvoll der Vergangenheit nachtrauern.

»Aber kein Mädchen?«, fragt sie mich plötzlich.

Als ob ich das Ganze nur aus Eigeninteresse tun würde. Als ob ich Lust hätte, mir eine Zwanzigjährige anzulachen. Ich muss an die Visitenkarte denken, die ich in der Seine ertränkt habe, und kann mir ein Lächeln nicht verkneifen.

»Nein, es ist ein Junge, er heißt Mathieu, und er hat das Zeug dazu, ein großer Pianist zu werden – du wirst sehen, du wirst ihn spielen hören. Ich lasse ihn dieses Jahr für den Grand Prix d'excellence antreten.«

»Der Junge, den du auf der Straße aufgegabelt hast?«, ruft sie, sie ist außer sich.

»Den ich am Bahnhof entdeckt habe. Wer hat dir das denn erzählt?«

»André hat mich angerufen, um mich zu fragen, wie es zu Hause läuft. Er hat mir alles erzählt. Er macht sich große Sorgen um dich, weißt du.«

Dass Ressigeac sich um zwei Uhr morgens in meinem Wohnzimmer einmischt, hat etwas von Hausfriedensbruch. Und ich stehe da wie ein Verräter, weil ich jemanden in einem Einzimmerappartement beherberge.

»Da ist er wohl der Einzige. Alle, die Mathieu haben spielen hören, haben verstanden, warum ich so auf ihn zähle. Ressigeac ist nur ein Manager, er hat keine Ahnung.«

»Glaubst du das wirklich, Pierre?«

»Natürlich glaube ich das! Und wir werden uns diesen Preis holen!«

»Das meine ich nicht.«

Mechanisch hebt sie mein Glas mit dem durch die geschmolzenen Eiswürfel verwässerten Wodka hoch und riecht daran, bevor sie es wieder hinstellt.

»Mach doch mal die Augen auf«, fährt sie mit ernster Stimme fort. »Ich verstehe ja, warum du das tust, aber dieser Junge ist nicht dein Sohn ... Er nutzt die Gunst der Stunde, weil er spürt, dass du schwach bist.«

»Du kennst ihn nicht.«

»André denkt, du seist der Einzige, der nicht sieht, dass er dich um den kleinen Finger wickelt.«

»André ist ein Idiot.«

»Das Diplom des Konservatoriums, das schlüsselfertige Studio ... Was wirst du als Nächstes für ihn tun? Ihn adoptieren?«

»Hör auf, Mathilde.«

Allmählich legt sich die Maske aus Wachs wieder auf ihr Gesicht und verschleiert ihre Emotionen. Der Gedanke, dass das Einzige, das sie nach diesen langen Monaten des Nichts aus ihrer Erstarrung gelöst hat, und sei es auch nur für ein paar Minuten, Bitterkeit war, ist schrecklich.

»Du wirst Thomas nicht ersetzen«, schließt sie kalt. »Besonders nicht durch einen dahergelaufenen Straßenjungen.«

»Urteile nicht voreilig.«

»Voreilig? Ich denke, ein Strafurteil vermittelt doch einen guten Eindruck seiner Persönlichkeit.«

Ich habe darauf keine Antwort mehr, keine gute, nur

den brennenden Wunsch, woanders zu sein und diesen Drink vielleicht doch noch zu trinken.

»Du wirst alles verlieren, Pierre. Du wirst alles verlieren, und du erkennst es nicht einmal.«

27

Beim Aufwachen wusste ich kurz nicht, wo ich bin. Es ist ziemlich cool, in einem Bett aufzuwachen, das nicht dein eigenes ist, in einem Zimmer, dass nicht dein eigenes ist, und so schön und sauber, dass man sich vorkommt wie in einem Werbespot. Die Farben sind geil, grau und beige, hell und trotzdem gedämpft. Das Licht ist hier anders. Irgendwie sanfter, wie hinter einem Schleier, weiß auch nicht, jedenfalls würde man am liebsten den ganzen Tag im Bett bleiben, eingehüllt vom Räucherstäbchenduft, der noch in der Luft hängt. Ich habe gestern vor dem Einschlafen eins angezündet, es war extra dafür da, in dem hölzernen Halter, und der Duft ist geblieben, er hat mich in meine Träume begleitet.

Und diese Ruhe, Alter. Das letzte Mal, dass ich so gut geschlafen habe, war im Skilager.

Ich stehe auf und ziehe die Vorhänge auf. Geiler Blick über die Dächer. Ein Kirchturm, ein rauchender Schornstein. Und eine rauchende Frau am Fenster. Und eine Taube, die mich schief anguckt, weil ich sie aufgescheucht habe, sie saß gemütlich auf der Regenrinne. Ich lächele sie an. Es ist schön draußen, kalt zwar, aber das Zimmer ist genau richtig. Ich könnte den ganzen Tag nackt rumlaufen, ohne krank zu werden, aber jetzt ziehe ich mich an, es ist schon zwanzig nach acht, und Anna hat mir gerade geantwortet.

Ich komme!!!

Jap, es sind außerdem nur zehn Minuten bis zum Jardin du Luxembourg. Nur zehn Minuten bis zu ihr.

Ich räume mein restliches Zeug in den großen weißen Schrank mit den Spiegeltüren. In dem Ding könnte man einen Airbus A380 unterbringen, und mehr Kleiderbügel als in einem Klamottenladen hängen da auch. Ich hab die Schubladen belegt, meine T-Shirts in den Fächern verteilt und meine Schuhe in den kleinen Stoffboxen verstaut. Und meinen Rucksack habe ich oben neben die Extrakopfkissen ganz nach hinten gestopft, als ob ich jahrelang hier wohnen werde. Egal, wie lange ich bleibe, ich will mich zu Hause fühlen.

Mein *Zuhause* ist super. Klein, aber so fancy, dass ich mich nicht traue, irgendwas anzufassen. Als hätte ich im Möbelhaus geschlafen und jeden Moment könnte ein Verkäufer auftauchen, der mich anschnauzt. Solche Wohnungen sieht man sonst in den Einrichtungssendungen, damit die Loser, die ihre Wohnung nicht verkauft kriegen, sehen, was man aus einer kleinen Fläche rausholen kann. Große, doppelverglaste Fenster, wo nichts durchdringt, wenn sie zu sind. Eine Designerlampe, ein Glasschreibtisch, seidig glänzender Stoff an der Wand und genau die richtige Dosis an Krimskrams, damit es irgendwie bewohnt wirkt – ein kleiner Holzelefant, Indie-Style, und das Ding mit den Räucherstäbchen. Am besten ist das Bett, 140 breit, mit mehreren Matratzenschichten, die oberste ist schön weich, man versinkt drin, aber macht sich nicht den Rücken kaputt. Konnte es fast nicht glauben, als ich mich gestern Abend draufgeschmissen habe ... wie ein Schneeengel, die Augen zu, ich hatte das Gefühl, ich schwebe auf einer Wolke. Ohne Scheiß, noch zwei Nächte, und ich kann nie wieder in meinem Minibett schlafen, wo die Füße rausragen, wenn ich zu weit runterrutsche.

Sogar ein Fernseher an der Wand. Die Bedienung liegt auf dem Nachttisch.

Sagst du mir den Code?

3542B

Ein letzter Blick als stolzer Besitzer, alles tadellos. Und ich höre schon das Fahrstuhlgitter im Treppenhaus.

»Hallo, Herr Nachbar!«

Fest eingemummelt in den dicken Schal, der ihre Augen betont, hat Anna heute Morgen etwas Zerbrechliches. Ich nehme sie in den Arm, sehe sie an, lächle sie an, und wie jeden Tag denke ich, dass ich unwahrscheinliches Glück habe. Ihre Gegenwart bringt den Hausflur zum Leuchten. Ihr Parfüm ist ihr ein paar Sekunden voraus. Sie hat etwas Bezauberndes an sich, sie gibt mir das Gefühl, dass alles möglich ist. Sobald sie da ist, brauche ich nichts mehr, will nichts mehr, nur sie.

Wir bleiben an der Tür stehen und versinken in einem langen Kuss, dann fällt mir ein, dass ich seit Stunden auf diesen Moment gewartet habe.

»Wenn ich bitten darf, gnädige Frau, erlauben Sie … Willkommen in meinem Schloss.«

»Danke, gnädiger Herr.«

Für sie ist das Zimmer natürlich nichts Besonderes, ihr eigenes ist doppelt so groß, aber sie ist trotzdem total begeistert. Entweder, um mir eine Freude zu machen, oder weil sie auch gern so was hätte, mit eigenem Eingang, anstatt ihre Eltern beim Frühstück zu treffen. Für seine Unabhängigkeit nimmt man gern 10 Quadratmeter in Kauf.

»Boah, wie genial!«

»So was von.«

»Erzähl noch mal, ich hab das nicht ganz verstanden. Ist das nur für eine Nacht oder länger?«

»Ich kann bis zum Wettbewerb hier bleiben.«

»Wow! Ich dachte, Geithner hat dir das nur angeboten, damit du nach dem Konzert gestern nicht zu Fuß nach Hause musstest.«

»Nö. Jetzt sind wir Nachbarn.«

»Ich glaub's nicht … Der hat dir mal eben so eine Wohnung überlassen?«

»Joa. Wegen der langen Anfahrt.«

»Oder damit er überwachen kann, dass du Tag und Nacht arbeitest«, sagt sie lachend.

Sie packt mich am Kragen, zieht mich zu sich heran und küsst meinen Hals.

»Du wirst einen guten Reiseführer brauchen. Das 5. Arrondissement ist ein Dschungel.«

»Ob ich mir das leisten kann? Wie viel nimmst du denn?«

»Das hat mich noch keiner gefragt!«

Bei ihrem Lachen würde ich sie am liebsten sofort ausziehen, ihr Blick sagt das Gleiche, aber dann kommen wir zu spät, und irgendwie hab ich das Gefühl, die Comtesse hätte wenig Verständnis, dass ich dafür ihre Stunde sausen lasse.

Wir küssen uns, sehen uns an, schieben einander weg. Widerstrebend.

»Heute Abend haben wir alle Zeit der Welt«, flüstert sie mir ins Ohr.

Ich schnappe mir Rucksack, Noten und Daunenjacke, es ist arschkalt draußen, Anna hält inzwischen die Fahrstuhltür auf, das komische Gitter klemmt. Die Kabine ist so klein, dass wir nur eng aneinandergedrängt reinpassen. Das nutze ich aus und umfasse ihren Hintern. Als Antwort knabbert sie mir am Ohrläppchen herum, mir läuft ein Schauer über den Rücken. Wenn man mit einem Fremden im Fahrstuhl steht, ist es wahrscheinlich nicht ganz so geil, aber jetzt würde ich am liebsten auf Stopp drücken.

Da bleibt der Aufzug stehen, vierter Stock.

Eine Frau steigt ein, ungefähr vierzig, ziemlich stylish, bisschen blass, Augen wie stonewashed Jeans, je nach Licht ändert sich der Farbton. Guten Morgen, Guten Morgen, höfliches Lächeln. Keine Ahnung, wieso, aber ich hab den Eindruck, sie starrt mich an, oder vielleicht liegt das daran, dass wir eingequetscht sind wie Sardinen.

Unten halte ich ihr die Tür auf und diesmal bin ich sicher, sie guckt mich eindringlich an.

»Sie müssen Mathieu sein.«

»Ähm … ja?«

»Mathilde. Pierres Frau.«

»Oh! Hallo. Ich wusste nicht … Vielen, vielen Dank dass ich in dem Zimmer wohnen darf, das ist wirklich sehr nett von Ihnen.«

Anna stellt sich vor – diesmal denkt sie auch an ihren Familiennamen – und schüttelt ihr die Hand, dann tritt sie wie ein gutzerogenes kleines Mädchen einen Schritt zurück, so habe ich sie bisher noch nie gesehen.

»Wenn es Ihnen zugutekommt, sehr gerne«, gibt Geithners Frau zurück und mustert mich aufmerksam. »Wissen Sie schon, wie lange Sie bleiben?«

»Ich weiß nicht, am besten besprechen Sie das mit Monsieur Geithner. Eigentlich bis zum Wettbewerb, aber wenn Sie das Zimmer vorher brauchen, ziehe ich natürlich aus.«

»Nein, nein, nicht nötig. Ich wollte … es nur wissen.«

Kurzes, peinliches Schweigen. Ich traue mich nicht, ihr zu sagen, dass wir spät dran sind, also warte ich.

»Ich habe gehört, Sie bereiten den Grand Prix d'excellence vor?«, fragt sie in so weltgewandtem Ton, als säßen wir bei der Baronin beim Tee.

»In der Tat.«

»Das ist sicher viel Arbeit?«

»Ziemlich viel, ja. Wir müssen dann jetzt auch los. Wir sind schon spät dran.«

»Selbstverständlich. Ich wollte Sie nicht aufhalten.«

Aber sie hält uns sehr wohl auf, denn jetzt wendet sie sich an Anna, als wäre sie erstaunt, dass sie immer noch da ist.

»Anna, richtig?«

»Ja.«

»Wohnen Sie auch hier?«

»Nein, ich wohne ganz in der Nähe, Rue d'Assas. Ich habe Mathieu nur abgeholt.«

»Ach so. Ich frage nur wegen der Hausverwaltung … Sie wissen ja.«

Ich weiß vor allem eins, sie hat Schiss, dass Anna ihr Zimmer benutzt, und das ärgert mich, weil ich mir sicher bin, dass sie das nie im Leben gefragt hätte, wenn Anna nicht schwarz wäre.

Vielleicht irre ich mich.

Vielleich hätte sie das Mädel mit den langen blonden Haaren, der dicken Wollmütze und dem Eastpak-Rucksack, das grade die Treppe runterkommt, das Gleiche gefragt.

»Einen schönen Tag«, wünsche ich von der Tür aus.

»Ihnen auch, Mathieu.«

Ich mag sie nicht. Und sie mag mich auch nicht. Zu Banlieue, aber hundertpro. Zu assi. Ein Fleck in der perfekten Ausstattung, ein Eindringling in ihrer Puppenstube. Ihr Blick sagt klar und deutlich, dass ich meinen Schlüssel längst wieder abgegeben hätte und zurück in meiner Bude wäre, wenn es nach ihr ginge. Vielleicht bin ich ungerecht, und ich bin sauer auf mich selber, dass ich so was denke, wo sie mir doch ein Zimmer überlässt, mit dem sie viel Kohle machen könnte, aber ist nun mal so, ich vertrau auf mein Gefühl.

Egal, die soll denken, was sie will.

Ich zieh das durch.

Und wenn ich mir die Finger ausrenke mit den Scheißdezim-Intervallen.

28

Malinski in der Notaufnahme.

Weitere Informationen hielt Ressigeac wohl für überflüssig, und ich ließ Hals über Kopf mein Essen stehen, um in ein Taxi zu springen. Ich stelle mir das Schlimmste vor, und da Mathieu nicht auf meine SMS antwortet, rufe ich Élisabeth an, bei der er diesen Nachmittag Unterricht hatte. Sie wird vielleicht mehr wissen, sei es auch nur die Art des Unfalls und das Krankenhaus, in das er gebracht wurde.

Ich frage mich, ob jemand seine Mutter benachrichtigt hat.

Mit leicht zittriger Hand schnalle ich mich an und sage dabei dem Fahrer, dass ich mir noch nicht ganz sicher sei, wohin es gehe. Dieser Vorfall ruft sorgfältig verdrängte Erinnerungen wieder wach, Momente bodenloser Angst, die in Pulsen aufwallen. Ich versuche, sie zu vertreiben, denn es gibt überhaupt keinen Anhaltspunkt, dass es so ernst ist. Überhaupt keinen. Es könnte sich um eine Prellung handeln, eine allergische Reaktion, vielleicht einen einfachen Schwächeanfall.

»Ja, hallo?«

»Élisabeth. Hier ist Pierre. Ich habe von Mathieu gehört. Was ist passiert?«

»Was passieren musste«, antwortet sie sehr ruhig. »Es ist ja keine große Überraschung.«

»Wovon sprichst du?«

Dieser Moment ist surrealistisch.

»Er hat sich an der Hand verletzt, als er einen Vierklang-Akkord geübt hat. Ich habe dir von Anfang an gesagt, dass es ihm an Beweglichkeit fehlt – und an Übung. So etwas kommt nicht über Nacht, nicht mit Gewalt.«

»Und … ist es etwas Ernstes?«

»Ich weiß gar nichts, Pierre. Er hatte große Schmerzen, vielleicht eine Zerrung.«

Erleichtert und erstaunt zugleich, denke ich über Ressigeacs Nachricht nach.

»Und deswegen hat man ihn in die Notaufnahme geschickt?«

»Papperlapapp. Er ist beim Arzt.«

Dieser Ressigeac. Er hätte einen Faustschlag ins Gesicht verdient.

»Anscheinend gibt es ein versicherungstechnisches Problem«, fährt sie fort, den Rauch ihrer Zigarette ausblasend – ein Geräusch, dass ich unter Tausenden erkennen würde.

»Völlig unwichtig, ich werde das übernehmen.«

Eine SMS unterbricht uns: Es ist Mathieu, der mir eine Adresse nennt, ohne weitere Erklärung. Das wird dem Taxifahrer gefallen, es ist gleich um die Ecke. Ich stecke ihm zehn Euro zu, um mir ein Drama zu ersparen, und steige kommentarlos wieder aus dem Auto aus.

»Bist du noch dran?«, fragt Élisabeth.

»Ja, entschuldige. Er hat mir gerade eine Nachricht geschickt. Ich gehe zu ihm.«

»Ich warne dich: Er ist nicht gerade gut aufgelegt. Wenn irgendjemand anderes so mit mir geredet hätte, hätte ich ihn auf Lebenszeit aus meinem Unterricht verbannt.«

»Das ist der Druck ... Stell dir vor, wenn er nicht mehr üben kann, ist es aus.«

»Oh, er ist sich dessen durchaus bewusst. Er hat die ganze Welt beschimpft, das Schicksal beschuldigt, das Karma, Rachmaninow, kurz, er hat den Tanz der sieben Schleier aufgeführt.«

Ich lache, auch wenn dieser dumme Zwischenfall furchtbare Folgen haben kann.

»Du wirst noch heiliggesprochen für deine Geduld, Élisabeth.«

»Amen. Bis es so weit ist, versuch bitte, ihn zu beruhigen, denn er ist außer Kontrolle.«

Während ich zur Arztpraxis eile, steigt in mir ein dumpfes Schuldgefühl auf, trotz der Argumente, mit denen ich es erfolglos zu unterdrücken versuche. Denn im Wesentlichen bin ich dafür verantwortlich, was gerade passiert ist. Mathieu Malinski beherrscht eine schöne Auswahl an Stücken aus dem klassischen Repertoire ganz hervorragend, sogar ohne Noten, und statt aus seinem Erfahrungsschatz zu schöpfen, zwinge ich ihn auf unbekanntes Terrain, dränge ihn in die Enge, was ihn überfordert.

Doch Mathieu hat mir vertraut. Und er erwartet mich, zusammengesunken, mürrisch, der düstere Blick leer, in einem Wartezimmer, dessen Tapete die Farbe von Erbrochenem hat. Er hat einen Stapel Zeitschriften auf dem Schoß, *Auto Plus, Le Figaro Madame, Voici*, alles, was er in die Finger bekam. Und apropos Finger, seine stramm angelegte Schiene verheißt nichts Gutes.

»Wie geht es dir, Mathieu?«

»Super.«

»Was ist passiert?«

»Wonach sieht's denn aus?«

Sein Blick, der einen imaginären Punkt fixiert, ist genauso angespannt wie sein Kiefer. Er hat etwas Explosives an sich, als ob er bei dem kleinsten Hauch in die Luft gehen könnte. So sehen wohl Schlägertypen aus, richtige Schlägertypen, wenn sie einen argwöhnisch beäugen, bevor sie einem an die Gurgel gehen.

»Erklären Sie es mir. Was sagt der Arzt? Das wird schon wieder, wir finden eine Lösung.«

»Ach ja? Und wo soll die Lösung sein? In meinem Arsch?«

»Ich rate Ihnen, Ihren Ton zu ändern, Mathieu.«

»Sorry«, brummt er.

Schweigen. Wie immer, wenn ich einen Schüler in die Schranken weise, nehme ich den Druck raus, nachdem er Dampf abgelassen hat. Die Methode hat sich bewährt.

»Sehnenscheidenentzündung«, sagt er und seufzt. »Drei Wochen Pause. Kein Klavier, keine Lockerungsübungen, nichts. Ende.«

»Noch nicht.«

»Ach, hören Sie doch auf! Es war davor schon knapp ...«

»Dann jetzt erst recht. Was haben Sie denn zu verlieren? Haben Sie Angst zu versagen? Schlimmstenfalls werden Sie eben nicht den Grand Prix d'excellence gewinnen! Das ist doch gar nicht Ihr Lebenstraum. Noch vor einem Monat hatten Sie noch nie davon gehört.«

Das Argument scheint ihn auf Trab zu bringen, aber er beißt weiter die Zähne zusammen – so leicht entschärft man keine lebendige Bombe.

»Kommen Sie«, sage ich und stehe auf. »Wir trinken einen Kaffee.«

»Ich hab kein Geld für die Behandlung«, murmelt er und senkt den Blick.

Ich tätschle ihm die Schulter, bevor ich an die Tür des Arztes klopfe, einem kleinen Kerl mit Halbglatze, der sein Honorar kassiert, ohne Mathieu aus den Augen zu lassen. Etwas sagt mir, dass der Besuch turbulent war.

Auf der Straße dann ist es totenstill. Er atmet stoßweise, wie ein verletztes Tier. Bis er in einer noch stärkeren Welle von Wut plötzlich mit heftigen Fußtritten eine Mülltonne traktiert. Ich weiche zurück. So etwas lähmt mich. Es gibt nichts Verstörenderes als einen Menschen, der die Selbstbeherrschung verliert. Blindwütig geht er unter zornigem Gebrüll auf die Mülltonne los, vergisst dabei, worauf er einprügelt, als ob dieser leblose Sündenbock für alles andere büßen könnte. Die Mülltonne kippt um, spuckt ihren Inhalt auf den Bürgersteig, rammt die Seite eines parkenden Autos.

»Verfickte Scheiße!«

Ein letzter Tritt in einen aufgerissenen Müllsack rächt sich in einer falschen Bewegung, die ihm einen Schmerzensschrei entlockt. Er windet sich, krümmt sich um seine Schiene, schluckt seine Tränen herunter und holt langsam Luft.

»Ich glaube, die haben Sie erledigt«, sage ich und zeige auf die Mülltonne.

»Ja, glaub auch.«

Was er gerade getan hat, habe ich in meinem ganzen Leben noch nie getan. Weil man mir beigebracht hat, dass Emotionen sich steuern lassen, weil ich es hasse, eine Szene zu machen. Ich bin ein rationaler Mensch, den das Leiden eines grünen Plastikgegenstands niemals besänftigen würde. Ich bin einer von denen, die eher ein Magengeschwür entwickeln, als einen Makel erkennen zu lassen, wohingegen dieser absurde Ausbruch sein Lächeln wieder zutage gefördert hat. Innerhalb einer Minute, wenn überhaupt.

Erziehung hat ihre Grenzen.

»Wir geben jetzt nicht auf, Mathieu. Sie werden sich erholen, das wird Ihnen guttun. Sie werden neue Kraft schöpfen. Schlafen. In die Musik eintauchen. Und wenn es Ihnen bessergeht, ziehen Sie wieder in die Schlacht.«

»Sie lassen sich ja nicht so leicht frusten...«
»Ich habe ein dickes Fell.«
»Ich wär gern wie Sie.«
Wenn er mich vor sechs Monaten gesehen hätte, würde er über diesen Satz lachen.

»Trotzdem«, sagt er nach einer Pause, »wenn ich Sie wär, hätte ich keinen Bock auf Stress, ich hätte Michelet genommen.«

»Nein, Sie hätten nicht Michelet genommen.«

Er zögert, wird wieder zu dem Mathieu, den ich kenne, und sein Lächeln wird breiter.

»Wahrscheinlich nicht.«

29

Der Vorteil von der Sehnenscheidenentzündung ist, dass du den ganzen Tag lang chillen kannst, und alle finden's toll. Zwei Wochen lang ausschlafen, ins Kino, spazieren gehen, und dazu Rachmaninow im Ohr, man hat ja schließlich seine Prioritäten. Ist schon geil. Ich hab rausgefunden, dass man bei FNAC auf dem Boden sitzen und kostenlos Comics lesen kann. Ich war stundenlang dort. Ich bin in alle Sportgeschäfte rein, hier gibt's an jeder Ecke welche. Ich war in Passagen mit Glasdach und vielen kleinen Läden. Und ich hab sogar einen Zoo entdeckt, keine Ahnung, wie ich da hinkam, da kannst du von draußen Roten Pandas zugucken, wie sie auf einem Ast balancieren. Und Kängurus. Ich war ewig im Jardin du Luxembourg, dem berühmten »Garten«, und habe auf Anna gewartet, mittlerweile hab ich schon so meine Spots. Ein Stuhl neben einem Springbrunnen, schön weit weg von den anderen, unter Bäumen, dort esse ich mein Sandwich und gucke den Fischen zu. Der Musikpavillon, wo manchmal ein paar Musiker spielen. Und eine etwas abseits stehende Bank, dort sitzt oft eine alte Frau und redet über ihre Kindheit.

Ich glaub, eigentlich mag ich Paris.

Für heute hat Anna sich in den Kopf gesetzt, dass sie mit mir ins Centre Pompidou will, und obwohl mich das ankotzt, tu ich so, als fände ich's voll cool, weil sie so stolz ist, mir ihre Stadt zu zeigen. Sie kennt hier alles, voll krass. Schöne Cafés, die besten Burger, Bars, wo man mit Blick über die Dächer was trinken kann, und natürlich die Museen, die liebt sie total. Warum auch immer. Dem Louvre konnte ich gerade noch entgehen, aber Pompidou, keine Chance, sie schwört, dass ich es garantiert super finde. Ich hab irgendwann zugestimmt. Ohne lange zu diskutieren. Ich hab ihr nicht erzählt, dass ich lieber den letzten *Avengers* sehen würde, sie soll mich nicht für einen Banausen halten. Jetzt mal ohne Scheiß, Kunst geht mir echt am Arsch vorbei. Klingt vielleicht komisch, immerhin bin ich Pianist, und alle Pianisten sind wie Michelet, aber ich bin nicht wie die anderen. Kirchen gehen noch. Am Anfang fand ich's echt anstrengend, aber weil wir in jede Kirche rennen, an der wir vorbeikommen, begreife ich langsam, was sie von mir will. Die Säulen, die bunten Fenster, die Kisten mit den Gebeinen der Heiligen whatever und die bunten Gemälde, die angeblich aus dem Mittelalter stammen. Die Akustik ist auch nicht schlecht. Seit wir mal gehört haben, wie ein Typ die Orgel in einer Kirche gestimmt hat, die so groß war wie der Gare du Nord, habe ich einen Wunsch: ganz da hoch klettern, etwas spielen und hören, wie meine Musik durchs Gewölbe braust.

Das wär richtig geil.

Am Ausgang vom Forum des Halles glotzen ein paar Typen Anna an und geben Sprüche ab, die ich lieber überhöre. Sie sieht aber auch wieder richtig umwerfend aus, weiße Daunenjacke, Jeans, schwarze Turnschuhe und Sonnenbrille, weil wir richtiges Skiwetter haben. Ich lasse ihr ein bisschen Vorsprung, dann hole ich mein Handy raus und fotografiere wie blöd. Natürlich kriegt sie bald mit, dass sie ins Leere redet, dreht sich um, lacht los und beschwert sich über die Belästigung. Ihr reicht's, immer diese Paparazzi. Man kann nicht mal mehr inkognito rausgehen. Die Leute gucken uns an, und ein paar fragen sich hundertpro, woher sie Anna kennen. Mit dem Look und mit dem Lächeln könnte sie ein Bond-Girl sein.

Ein Schuhstand zieht mich magisch an – fünfzig Euro für ein Paar Timberlands im Schlussverkauf –, während Anna schon eifrig Richtung Museum trabt. Sie bleibt ungeduldig stehen, und ich kann sie verstehen, weil das schon das dritte Mal ist, dass ich Zeit schinde, als ob's zu meiner Hinrichtung geht.

»Was ist denn jetzt schon wieder?«

»Komme.«

Ich wiege die reduzierten Timberlands in der Hand, die sind sauschwer, und die Farbe gefällt mir nicht – außerdem hab ich keine Kohle. Da höre ich eine Stimme, mit der ich hier nie gerechnet hätte. Nie im Leben.

»Hey, Pfoten weg, du Dieb!«

Ich drehe mich um, glaub's immer noch nicht. Unmöglich. Nicht jetzt. Nicht hier.

Nicht mit Anna.

»Alter, der Penner hat uns nicht mal gesehen!«

Driss und Kevin beömmeln sich, rempeln mich an und nehmen mich in die Mitte.

»Ey, Keule, bist du blind oder was?«

So unauffällig wie möglich sehe ich mich nach Anna um, hoffe, dass sie schon vorgegangen ist, dann könnte ich die beiden in einen Laden lotsen. Aber sie kommt direkt auf uns zu, mit einem breiten Lächeln.

Ich lege ihr den Arm um die Schultern, die beiden starren mich völlig geflasht an.

»Anna, das sind Driss und Kevin.«

»Hallo!«, ruft sie fröhlich. »Er hat euch so lange vor mir versteckt, dass ich schon dachte, es gibt euch nicht!«

»Jetzt wirst du dir gleich wünschen, dass es sie nicht gibt«, sage ich lachend, meine es aber beinahe ernst.

Keiner traut sich, sie mit Küsschen zu begrüßen, aber sie verschlingen sie mit den Augen, als hätte ich ihnen Rihanna vorgestellt. Kevin – der schon wieder eine neue Goldkette hat – checkt sie sogar aufdringlich von oben bis unten ab und bleibt an ihren Brüsten hängen, wofür er normalerweise auf die Fresse kriegen würde. Aber ich hab die Hand in einer Schiene und sowieso grad genug andere Sorgen.

Von der Straßenecke her guckt uns ein Bulle schief an.

Seit ich nach Paris gezogen bin, ist mir das nicht ein einziges Mal passiert.

Ich hab das Gefühl, wieder auf die andere Seite zu rutschen.

»Alles klar«, stellt Kevin mit anzüglichem Grinsen fest. »Deswegen gehst du also nicht ans Handy!«

»Heilige Scheiße«, legt Driss nach.

»Sorry, ist grad irgendwie stressig bei mir. Mit dem Job … Und meine Hand ist voll im Arsch, seht ihr ja.«

Ich trau mich nicht, Anna anzugucken.

»Oooooh, ich heul gleich«, feixt Driss. »Jetzt kannst du nicht mehr putzen, wie schrecklich!«

»Vor allem kann er nicht mehr spielen«, schaltet sich Anna ein.

»Was denn spielen?«

Sie schaut mich fragend an, versteht gar nichts mehr, und ich überlege fieberhaft, wie ich da wieder rauskomme. Außer auf der Stelle sterben fällt mir nichts ein.

»Hat er euch denn nichts vom Grand Prix erzählt?«, fragt sie unschuldig.

Auch wenn ich möglichst unbeteiligt den Kopf schüttele, als wäre das alles nicht der Rede wert, mir ist klar, dass ich nicht so einfach davonkomme. Kevin ist misstrauisch, er checkt allmählich, dass irgendwas faul ist, das sehe ich ihm an.

»Welcher Grand Prix? Statt Staubsauger jetzt Formel 1, oder was?«

»Mathieu Malinski für Ferrari am Start, heute auf der Pole Position!« Driss imitiert einen Sportkommentator.

Anna ringt sich ein Lachen ab, obwohl es nicht besonders witzig ist, aber sie will von meinen Freunden gemocht werden. Irgendwas sagt mir, dass ihr in ein paar Minuten nicht mehr zum Lachen sein wird.

»Nein, im Ernst«, fährt sie fort. »Hast du das nicht erzählt, Mathieu? Er tritt als Pianist beim Grand Prix d'excellence an, das ist echt krass!«

»Echt krass, ja«, macht Kevin.

»Du spielst ... Klavier?«, fragt Driss ungläubig.

Jetzt starrt sie mich fassungslos an, ihre Augen wirken noch größer als sonst.

»Ich kapier's nicht«, wirft Kevin ein. »Was geht bei dir ab? Deine Sozialstunden sind nur Story, oder was?«

»Vergiss es, Alter, der labert nur Bullshit!«, ruft Driss.

Die Panik lähmt mich, wie ein Reh im Autoscheinwerfer. Anstatt was zu sagen, irgendwas, mir eine Erklärung auszudenken, bleibe ich dämlich stumm. Und alle starren mich an.

»Regt euch ab, ich erklär euch das später«, sage ich nach endlosem Schweigen.

»Kannst du dir sonst wohin stecken«, meint Kevin. »Du hast uns lang genug verarscht, mach was du willst, Klavier spielen, putzen, ich scheiß drauf, nicht mein Problem.«

Er geht los und rempelt mich im Vorbeigehen an, Driss hinterher, er dreht sich noch mal um und hebt die Arme.

»Ohne Scheiß, Mat, das ist echt hardcore!«

Ein paar Sekunden später sind ihre Basecaps in der Menge verschwunden, und ich stehe da wie ein Idiot und schäme mich dermaßen, dass ich Anna nicht angucken kann – dabei hasse ich es, wenn Leute dir nicht in die Augen sehen.

»Was war das denn?«, fragt Anna.

»Meine Kumpels.«

»Ist mir klar. Und mit denen redest du nicht, oder was?«

»Nicht über alles.«

Sie setzt sich in Bewegung, als wär das Thema abgehakt, aber ich kenne sie inzwischen und weiß, dass sie innerlich kocht.

»Sozialstunden.« Sie wirft mir einen vernichtenden Blick zu. »Das ist doch eine Strafe?«

»Jap.«

»Hattest du vor, das irgendwann mal zu erwähnen?«

»Es tut mir leid, ich konnte es dir nicht sagen. Ich wollte nicht, dass du denkst, ich bin total assi.«

»Also hast du lieber so getan, als ob du putzt, um dein Studium zu finanzieren. Und es hat funktioniert, kann man nix sagen: Ich hab dich extrem bewundert. Ich hatte sogar ein schlechtes Gewissen, weil ich nicht arbeiten muss.«

Verdammte Scheiße, ich bin wirklich ein Idiot. Ich will sie auf keinen Fall verlieren, aber ihr Blick sagt mir, dass sie grad auf Abstand geht.

»Wofür hast du die Sozialstunden gekriegt?«, fragt sie kühl.

»Ich hab Scheiße gebaut. Hab bei einem schwachsinnigen Einbruch mitgemacht, der schiefgegangen ist.«

Sie nickt, ihr Lächeln ist dünn.

»Aha. Sonst noch was, das du mir nicht erzählt hast? Hast du einen falschen Namen? Bist du verheiratet oder hast zwei Kinder?«

»Nein.«

»Hast du was mit mir angefangen, weil meine Eltern eine schöne große Wohnung haben? Wenn du willst, geb ich dir den Schlüssel.«

»Hör auf. Bitte.«

Ich habs versaut. In einer Minute ist sie weg, genau wie Driss und Kevin: um die nächste Straßenecke verschwunden, und will mich nie mehr wiedersehen. Da sehe ich sie an, schaue ihr direkt in die großen Augen, weil sie mich nicht als kleinlauten Jungen in Erinnerung behalten soll.

Ich kann nichts rückgängig machen.

Ich kann nicht ändern, wer ich bin.

Und ich schäme mich nicht dafür.

»Weißt du was, Anna? Meinetwegen denk, was du willst, aber ich bin auch nur ein Mensch. Ich mach Zeitarbeit, seit ich sechzehn bin. Wenn ich nicht grade arbeitslos bin, arbeite ich im Lager. Meine Mutter ist nicht Ärztin, sie putzt im Krankenhaus die Scheiße weg, und mein Vater ist abgehauen, als ich klein war. Und ja, ich hab Scheiße gebaut, ziemlich viel sogar, aber noch nie so krass wie bei dem Einbruch. Und wenn Geithner nicht am Gare du Nord gehört hätte, wie ich das *Präludium* von Bach spiele, würde ich jetzt im Knast sitzen.«

Ich fühle mich irgendwie leer, wie ich so vor ihr stehe, und warte, dass sie abhaut, aber sie geht nicht.

»Warum hast du nichts gesagt, Mathieu?«

»Keine Ahnung, ich wollte dich nicht verlieren.«

Sie kommt ganz nah zu mir, lehnt ihre Stirn an meine und legt die Arme um mich.

»So hättest du's aber fast geschafft.«

Ein paar Sekunden lang gibt es nur ihren Duft, den Duft ihrer Haut – und die enorme Welle der Erleichterung, die das Leben wieder schön macht.

»Eins verstehe ich nicht«, sagt sie plötzlich und macht die Augen wieder auf.

Ich lächele sie an.

»Nur eins?«

»Ja, nur eins. Warum versteckst du dein Klavierspiel?«

Den Kopf einziehen. Sich an den Mauern entlangdrücken. Unsichtbar werden, durchsichtig, vor den Augen der Welt verblassen wie eine Fata Morgana in der Wüste. Da ist nichts, ein langer gerader Weg, derselbe wie jeden Tag. Das Basketballfeld, die Hauseingänge, die Menschen am Fenster, die schauen, ohne zu sehen. Angst bringt nichts. Angst lähmt. Angst macht schwach. Aber sie sind da, mit ihren knurrenden Hunden, und sie warten.

Den Blick auf den Boden geheftet, das Herz pocht so stark, dass ihm übel wird, geht der Jugendliche schnell. Jeden Tag ist es dasselbe. Dieselben Beleidigungen, derselbe Sarkasmus. Er sagt sich immer wieder, dass alles gutgehen wird, dass ihm nichts passieren kann, nicht hier, dass sein Haus am Ende des geraden Wegs ist, dass er nur laufen muss. Sie werden ihm nichts tun. Bisher haben sie ihm nie etwas getan, außer ihm ins Gesicht zu bellen. Manchmal sind sie ihm gefolgt, zu dritt, zu viert, zu zwölft, bis zum Hauseingang, haben ihm gedroht, die Hunde loszulassen, die Tür aufzubrechen. Er weiß, sie zehren von seiner Angst, er muss stark sein, ihnen erhobenen Hauptes begegnen.

Jemand anderes sein.

Es ist schwer, jemand anderes zu sein.

Da sind sie, auf einer Bank vor dem Basketballfeld versammelt. Nur noch hundert Meter und der Jugendliche wird sie nicht mehr sehen. Er wird sie in seinem Rücken spüren, er wird das Bellen und den Sarkasmus hören, aber er wird sich besser fühlen, weil er die Hürde überwunden hat.

Aber sie stehen auf. Stoßen wilde Schreie aus, um ihm Angst einzujagen. Sie haben seinen Blick bemerkt, sie haben gesehen, dass er zu schnell geht, die Hände um den Schulterriemen seiner Tasche geklammert. Er versucht, seinen Atem zu regulieren. Tief in seinem Innern sucht er ein beruhigendes Bild, die Sonne auf dem Balkon, die Hand seiner Mutter in seinen Haaren, als er klein war. Er möchte ein Vogel sein, mit einem Flügelschlag davonfliegen, so hoch in die Wolken steigen, dass die Feuchtigkeit in seinen Wimpern zu Eis erstarrt.

Sie schubsen ihn, überholen ihn, beleidigen ihn. Ihre Wörter sind Spucke, die ihn nur daran erinnern, was er ist, als könnte er das vergessen: zu dünn, zu schwach, zu sensibel. Er hat nicht das Zeug zum Überleben. Er ist einer von denen, die man verachtet, bedroht, einer von denen, die zittern. Die sich niemals schlagen würden, weil sie nicht diese Wut im Bauch haben.

Er würde nie so sein wie sie.

Ein heiseres Bellen hinter ihm lässt ihn zusammenzucken, und das bringt sie zum Lachen. Plötzlich wollen sie mehr, seine Stimme hören, aber er antwortet nicht, also schubsen sie ihn ein bisschen härter. Jemand durchwühlt seine Tasche. Er klammert sich daran fest. Doch sie ziehen Hefte heraus, ein Buch, ein Mäppchen, das in einem Regen von Buntstiften auf seine Füße fällt. Und Noten. Alte, kostbare Noten, mit Anmerkungen in einer Schrift aus einer anderen Zeit, die Monsieur Jacques ihm anvertraut hat und die dessen Vater gehört hatten.

Sie werden herumgereicht, Gelächter, das bis zu den Dächern der Häuser aufsteigt. Da ist es, sein Geheimnis, den Augen aller ausgesetzt, verstreut auf dem Asphalt, und eine Sonate steigt im Wind auf.

Einer von ihnen tut so, als spielte er Violine.

Auf allen vieren versucht der Jugendliche zu retten, was er kann. Beethoven. Mozart. Er klammert sich an die Seiten, die man ihm aus den Händen reißt, eine lässt er unter seiner Jacke verschwinden. Jetzt haben sie verstanden, warum er nie einem Ball auf einer Betonplatte hinterherlaufen wollte, im Dunst von Schweiß und Zigaretten. Warum er Turnhallen meidet, mit seinen schmalen Schultern und seinen Heuschrecken-Beinen.

Jemand spuckt auf die Erde, auf seine Hefte.

Dann gehen sie weg, denn es gibt nichts mehr zu zerstören.

Die Sonate tanzt weiter im Wind, sie steigt auf wie ein trockenes Blatt, sinkt wieder herunter, wirbelt umher, entfernt sich dann in einem letzten Hauch, um zwischen zwei Häusern zu verschwinden.

30

Das Licht ist ausgegangen. Schon wieder. Dieses Mal werde ich nicht aufstehen, um es wieder anzuschalten. Ich werde dort sitzen bleiben, zwischen zwei Stockwerken, auf einer Treppenstufe, und versuchen, meine Gedanken zu ordnen. Mit Wodka fiel es mir leichter. Der Alkohol trug mich fort, ließ mich über der Welt fliegen, und nach und nach verwischte der Rest. Die Nächte lösten sich auf. Mit dem dritten Glas vergaß ich alles, bis hin zu den Mühen, die ich auf mich nahm, um zu vergessen.

Das konnte nicht so weitergehen.

So will ich nicht enden.

In Alkohol eingelegt wie eine schrumpelige Pflaume.

Ein weiteres Mal hatte ich vor meiner Tür innegehalten, bevor ich unbemerkt wieder die Treppe hinunterging. Aber ich bin dieses tägliche Umherziehen leid, dieses Herumirren auf menschenleeren Bürgersteigen, wo die Eiseskälte von Körper und Seele Besitz ergreift. Ich habe keine Freunde mehr, keine wahren Freunde, nur die, die man als Paar teilt, wie man im Restaurant um zwei Löffel bittet. Wir waren so lange Pierre und Mathilde, dass ich allein nicht mehr existiere, und diese doppelköpfige Identität erstickt mich. Gestern habe ich einen alten Freund angerufen, einen Typen, den ich schon ewig kenne, mit dem ich zusammen an der Sorbonne studiert habe, um ihn auf einen Drink einzuladen, um zur Abwechslung mal über andere Dinge zu sprechen, an einem anderen Ort, mit jemand anderem. Er antwortete mir im Plural: »Kommt doch vorbei. Anne wird sich freuen. Sie fragte mich, ob ich etwas von euch gehört hätte.« Ich sagte zu, nächste Woche, ganz bestimmt. Und ich lief weiter, allein, mit nur einem Paar Beinen.

Dieses Leben ist Vergangenheit.

Meine Augen haben sich an die Dunkelheit gewöhnt, so sehr, dass ich das Muster des Teppichs erkenne. Das Holz des Geländers glänzt im Halbdunkel, sein gewundener Verlauf verliert sich in einer schwindelerregenden Spirale. Am liebsten würde ich mich bis zum Morgen an die Wand lehnen und die Augen schließen. Aber das Licht geht an und das Treppenhaus erstrahlt wieder in Farbe. Jemand hat den Aufzugsknopf gedrückt. Wahrscheinlich der Nachbar, der vom Spaziergang mit seinem Irish Setter zurückkommt.

Erst in letzter Sekunde höre ich die gedämpften Schritte, die, zwei Stufen auf einmal nehmend, die Treppe heraufkommen.

»M'sieur Geithner?, Alter, was geht bei Ihnen ab?«

Ich stehe auf, zu überrascht, um gefasst zu wirken, während Mathieu sich in Entschuldigungen verstrickt: er meinte natürlich »was tun Sie da?«.

»Habe ich mir gedacht«, sage ich mit einem Lächeln. »Guten Abend, Mathieu.«

»Haben Sie Ihren Schlüssel vergessen?«

Gott sei Dank, da habe ich meine Entschuldigung.

»Ja. Und meine Frau ist nicht zu Hause.«

»Sie hätten mich doch anrufen können! Ich hätte Ihnen die Schlüssel zum Studio gebracht!«

»Machen Sie sich keine Gedanken, ich kann schon mal fünf Minuten in einem Treppenhaus überleben.«

Es ist rührend, ihn zu beobachten, wie er, mit ernster Miene und die Stirn in Falten, eine Lösung für ein Problem sucht, das gar nicht existiert.

»Haben Sie sie angerufen?«

»Ja, ja, sie ist auf dem Weg.«

»Okay. Wollen Sie raufkommen? Bis sie kommt … Sie werden ja wohl nicht da stehen bleiben.«

»Das ist nett, aber sie wird gleich hier sein.«

Er nickt, aber ein Funken Zweifel flackert in seinen Augen auf.

»Alles okay?«

»Ja, alles okay. Warum?«

»Ich weiß nicht. Sie wirken … nicht so okay.«

»Ich bin etwas müde«, sage ich und werfe einen Blick auf mein Spiegelbild in der Glastür des Aufzugs.

»Sie sind blass, finde ich. Haben Sie schon was gegessen?«

Verkehrte Welt. Jetzt ist er derjenige, der sich um mein Wohlergehen sorgt.

»Noch nicht. Aber ich habe keinen Hunger.«

»Boah, ich bin am Verhungern. Ich lad Sie zum Essen ein, okay?«

Dass ich ungläubig die Augenbrauen hochziehe, könnte bei ihm unbeabsichtigt einen falschen Eindruck erwecken, und das möchte ich auf keinen Fall. Sofort bereue ich es, weil Geringschätzung wirklich das Letzte ist, was dieser Junge verdient.

»Vielleicht nicht da, wo sie sonst hingehen«, erklärt er und lacht.

Jetzt kann ich kaum noch ablehnen.

»Warum nicht! Haben Sie eine Idee? Auf der Rue de Seine gibt es einen kleinen Sandwich-Laden ...«

»Ich hab da was Besseres«, antwortet er stolz.

Mit welcher Leichtigkeit er sich in den kleinen Straßen des Viertels bewegt, erstaunt mich. In weniger als zwei Wochen hat er sich hier eingelebt, Abkürzungen erkundet und Orte entdeckt, von denen ich gar nicht wusste, dass sie existieren. Jetzt empfiehlt er mir ein kleines Weinlokal, wo sie spanischen Schinken servieren und einen »Hammerkäse«. Ich glaube, das bezaubernde Mädchen aus dem dritten Jahr, dem er nicht mehr von der Seite weicht, wohnt hier um die Ecke, aber trotzdem, irgendwie hat er etwas von einem Chamäleon – bis hin zu seiner Art, sich auszudrücken, die Tag für Tag mehr Schliff bekommt.

»Was Besseres« ist ein Food Truck auf dem Place de l'Odéon mit dem poetischen Namen *Super Kebab*. Hinter einem Tresen, um den sich eine Lichterkette mit grünen

Lämpchen rankt, zerlegt ein dicker, schwitzender Kerl gegrillte Fleischteile, die er in Schälchen aus gelbem Polystyrol anrichtet: ein Fach für das Fleisch, ein zweites für Pommes. Welker Salat. Weiße Zwiebeln. Rote Soße. Gott bewahre, wie meine Großmutter aus dem Elsass sagen würde, aber ich würde mich eher aufhängen, als so etwas zu essen.

Doch Mathieu strahlt.

Seine Augen leuchten, er preist sein Festessen an wie die Agapen der Götter und zählt seine Münzen auf den Tresen. Also mache ich gute Miene, heuchle sogar – so habe ich selten gelogen –, dass es gut rieche. Der Kerl hält uns eine Plastiktüte hin, Besteck, Servietten, und zwei Dosen Kronenbourg, von denen eine aufs Haus geht. Ich will nicht wissen, woher sein Fleisch kommt, ob er die Kühlkette einhält, ob seine lauwarmen Pommes nicht die ganze Nacht in einem Eimer vor sich hin gammeln. Ich blende die alarmierenden Reportagen über Junkfood aus, und meinen Snobismus gleich mit, denn neun Euro pro Essen ist teuer für Mathieu.

»Macht's Ihnen was aus, fünf Minuten zu laufen? Ich kenne eine super Location, wo wir in Ruhe essen können.«

»Auf geht's«, sage ich, ohne meine Belustigung zu verbergen. »Sie fühlen sich hier wohl wie zu Hause, stimmt's?«

»Zu Hause ist die Szene etwas anders«, antwortet er schelmisch.

Seine »super Location« ist die Place de la Sorbonne, deren Fassade er für eine Kirche hielt. Als Stammgast hier legt er das Besteck auf die Umrandung eines Brunnens, die uns als behelfsmäßige Bank dienen wird. Ich fühle mich, als wäre ich wieder zwanzig, auch wenn der Stein, auf dem ich sitze, nie an die Sessel des Cafés gegenüber heranreichen wird.

»Und? Voll cool hier, oder?«

»Ja, sehr. Und Sie werden sehen, wie schön es erst im Sommer ist … Alle sitzen draußen, und man spielt Musik.«

»Wusste nicht, ob es Ihr Fall ist, auf der Straße zu essen …«

»Sagen Sie doch gleich, dass ich versnobt bin.«

Er lächelt, was meine Frage beantwortet, bevor er sich ein riesiges, in Soße ertränktes Stück Fleisch in den Mund steckt. Ich schnuppere. Es ist ein unnachahmlicher Geruch, nach Fett und Angebranntem, den ich versuche auszublenden, als ich ein Stück mit meiner Gabel aufspieße. Dieser Platz ist alles in allem keine schlechte Wahl. Sehr ruhig zu dieser Jahreszeit, um nicht zu sagen einsam. Er ist relativ geschützt, und die wenigen Autos, die den Boulevard Saint-Michel herunterfahren, sind zu weit weg, als dass sie stören würden. Zu sehen, wie schnell ein frischgebackener Pariser sich auf die Suche nach Alleinsein macht, lässt mich schmunzeln.

»Duzen Sie nie jemanden?«, fragt Mathieu mit vollem Mund.

So viel zum Thema versnobt.

»Doch, natürlich, was für eine Frage!«

»Aber Ihre Schüler nicht.«

»Nein, niemals. Wenn man sich duzt, dann gegenseitig, sonst ist es herablassend.«

Meine Antwort bringt ihn zum Lachen, zwischen zwei Pommes.

»Sogar dafür haben Sie Regeln …«

»Ich habe Regeln für alles«, sage ich und lache auch.

»Sorry, aber das ist doch bestimmt ätzend.«

»Ein bisschen. Besonders für die Menschen, die mir nahestehen.«

Eigentlich kann man sich an seinen Kebab gewöhnen. Ich fange sogar an, ihn einigermaßen zu mögen.

»Haben Sie immer in der Musikbranche gearbeitet?«, fährt er fort, denn heute Abend ist er derjenige, der die Fragen stellt.

»Ich habe sehr jung angefangen, aber ich bin praktisch das genaue Gegenteil von Ihnen: das nicht gerade begnadete Produkt der klassischen Laufbahn.«

»Wie jetzt?«

»Sagen wir, ich hatte nicht Ihr Talent. Wollen Sie wirklich, dass ich Ihnen meinen Werdegang erzähle? Das ist extrem langweilig.«

»Wenn ich es nicht hören will, hätte ich nicht gefragt«, antwortet er vergnügt.

Ohne nachzudenken, öffne ich die Schotten. Und ich fange an, diesem Jungen, der im Grunde ein Fremder ist, von meiner ersten Berührung mit dem Klavier zu erzählen, meinem Studium, meinem Traum von der Bühne, meinen Blockaden, meinen Enttäuschungen. Die Selbstverurteilung, die mir die Flügel stutzte, die Opfer, das Aufgeben, dann die Entscheidung für den Unterricht, um in der Branche zu bleiben, ohne mich der Gefahr auszusetzen, um die wahren Gefühle der Musik trauernd. Und wie ich stattdessen andere Talente zum Licht führte. Ihnen zeigte, dass es möglich ist, wenn man nur daran glaubt.

Ich habe meinen Kebab aufgegessen.

Bis auf die letzte Pommes.

Wenn man bedenkt, dass ich dem Psychiater, der mich hundertzwanzig Euro pro Sitzung gekostet hat, nie auch nur ein Wort erzählt habe …

»Es ist nicht zu spät, wieder einzusteigen!«, ruft Mathieu naiv.

Statt einer Antwort lächle ich ihn an und wir stoßen mit dem *Kro* an – nicht zu fassen –, bevor wir unseren behelfsmäßigen Tisch abräumen und die Reste in einen überquellenden Mülleimer werfen.

»Warten Sie mal kurz«, sagt Mathieu und wickelt den Verbandsmull ab, der seine Schiene hält.

»Was machen Sie?«

»Ich schaff mir diese Scheiße vom Hals.«

»Lassen Sie das, die sollen Sie noch zehn Tage tragen!«

»Scheiß drauf. Ich lass mir meine Chance nicht entgehen.«

Ich bin sprachlos, als er seine Schiene zwischen den beiden Kebab-Schalen zurücklässt.

»Gehen wir?«, fragt er schlicht. »Ihre Frau wird jetzt zu Hause sein.«

Etwas in seinem Lächeln lässt vermuten, dass er mir die Geschichte mit dem Schlüssel von Anfang an nicht abgenommen hat, aber ich habe heute Abend genug gesagt. Ich fühle mich befreit, beinahe mit mir selbst im Reinen, und ein bisschen schuldig, dass ich die Zäune meines Sperrgebiets niedergetrampelt habe. Das nächste Mal, wenn ich mit Mathieu Malinski einen Kebab esse, werden wir entweder über ihn reden, oder ich stelle ihm einen Scheck über hundertzwanzig Euro aus.

31

Ich hab Rachmaninow nicht gefickt. Ich hab ihn verstanden. Nach und nach, weil ich's so lange probiert hab, bis meine Finger es drin hatten. Ich üb das Scheißstück seit Wochen, und ich glaub, jetzt hab ich's. Die schwierigen Stellen behalt ich natürlich immer im Auge, oder vielleicht eher sie mich, aber ich komm durch, ohne Angst. Angst bringt nichts, das blockiert nur. Ich sag mir täglich das Mantra von der Comtesse auf: »Lassen Sie die Stolpersteine auf sich zukommen, Malinski. Stemmen Sie sich nicht gegen die Welle.«

Klingt verrückt, aber das hat's für mich gebracht.

Tag und Nacht hab ich mir den Arsch aufgerissen mit dem Stück, hab mir die Finger blutig gespielt. Zwei-, dreimal saß ich nach dem Abschließen im Konservatorium fest. Musste Geithner belabern, damit er mich rauslässt. Ich hab Anna im Restaurant warten lassen. Ich wusste nicht mehr, welchen Tag wir haben oder wie spät es ist, bin am Klavier eingepennt.

Die Idee mit den zwei Flügeln war echt gut, sogar die Comtesse sagt das jetzt. Inzwischen kann ich mit ihr mithalten, egal, welches Tempo, und ich kann die Noten auf der Partitur mitverfolgen. Normalerweise ist es ja genau umgekehrt, aber scheiß drauf, ich lerne, ich werde besser, und ich werde diesen Wettbewerb gewinnen. Und wenn nicht, ist es halt so, ich hab mir jedenfalls nichts vorzuwerfen.

Meine Sehnenscheidenentzündung ist noch nicht wirklich weg, aber da scheiß ich auch drauf. Manchmal ist es ein Akkord zu viel, es sticht irgendwie, dann lasse ich meine Hand ein, zwei Stunden ausruhen. Ein bisschen Eis, ein bisschen guter Wille, und weiter geht's. Ich hab schon so viel da reingesteckt, da hält mich ein bisschen Schmerz nicht auf.

Trotzdem könnte die Comtesse ruhig mal was sagen.

Heute hat sie Geithner zum ersten Mal, seit wir angefangen haben, dazugeholt.

Und obwohl ich keine Fehler mache, also, glaub ich zumindest, sagt sie nichts. Geithner auch nicht. Der sitzt mit verschränkten Armen in der ersten Reihe, mit der Brille und dem schwarzen Rollkragenpullover sieht er aus wie ein Priester. Und sie schauen sich an. Vielleicht versuchen sie Gedankenübertragung. Keine Ahnung, wer als Erstes den Mund aufmacht, aber so langsam krieg ich echt Schiss.

»Was ist jetzt, Mann?«

Sie geht ein paar Schritte, das hallt im leeren Saal, dann lächelt sie mich knapp an.

»Perfekt.«

Alter, what the fuck! Perfekt. Seit Monaten arbeite ich

mit ihr, und das Beste, was sie jemals von sich gegeben hat, war »nicht schlecht«. Mir kommen fast die Tränen – zum Glück sieht das keiner – und vor allem, ich glaub's nicht, ihr auch! Stimmt schon, sie hat sich echt den Arsch aufgerissen, damit wir so weit kommen. Sie hat mich jeden Akkord und jede Pause tausendmal wiederholen lassen, damit es mir in Fleisch und Blut übergeht. Jedes Mal, wenn ich versaut hab, hat sie mir wieder hochgeholfen. Irgendwie schäme ich mich jetzt sogar, weil ich ihr das Leben schwergemacht hab, und vor allem, weil ich immer dachte, ihr geht das alles am Arsch vorbei.

Sie dreht sich zu Geithner um, der immer noch nichts gesagt hat und ruhig seine Brille zusammenklappt. Aber der kann mich nicht verarschen, ich kenne ihn inzwischen, und weil er das Sphinx-Face nicht so draufhat wie die Comtesse, weiß ich, dass er es total geil fand.

Ich find's auch geil.

»Sie sind so weit«, sagt er endlich, nachdem er mich hat zappeln lassen. »Mehr gibt es nicht zu sagen. Es kann losgehen.«

»Meinen Glückwunsch, Mathieu«, fügt die Comtesse hinzu. »Sie haben in drei Monaten bewerkstelligt, was andere in drei Jahren nicht zuwege bringen. Aber Vorsicht, das ist erst der Anfang ... Jetzt wird es richtig ernst.«

Von der Mischung aus Euphorie, Erschöpfung, Erleichterung und Anspannung wird mir schwindelig. Weil ich im Gegensatz zu den beiden keine große Erfahrung mit dem Pokerface habe, seh ich wahrscheinlich aus wie auf

Poppers, aber das ist alles easy, weil wir hier »unter uns« sind.

»Danke … Ich bin voll froh.«

»Man ist nicht *voll* froh«, korrigiert Geithner, der meine Redeweise nicht ausstehen kann.

»Außerdem hab ich noch eine Woche zum Üben …«

»Nichts da«, unterbricht die Comtesse. »Die restlichen Tage nutzen Sie bitte, um sich zu erholen, zu fokussieren, und Ihre Sehnenscheidenentzündung auszuheilen. In der Ruhe liegt die Kraft.«

Sie tauschen einen wissenden Blick, der mich ein bisschen an den meiner Mutter erinnert, als sie bei meiner Schulaufführung in der Grundschule war. In meinem miesen Musketierkostüm und mit dem Degen aus Pappe sah ich ziemlich bescheuert aus, als ich zwischen den klatschenden Eltern nach ihr suchte. Heute können die Comtesse und Geithner echt stolz auf mich sein, obwohl ich mir nicht so sicher bin, dass ich wirklich in einer Woche beim Wettbewerb antreten kann.

Auf einmal ist es konkret.

»Élisabeth hat recht«, stimmt Geithner zu und schließt den Klavierdeckel. »Ab sofort lassen Sie fünfe gerade sein.«

Ich verspreche es, dabei weiß ich ganz genau, dass ich wieder herkomme, sobald sie nicht hingucken, damit ich dieses verdammte Stück nicht verlerne. In einer Woche kann man Sachen vergessen. Ich bin vielleicht nicht alt und weise wie sie, aber ich weiß, dass die Musik wie ein

Vogel in der hohlen Hand ist. Wenn du lockerlässt, fliegt er davon.

Als ich mir meine Jacke schnappe, präsentiert die Comtesse ihr berühmtes leichtes Stirnrunzeln.

»Noch eins, Mathieu. Besorgen Sie sich etwas Anständiges zum Anziehen für den Wettbewerb. Es wäre schade, wegen einer simplen Formalität Punkte zu verlieren.«

»Ernsthaft jetzt? Mein Look interessiert doch kein Schw... niemanden!«

»Der Smoking gehört dazu ... *When in Rome, do as the Romans do.*«

Toll, jetzt kommt die mir auch noch mit Zitaten auf Englisch – bei mir reicht's grade mal für »My name is Mätju«.

»Kann denen doch egal sein, ob ich wie ein Pinguin rumlaufe. Damit mach ich mich höchstens voll zum Horst ...«

»Im Grunde ist es auch egal. Aber wie in allen Kreisen ist die Kleidung ein Zeichen der Zugehörigkeit. Spielen Sie nicht den Rebellen, das wäre ein unnötiges Eigentor.«

»Total krank, dass die sich daran aufhängen!«

»Würden Sie denn im Smoking zu einem Rap-Konzert gehen?«

Schon komisch, wie klar die Sachen werden, wenn man sie sich von der anderen Seite beguckt.

»Okay. Aber ich hab so was nicht im Schrank hängen. Das einzigste Mal, dass ich einen anhatte, war bei der Hochzeit von meiner Cousine, und der war geliehen.«

»Keine Sorge«, mischt sich Geithner ein und lächelt beruhigend. »Darum kümmern wir uns schon.«

Das beruhigt mich nur teilweise.

»Aber keine Fliege … Oder?«

»Nein«, lacht er. »Anzug und weißes Hemd, das wird schon reichen.«

»Krawatte?«

»Wir werden sehen.«

»Ohne wär mir lieber.«

»Ich weiß.«

»Nein, im Ernst jetzt!«

Amüsiert hält er mir die Noten hin, die hätte ich fast vergessen.

»Wenn das Ihre einzige Sorge ist, können wir dem Wettbewerb beruhigt entgegensehen!«

Ich will gerade antworten, da verschwindet sein Lächeln. In der Tür steht ein Typ, hinterfotziges Lächeln, Akte unterm Arm. Alexandre Dingsbums. Der Clown aus Bordeaux, Pierres Michelet. Anzug, offenes Hemd, glänzende Treter. Keine Ahnung, was der von uns will, aber auf einmal breiten sich frostige Vibes aus – fehlt nur noch die Darth-Vader-Musik –, und die Comtesse grüßt ihn nur kurz und verduftet dann ziemlich schnell.

Er klopft an die Tür vom Großen Saal, dabei steht er schon drin.

»Pierre, haben Sie fünf Minuten?«

»Natürlich«, antwortet Geithner und gibt mir das Zeichen zum Verschwinden.

Delaunay schüttelt mir im Vorbeigehen die Hand – ja, er erinnert sich an mich –, ich lächle höflich zurück und denke von ganzem Herzen: »Verrecke!«, und bevor ich sie allein lasse, drehe ich mich noch mal besorgt um, es ist, als ob ich einen Kumpel bei einer Schlägerei hängenlasse.

*

Schon wieder Sushi. Sie ist verrückt nach Sushi, Maki-Sushi und diese dicken Rollen, ich kann mir den Namen nie merken … Und weil ich sie glücklich machen will, bin ich auch verrückt danach. Oder besser gesagt, ich versuche, es zu faken, tue total begeistert, dabei kostet das Zeug dreimal so viel wie ein Menu bei Mäcces – für dreimal weniger Genuss. Das Schlimmste ist, dass sie mir jedes von den Teilen einzeln beschreibt, als gäbe es nichts Besseres, und dann mit geschlossenen Augen in totaler Ekstase seufzt. Und alles wegen kaltem Reis und Algen wie Gummi, die nach Meer stinken.
Aber das ist mir egal.
Ich sehe nur Anna, die im Schneidersitz auf meinem Bett sitzt, mit ihrem Schlemmerblick und ihrem schulterfreien T-Shirt, das ich so liebe.
»Hast du das hier probiert? Garnele, Sesam, Ingwer?«
»Ja. Lecker.«
»Überschlag dich bloß nicht«, sagt sie lachend.
»Ich hab doch lecker gesagt.«
»Verwöhntes Mäkelkind!«

Sie will mich mit dem Fuß vom Bett schubsen, und meint, ich hätte es nicht besser verdient. Das bringt mich natürlich sofort auf Touren, ich packe sie am Knöchel, sie wehrt sich, schreit »Hilfe!«, wir wälzen uns im Bett herum, ich küsse ihren Hals, sie schiebt ihre Hand in meine Jeans, das Sushi kippt um – mit der Soße –, und jetzt rutschen wir auf den Knien rum, lachen uns einen ab, und rubbeln mit einem nassen Handtuch an der Bettdecke. Ist voll bescheuert, aber ich hätte hier lieber nichts versaut, aus Respekt für Geithner, weil er mich hier wohnen lässt, und weil es sauberer war als ein Hotelzimmer, als er mir die Schlüssel gegeben hat.

Morgen gehe ich zur Reinigung.

Und hole Blumen für seine Frau.

Das ist das Mindeste, wo die so viel für mich tun.

»Wie ist eigentlich deine Probe mit Geithner heute Nachmittag gelaufen?«, fragt sie und versucht zu retten, was von den *california rolls* noch übrig ist.

Ich setze mein bescheidenes Gesicht auf, aber sie lässt sich nicht bluffen, weil sie in meinen Augen lesen kann.

»Nicht schlecht.«

»Hey, komm … Die haben garantiert gesagt, dass du so weit bist!«

»Könnte sein …«

Sie fällt mir um den Hals und küsst mich, mit dieser Energie, die außer ihr niemand auf der Welt hat.

»Mann, du hast es geschafft! Mit deiner Sehnenscheidenentzündung!«

»Ach, das tut kaum noch weh ...«

»Irre, in so kurzer Zeit. Du trittst beim Grand Prix d'excellence an, Mat! Wenn man bedenkt, wo du herkommst ...«

Es gibt so Sachen, die will man nicht hören. Besonders abends, wenn man echt k.o. ist.

»Was soll das denn heißen?«, frage ich und schiebe sie von mir weg. »Unglaublich für einen Typen aus La Courneuve, oder was?«

»Was? Nein! Nach drei Monaten fit für den GPE sein, das ist einfach mal unglaublich, egal, für wen!«

»Besonders für einen Loser.«

»Hör auf, Mat, du bist alles andere als ein Loser! Du spielst nur gern diese Rolle.«

Ich gebe keine Antwort, mache ihre Arme von meinem Hals los und rücke ein Stück von ihr weg. Ich weiß, ich sollte auf so was nicht anspringen, aber ich hab langsam echt die Schnauze voll, das arme Ghettokind zu sein, das einen schwierigen Start hatte. Es kotzt mich total an, ich komm mir vor wie ein Hund aus dem Tierheim, dabei hab ich ein Zuhause, eine Mutter und einen Job, wie alle anderen auch.

»Bist du jetzt sauer auf mich?«, fragt sie gereizt und legt ihre Essstäbchen auf den Nachttisch. »Weil ich gesagt habe, dass ich deine Fortschritte bewundere? Ich glaub's ja nicht.«

»Du steckst da halt nicht drin.«

»Als ob du's so schlecht hättest ... Total viele Menschen

glauben an dich, du bist dabei, dir in der Musik einen Namen zu machen, du wirst ohne klassische Ausbildung bei einem superexklusiven Wettbewerb antreten, und du hast gute Chancen, Solist zu werden. Gibt ja wohl Schlimmeres, oder?«

Ich halte lieber weiter den Mund, weil ich mich kenne: Wenn ich jetzt was sage, gibt's Stress.

»Dann eben nicht!«, schnauzt sie und steht auf.

»Wo willst du hin?«

»Nach Hause.«

Ich sehe zu, wie sie finster ihre Schuhe zubindet, und versuche, mir einzureden, dass das Ganze Schwachsinn ist, dass wir uns noch nie in die Haare gekriegt haben, dass sie sich ihre perfekte Familie nicht ausgesucht hat, mit ihrem Dreißig-Ocken-Sushi, aber es funktioniert nicht. Ich denke an den Türsteher, der mich an ihrem Geburtstag rausgeworfen hat, an die beiden anderen, die mich als Pinguin verkleiden wollen, an diese ganze Szene, die mich akzeptiert, aber irgendwie auch nicht, wie ein Maskottchen.

»Du musst dir ja nicht den ganzen Tag lang denselben Scheiß anhören«, sage ich schließlich, während sie schon den Reißverschluss ihrer Daunenjacke zumacht.

Sie schnappt sich ihre Tasche, ihr Telefon und ihre Mütze, an der Tür zögert sie kurz. Wir wissen beide, dass es morgen komplizierter wird, wenn sie jetzt geht. Aber sie will nicht nachgeben, und ich auch nicht. Also macht sie die Tür auf, und die kalte Luft aus dem Flur strömt rein, und dieser spezielle Geruch nach Holz und Seife, der mir so vertraut geworden ist, dass ich manchmal denke, ich wohn hier schon ewig.

Anna ist schon im Flur, als sie sich plötzlich umdreht und mich direkt anschaut.

Ich habe mich nicht gerührt.

Und ich werde mich auch nicht rühren.

»Denkst du echt, du bist hier der Einzige, der Probleme hat, nur weil du nicht aus 'nem schicken Viertel kommst? Dass alle anderen immer akzeptiert werden und sich nie beweisen müssen? Tja, stell dir vor, bist du nicht. Wenn du dich genug selbst bemitleidet hast, merkst du's vielleicht irgendwann!«

Die Tür knallt so heftig hinter ihr zu, dass das Räucherstäbchen aus seinem Halter rutscht und in ein Häufchen Asche zerfällt.

32

Ich weiß nicht, wer beim Hinausgehen das Licht im Saal ausgeschaltet hat, aber es verleiht diesem Streitgespräch etwas sehr Symbolisches. Hier findet mein Boxkampf statt, auf der Bühne eines leeren Saals, im grellen Scheinwerferlicht, das nur die zwei Klaviere erhellt. Alexandre Delaunay, dem die Verschleierungstaktik leichter fällt als mir, legt sein Lächeln nicht ab, unschuldig, unbedarft, beinahe schüchtern, um dem Rudelführer deutlich seine Unterwürfigkeit zu demonstrieren. Er besteht darauf, uns Kaffee zu bringen, gerät angesichts der Modernität der Räumlichkeiten in Ekstase, stellt ein oder zwei Fragen, persönliche, aber nicht zu sehr. Und da er ein Meister seines Fachs ist, sieht er über mein Scheitern hinweg, um mich mit Lob zu überschütten. Wenn man ihn so reden hört, ist es mehr als ein Vergnügen, mich zu treffen, es ist eine Ehre, ein Segen, eine Weihe.

Er übertreibt, doch er macht seine Sache gut.

»Aber das ist es nicht, worüber ich mit Ihnen sprechen wollte«, gesteht er endlich.

Was für eine Überraschung. Die Kartonmappe, an deren Gummiband er seit einer Viertelstunde herumspielt, ist beschriftet mit »Vorschläge Paris«, und er hat sie nicht zufällig mitgebracht.

»André hat mich gebeten, ihm eine kleine Rückmeldung zu meinem Aufenthalt in Paris zu geben«, erklärt er, als er meinen Blick sieht. »Bei uns in Bordeaux ist das gang und gäbe ... Außenstehende sehen oft mehr.«

»Tatsächlich«, antworte ich kalt.

»Ich war überrascht, festzustellen, was ein Dritter im Gegensatz zu mir selbst alles sieht ...«

Nein, ich werde ihm nicht aus seiner Verlegenheit helfen, denn er sucht verzweifelt ein Zeichen der Bestätigung. Indem ich der beklemmenden Stille Raum gebe, zwinge ich ihn, zu dem Thema zu kommen, das ihn herführt, gleichzeitig muss ich ihm zugestehen, dass er es schafft, nie die Fassung zu verlieren.

»Ihr Schützling, der, den Sie antreten lassen beim GEP ... Wie heißt er nochmal?«

»Mathieu Malinski.«

»Ach ja, ich vergaß.«

Von wegen. Ich würde meine Hand dafür ins Feuer legen, dass seine »Malinski«-Akte in dem schönen Büro, das ihm Ressigeac freundlicherweise überlassen hat, jeden Tag dicker wird.

»Wie weit sind Sie mit dem PR-Programm für ihn?«, spricht er weiter.

»Ich verstehe nicht ganz.«

»Ihre Idee, einen jungen Mann *aus der Vorstadt* einzuführen, ist hervorragend, Pierre. Aber ohne eine richtige

Medienaktion riskieren Sie, dass Sie keinerlei Beachtung finden.«

»Mathieu ist ein Ausnahmepianist, es ist sehr unwahrscheinlich, dass er kein Aufsehen erregt.«

»Ich habe nicht von den Profis gesprochen, auch nicht von Fans – die sind Ihnen auf jeden Fall sicher –, sondern von der breiten Öffentlichkeit. Eine Geschichte wie diese kann uns im Internet ganz nach oben katapultieren, und dieses Haus hat das bitter nötig.«

Uns. Eine erste Person Plural, die beiläufig den Schleier über seinen Absichten lüftet. Ich gehe nicht darauf ein, ebenso wenig wie ich ihn darauf aufmerksam machen werde, dass er mir gerade die Suppe aufwärmt, die ich Ressigeac serviert habe.

»Aber dazu«, fährt er mit einer begeisterten Geste fort, »muss man vorgelagert angreifen.«

»Vor…gelagert.«

»Wenn Sie auf der Welle dieser Geschichte surfen wollen, müssen Sie es jetzt tun. Nach dem Wettbewerb wird es zu spät sein, selbst wenn Malinski – wie durch ein Wunder – den Grand Prix gewinnt.«

In seiner Mappe »Vorschläge Paris«, gibt es bunte, in blauen Buchstaben mit »GPE« beschriftete Plastikschnellhefter, die mir einen kalten Schauer über den Rücken jagen. Dieser Höflichkeitsbesuch gleicht einer Meuterei, und ich kenne Ressigeac gut genug, um zu wissen, auf welcher Seite er am Tag, wenn die Sturmglocke läutet, stehen wird.

»Folgendes würde ich anraten«, sagt er und zieht Listen heraus, eine Tabelle und einige Screenshots von Internetseiten.

Ich schaue ihm dabei zu, wie er seine Blätter auf den Tasten des Klaviers ausbreitet, auf dem Mathieu gerade das 2. *Konzert* von Rachmaninow gespielt hat, und ich frage mich, ob er sich daran erinnert, selbst einmal Musiker gewesen zu sein, sogar einer der vielversprechendsten seiner Generation.

»In einem ersten Schritt gehen wir die Blogs an – fachbezogene, aber nicht nur –, in erster Linie die Influencer. Dann die Nachrichtenseiten … Sie verbreiten unsere Geschichte, der Junge aus der Vorstadt, der an einem großen Musikwettbewerb teilnimmt … Das alles lassen wir sich zwei Tage lang setzen, und dann tauchen wir auf Twitter auf. Geben klar und eindeutig bekannt, dass Malinski zu einer Haftstrafe verurteilt wurde, dass sein Strafurteil umgewandelt wurde, dass das Konservatorium sein Genie entdeckt hat und ihm eine Chance gegeben hat. Ich wette, das wird in den 20-Uhr-Nachrichten enden.«

Zwei Dinge fallen mir während seiner Teppichhändlerrede auf. Erstens überschlagen sich seine Worte zunehmend, bis ich ihm fast nicht mehr folgen kann. Und zweitens – etwas harmloser: Je mehr sich seine wahre Natur abzeichnet, desto nervöser trommelt Delaunay auf den Lack des Klaviers und hinterlässt dabei Fingerabdrücke, die mich auf die Palme bringen.

»Was sagen Sie dazu?«, fragt er stolz.

»Ich sage dazu: Es ist ausgeschlossen, dass diese Information wo auch immer preisgegeben wird. Mathieu Malinski ist mein Schüler, kein Tanzbär.«

»Ich dachte ...«

»Falsch gedacht.«

Mit echter Überraschung sucht Delaunay in meinem Gesicht nach den Antworten, die ich ihm nicht gebe.

»André hätte Ihnen nicht von seiner Haftstrafe erzählen dürfen«, sage ich nach einer Pause. »Das geht niemanden etwas an, und vor allem nicht die sozialen Netzwerke.«

»Ich dachte, das wäre öffentlich bekannt.«

»Ist es nicht.«

»Hier im Haus wissen es jedenfalls alle, kann ich Ihnen sagen.«

Mich wundert nichts mehr. Ich nehme an, Ressigeac hat die Geschichte wahllos auf den Fluren verbreitet, in der Hoffnung, sein öffentliches Image kostengünstig neu zu vergolden. Sankt André vom Konservatorium, Patron der Benachteiligten.

»Wie auch immer. Das würde die Verletzung der Privatsphäre eines Schülers bedeuten und Mathieu hätte das Recht, uns dafür zu verklagen.«

»Wenn es das ist, was Sie zurückhält«, antwortet er lächelnd, »können Sie ganz beruhigt sein: So schnell wird sich ein Junge aus der Vorstadt schon keinen Anwalt nehmen, um das Pariser Konservatorium zu verklagen – insbesondere, wenn man ihm den Ruhm auf einem Silbertablett serviert.«

Ich stehe auf und werfe ihm einen Blick zu, der ätzend genug sein dürfte, um ihm die Netzhaut zu verbrennen.

»Lassen Sie es mich ganz deutlich sagen, Alexandre: Sollte diese Information in der Presse bekannt werden, wird Malinski von meinem Anwalt vertreten.«

Sein Lächeln verzerrt sich, aber der Panzer bekommt keinen Riss.

»In Ordnung, vergessen wir das! Ich wollte nur helfen. Es besteht wohl kein Interesse an meinen Unterlagen?«

»Nicht direkt, nein.«

Er packt seinen Marketingschnickschnack wieder ein, steht auch auf und reicht mir die Hand, mit einer Diplomatie, dass ich mir vorkomme wie im Ministerium – nur der Prunk fehlt.

»Ich hoffe, Sie nehmen mir das nicht übel. Wie ich vorhin sagte, ich gebe nur einen Denkanstoß von außen, rein beratend ... Und zu meiner Verteidigung: André hat mir Ihren Protegé wirklich als eine Medienkampagne dargestellt.«

»Ich weiß. Danke, Alexandre.«

»Ich bitte Sie, Pierre, es war mir ein Vergnügen.«

Ich lasse ihn stehen, mit seinen Papieren, seinen Schnellheftern, seinen Listen, seinen Aufklebern, um so schnell wie möglich diesen Saal zu verlassen, der mich erstickt. Das ist wohl das erste Mal, dass der Große Saal des Konservatoriums mir zu klein für zwei erscheint.

Dann erklingen zwei Noten.

Zwei einzelne Noten, Vorboten.

Fantaisie-Impromptu in cis-Moll.

In weniger als zehn Sekunden werden sie zu einer Flut werden.

Ohne mich umzudrehen, blockiere ich die Tür mit meiner Fußspitze, um sie offen zu halten, und ich warte. Ich atme langsam, hoffe, dass dieser kleine Kotzbrocken spielt wie der Technokrat, der er geworden ist, dass er seine Flügel verloren hat, bete dafür, dass Chopin ihm die Lektion erteilt, die er verdient. Aber die Musik steigt auf wie eine Fülle von Edelsteinen, mit einer solchen Leichtigkeit, dass man sich vorstellt, tausend Finger huschten über die Tasten. Sie durchdringen meinen Kopf, das Blut, das Herz, wie ein Gewittersturm, und ich ärgere mich, dass ich mich mitreißen lasse.

Also hebe ich den Fuß, die Tür schließt sich, und ich gehe über den Flur, den Kopf leer.

33

Ich hab Rosen genommen. Rote. Zehn Stück, waren im Angebot, trotzdem immer noch fünfzehn Euro. Sieht gar nicht mal so schlecht aus, vor allem mit dem Farnzeugs, der Schleife und dem Goldsticker, die der Florist da drangedingst hat. Er wollte mich natürlich erst übers Ohr hauen, hat gefragt, ob es für eine junge oder eine ältere Frau oder eine alte Dame wäre – anscheinend seh ich aus, als ob ich auf Omas stehe –, weil mein Strauß angeblich nicht für jeden was wäre. Und dann wollte er mir eine Orchidee im Topf andrehen, die nach nichts aussah, für fünfundzwanzig Euro. Ich weiß, dass um Blumen viel Geschiss gemacht wird, dass man die richtigen Blumen danach aussucht, wem und warum man sie schenkt, aber ich glaube, außer meiner Mutter interessiert das kein Schwein. Eigentlich wundert's mich, dass der Typ davon geredet hat, weil ich dachte echt, so ein Aufriss um ein paar Blumen wird nur in Polen gemacht.

Es ist schön heute Morgen.

Kalt und sonnig, wolkenloser Himmel.

Auf der Straße komme ich mir ein bisschen dämlich vor mit meinen Rosen, aber es ist auch witzig, alle Frauen drehen sich lächelnd nach mir um. Die denken, dass ich mich mit meiner Freundin treffe, in Zeitlupe auf sie zurenne, wie in der Werbung, sie in den Arm nehme und dann drehe wie einen Kreisel, bis es mir hochkommt. Falsch gedacht. Wenn die wüssten, für wen die Blumen sind, würden sie nicht so rehäugig glotzen.

Anna hat sich seit gestern nicht gemeldet, wahrscheinlich schmollt sie noch, und das trifft sich gut, ich nämlich auch. Sie kann sich ihre prinzessliche Herablassung sonst wohin stecken. Und was ihren Vortrag betrifft, dass wir uns alle beweisen müssen: Klar doch, guter Witz. Ich sehe es doch jeden Tag bei ihr, sie geht durch die Welt wie auf Wolken. Im Unterricht, in der Métro, auf der Straße, überall erntet sie nur neidische Blicke, weil sie schön ist, und intelligent, und reich. Isso. Wenn ich auf der Straße angeguckt werde, fühlt sich das an wie Anspucken. Trotzdem schaue ich seit heute früh alle zehn Minuten auf mein Handy – kein Anruf, keine SMS – und denke, vielleicht war's das.

Wir sind sowieso zu verschieden.

Die Concierge hält mir die Tür auf und fragt, für wen die schönen Blumen sind, und ich ziehe sie ein bisschen auf, inzwischen mag ich sie. Sie hat eine Weile gebraucht, ehe sie registriert hatte, dass ich kein Idiot bin, der nur Party macht, aber seitdem ist sie supernett. Sie erzählt mir Geschichten aus dem Haus, die außer mir niemand hören will, und außerdem ist sie – außer der Comtesse – die Einzige, die mich ›Monsieur‹ nennt. Ich find's witzig.

Als ich im vierten Stock vor der Tür stehe, traue ich mich nicht gleich zu klingeln. Ich hab Madame Geithner vielleicht dreimal gesehen. Ich weiß nicht, was ich von ihr halten soll, sie wirkt ein bisschen kühl, aber andererseits kann ich's irgendwie verstehen. Ihr Mann hat mich ihr einfach vor die Nase gesetzt, in ihr Studio, mietfrei, Nebenkosten inklusive, und die Putzfrau wechselt Bettwäsche und Handtücher. Fünf-Sterne-Hotel. Und ich, was hab ich dafür gemacht? Ihn zum Döner eingeladen. Wenn ich mich nicht mit Kevin gestritten hätte, hätte ich ihm was Richtiges schenken können, ein iPad oder ein Handy, aber das würde er sowieso nicht annehmen, weil ihm klar wäre, wo es herkommt.

Ich komm mir vor wie ein Schmarotzer.

Madame Geithner macht beim dritten Klingeln auf, im Bademantel; sie sieht aus, als käme sie aus dem Grab. Ungeschminkt und mit ausgeprägten Augenringen wirkt sie viel älter als Geithner, oder vielleicht liegt's auch am Licht.

»Guten Tag«, sagt sie beinahe misstrauisch.

»Guten Tag. Tut mir leid, habe ich Sie geweckt?«

»Nein, nein.«

Doch, hab ich, aber sie will nicht zugeben, dass sie um elf Uhr vormittags aus der Koje kriecht, wo alle aus dem Haus schon seit Stunden auf Arbeit sind. Kann ich verstehen.

»Hier, bitte, die sind für Sie.« Ich halte ihr die Blumen hin.

»Für mich? Wie komme ich denn zu der Ehre?«

»Ich wollte mich bedanken. Dass ich hier wohnen darf und überhaupt für alles.«

»Das ist nett. Verlassen Sie uns?«

»Ähm ... nein, noch nicht. Aber der Wettbewerb ist bald, danach ziehe ich wieder nach Hause.«

»Ihre Eltern vermissen Sie sicher schon.«

»Ähm, bestimmt.«

Nachdem sie sich wieder eingekriegt hat über die Blumen – das sieht man's mal wieder, meine Mutter macht viel zu viel Theater –, bittet sie mich auf einen Tee herein, den ich nicht ablehne, weil ich will, dass sie mich mag, wenigstens so viel, dass ich noch ein, zwei Wochen länger oben im Studio bleiben darf, wo ich mich so wohl fühle, wohler als sonst irgendwo.

»Setzen Sie sich. Ich komme gleich, machen Sie es sich bequem.«

Das Wohnzimmer der Geithners – ich sehe es zum ersten Mal – ist nicht so groß, wie ich es mir vorgestellt hatte, aber es haut einen um. An der Wand hängt ein einziges Bild, ein kupferner Kreis auf dunklem Metall. Das Sofa sieht aus wie neu, als hätte noch nie jemand drauf gesessen. Im Bücherschrank stehen lauter alte Schinken, die bestimmt ein Vermögen kosten. Kein Nippes, keine Figuren, keine Regale – kein Vergleich zu dem Schnickschnack bei meiner Mutter und den ganzen Heiligenbildern, die sie überall aufgehängt hat, damit die Heilige Jungfrau uns beschützt.

Zum Glück hatte ich noch nie Besuch.

»Tut mir leid, dass es so lange gedauert hat.«
»Kein Ding.«

In Hose, beigem Pullover, gekämmt und leicht geschminkt, ähnelt sie wieder der schönen Frau, der ich im Treppenhaus begegnet bin.

»Zucker?«

»Nein, danke.«

Sie hat das Tablett – Tee und Kekse – auf einem niedrigen Tischchen abgestellt, ehe sie meine Blumen gut sichtbar in eine kupferige Metallvase platzierte, die zu den Lampen passt. Selbst dafür ist etwas vorgesehen, damit die Blumen nicht im Bierkrug landen.

Ich traue mich kaum, an meinem Spekulatius zu knabbern, weil ich Angst habe, ich krümel auf den Teppich.

»Wie geht es mit der Vorbereitung?«

»Gut.«

»Denken Sie, Sie sind bereit?«

»So bereit, wie es geht.«

»Für Sie ist das alles bestimmt auch nicht einfach.«

Auch nicht? Mir wird ungemütlich. Ich weiß nicht, was sie meint oder warum sie mich so mitleidig-mütterlich anguckt.

»Glauben Sie wirklich, dass Sie eine Chance haben, den Preis zu gewinnen?«, fragt sie, als ob das Gegenteil klar wäre.

»Ich weiß nicht … Ich versuch's.«

Ihr kleines, trauriges Lachen macht ihr eine Falte im Augenwinkel.

»Pierre hatte einen seiner verrückten Einfälle und hat Sie da mit hineingezogen. Er hat die Konsequenzen nicht bedacht, was das mit Ihrem Leben macht. Auf einmal werden Sie ohne jede Legitimation in ein Milieu katapultiert, in das Sie nicht hineingehören, das Sie ablehnt und verurteilt … Sie haben es selbst gesehen, diese Welt ist sehr klein, und die Menschen sind grausam.«

»Ach, ich komm schon klar.«

»Das bezweifele ich nicht, aber wenn Sie auf den Boden der Tatsachen zurückkehren, gibt es womöglich ein böses Erwachen.«

Ich stelle meine Tasse ab, ohne einen einzigen Schluck getrunken zu haben. Das Zeug ist kochend heiß. Und außerdem mag ich keinen Tee, das ist bloß heißes Wasser mit bitterem Nachgeschmack.

»Hat Pierre Ihnen gesagt, dass er seine Stelle riskiert?«, fragt sie und beißt von einem Spekulatius ab.

»Ja, hat er.«

»Das wundert mich. Ich hätte gedacht, dass er es geheim hält … Gerade vor Ihnen.«

»Wieso gerade vor mir?«

»Weil er Sie benutzt hat, Mathieu. Der Junge aus dem Vorort, ein Autodidakt, beim Grand Prix d'excellence. Sie glauben doch nicht etwa, dass es ihm an Kandidaten mangelt, die um einiges qualifizierter sind als Sie.«

Als würde sie mir Zeit geben, zu verdauen, was sie mir gerade an den Kopf geworfen hat, nimmt sie mit spitzen Lippen zwei Schluck Tee.

»Was ich wirklich traurig finde, ist, dass Sie sich beide lächerlich machen werden.«

Ich habe einen Kloß im Hals, aber versuche, einen kühlen Kopf zu bewahren, weil das alles Bullshit ist, weil ihr Mann lieber im Treppenhaus sitzt, als den Abend mit ihr zu verbringen.

»Es geht mich ja nichts an, aber ich finde das sehr unschön, was er da mit Ihnen macht, Mathieu. So ein netter junger Mann, Sie haben etwas Besseres verdient.«

»Ich kann mich wirklich nicht beklagen. Ihr Mann hat mir geholfen, als ich … Probleme hatte, er hat mir vertraut, er hat mir Unterricht bei der besten Professorin vom Konservatorium ermöglicht. Er überlässt mir – ich meine, Sie überlassen mir – ein super Studio …«

»Und Sie haben sich nie gefragt, weshalb.«

Doch, allerdings. Ich dachte sogar, er ist ein alter Perversling.

»Ich weiß nicht, wonach Sie hier suchen, Mathieu«, sagt sie und steht auf. »Eine Karriere, Kontakte … Pierre jedenfalls sucht seinen Sohn. Und den bekommt er nicht zurück.«

Als sie sich auf die Zehenspitzen stellt, um ein gerahmtes Foto aus dem Bücherregal zu nehmen, kapier ich es. Ich kapiere, wieso Pierre Geithner alles für mich getan hat, ohne zu zögern, warum er mich so hartnäckig verfolgt, mir sogar den Knast erspart, auf einem überfüllten Bahnhof auf mich gewartet hat, um mir eine Zukunft anzubieten, von der ich nichts wissen wollte.

Mich gibt es nicht wirklich.

Ich bin bloß ein Gespenst.

»Er hieß Thomas«, sagt sie und legt das Foto vor mich hin. »Er war fünfzehn, letztes Jahr ist er an Leukämie gestorben. Das Studio, in dem Sie wohnen, ist seins, das heißt, wir hatten es ihm für später, fürs Studium, eingerichtet.«

Ich will was sagen, irgendwas, und wenn es nur »Tut mir leid« ist, aber es kommt nichts raus. Meine Kehle ist so zugeschnürt, dass es weh tut, und mir kommen die Tränen, als wäre ich ein kleiner Junge, verdammte Scheiße noch mal. Ich bin sauer auf mich.

»So«, schließt sie. »Nun wissen Sie alles. Wenn ich Sie wäre, würde ich mir das gut überlegen. Noch ist Zeit, Ihnen, Ihnen beiden, eine öffentliche Demütigung zu ersparen. Sie sind noch jung, Sie stecken das weg, aber Pierre würde das nicht verkraften.«

Ich kann immer noch nichts sagen, nicke nur.

»Es tut mir aufrichtig leid für Sie, Mathieu. Sie waren einfach zur falschen Zeit am falschen Ort.«

Sie bringt mich zur Tür, vorher stellt sie meine noch volle Tasse zurück aufs Tablett und wischt mit einer Serviettenecke den fast unsichtbaren Ring auf, der sich auf dem Tisch gebildet hat. Nichts bleibt zurück, genauso, wie auch in dem Zimmer im sechsten Stock nichts zurückbleiben wird, nicht mal eine Erinnerung, dass ich mal da war, nichts als der Schatten eines Typen, der nie gelebt hat.

Sie haben das Klavier mitten im Wohnzimmer abgeladen, wie ein Schiffswrack. Es ist ihm größer vorgekommen, auch dunkler, und sein Rücken, den es während all der Jahre versteckt hat, ist nur eine nackte, verstaubte Platte. Sie haben es auf der Treppe zweimal angestoßen und im Holz einen langen Kratzer hinterlassen, eine Wunde, die unter den Fingern schreit. Bei jedem Schlag hat der Jugendliche die Augen geschlossen, als könnte ein Instrument Schmerzen empfinden, als verflögen all die Klänge die es beherbergt, um nie wiederzukommen.

Zwei Stockwerke, das ist viel für ein Klavier.

Sie mussten es in den Flur zwängen, die Nachbarn um Hilfe bitten, ihm einen Platz in dem neuen Zimmer schaffen. Als es jetzt an der Wand steht, zeigt es wieder sein altbekanntes Gesicht, seinen Lack, seine Farben, obwohl es in Trauer ist, obwohl sein Deckel, gehalten von einem langen Stück Klebeband, sich nicht mehr öffnen zu wollen scheint. Es hat jetzt Frieden in seinem neuen Zuhause.

Der Jugendliche streichelt es, wie man ein Tier beruhigt, schluckt die Tränen hinunter, denn ein Mann weint nicht. Ein kleiner Junge vielleicht, aber mit dreizehn Jahren ist man kein kleiner Junge mehr. Von ganzem Herzen, gebrochenem Herzen, dankt er dem Himmel – an den er noch glaubt –, dass er sie nicht getrennt hat, nicht auf seine Mutter gehört hat. Sie hat das Klavier nicht gewollt, weil es zu groß ist, zu schwer, weil sie kein Geld hat, die Stunden teuer sind, es einstauben und allmählich verkommen wird, während es jemand anderem Freude bereiten könnte.

Aber Brüder trennt man nicht.

Monsieur Jacques ist tot. Einfach so, eines Morgens, in seinem Sessel. Man hat ihn auf einer Bahre hinuntergetragen, in einem Sack in der Farbe von Beton, niemand hat ihn im Krankenwagen begleitet, nur die Feuerwehrleute und die Gedanken des Jugendlichen, der ihm zugeschaut hat, wie er fortgegangen ist. Das Klavier ist allein zurückgeblieben, hat lange hinter einer stummen Tür gewartet, dann haben sie sie geöffnet, alles in Kartons gepackt, alles durcheinander: Fotos, Kleider, Töpfe. Sie sind mit einem Papier vom Notar heraufgekommen, dem Übernahmevertrag des Klaviers, und haben sich geweigert, es mitzunehmen, weil sie keinen Platz hätten, nicht das Recht hätten, und es ist dort geblieben, im Wohnzimmer, mit seinem Wachsgeruch.

Sie haben auch einen Brief dagelassen.

Einen verschlossenen Umschlag mit dem Namen des Jugendlichen, unterstrichen mit blauer Tinte.

Er hat ihn nicht geöffnet.

Wie jeden Abend setzt er sich im Halbdunkel seines Zimmers an das Klavier, hebt die Klappe, legt die Finger auf die Tasten und sucht in seinem Innern die Kraft zu spielen. Er findet sie nicht mehr. Die Freude ist tot, genau wie er, vielleicht ist es die Traurigkeit, und sie mag vorübergehen. Dann weint er, weil er noch kein Mann ist, weil er dreizehn Jahre alt ist, weil jede Note eine Träne befreit – und weil Monsieur Jacques gesagt hat, dass man sie nicht zurückhalten muss.

Vielleicht kommt sie wieder.

Wie jeden Abend wendet er diesen Umschlag in seinen Händen, in dem die Worte des Mannes schlummern, der mit der Musik lebte, und das bricht ihm das Herz. Er brennt darauf, ihn zu lesen, aber er weiß, dass, sobald er ihn öffnet, alles zu Ende sein wird, seine Stimme für immer davonfliegen wird, und ihm bleibt nur noch die Erinnerung. Also legt er ihn wieder hin, legt ihn ein weiteres Mal auf die Klaviatur, bevor er die Klappe wieder schließt.

Diesen Brief wird er niemals öffnen.

34

»Nee, oder, guck mal, wer da kommt!«

Hier hat sich nichts geändert. Dieselbe Bank, dieselbe Shisha, derselbe Geruch nach künstlichem Apfelaroma, und das Dröhnen der Mopeds auf den Parkplätzen.

»Der Herr Dirigent auf Staatsbesuch!«

Driss und Kevin hocken auf ihrer Lehne, gucken mich durch eine Rauchwolke an und reden, als wäre ich nicht da.

»Was will der denn hier?«

»Keine Ahnung. Den armen Kindern aus der Cité Klavierstunden geben.«

»Dein Ernst? Hat der kein Schiss, dass er abgezogen wird?«

Mein voller Rucksack hängt mir schwer auf einer Schulter. Er kommt mir schwerer vor als vorher, vielleicht, weil Anna mir ein dickes Sweatshirt geschenkt hat, oder einfach, weil grade alles schwer ist.

Ich zögere.

Ich stell den Rucksack ab.

Und setz mich zwischen die beiden.

»Ohne Scheiß!«, sagt Kevin.

»Das ist zu viel Ehre, *Herr Kapellmeister!*«, beteuert Driss, der als Kind bestimmt fünfzigmal *Drei Bruchpiloten in Paris* gesehen hat.
»Ist gut jetzt.«
Zehn Sekunden Stille.
»Bist du rausgeflogen bei den Spießern?«, fragt Kevin.
»Nein. Bin abgehauen.«
»Hast du uns so vermisst?«
»Die gingen mir auf den Sack.«
Ein paar Typen schieben einen Roller an uns vorbei und hinterlassen eine lange Ölspur. Ein Lieferwagen fährt los, der Alte aus dem Dritten reißt die Fenster auf, damit alle was von Aznavours Geschnulze haben, und die Kleine von den Nachbarn tanzt im Prinzessinnenkostüm vor dem Haus.
Keine Ahnung, wie ich mich grad fühle.
Erleichtert, schuldbewusst, müde.
»Alter, wir raffens nicht«, feixt Driss und boxt mir gegen die Schulter. »Du kriegst ein halbes Jahr Sozialstunden, aber dann lernen sie dir Klavierspielen – ohne Scheiß, wie geht das –, dann pennst du plötzlich in Paris, kein Schwein weiß, wo, dann machst du beim Großen Preis von wer weiß was mit …«
»Drauf geschissen«, unterbricht Kevin. »Geht mir am Arsch vorbei.«
Ich nicke und starre vor mich hin, auf die Hochhäuser, und nehme den Shisha-Schlauch, den Driss mir hinhält.
»Ist besser so. Interessiert eh kein Schwein.«

»Und das Babe?«

»Welches Babe?«

»Ach, hast du mehr als eine Bombe mit Knackarsch abgeschleppt, oder was?«

Mir wäre es lieber, sie würden Anna vergessen, was ich auch schon seit heute Morgen versuche, aber klar, das Einzige, was sie wirklich noch wissen von der Begegnung bei Les Halles, ist sie. Vorhin im Zug wollte ich ihre Nummer löschen, aber im letzten Moment hab ich's nicht gemacht, weil ich mir nicht sicher war, ob dann nicht auch die SMS gelöscht werden.

»Ist auch vorbei.«

»Die ist dir wohl auch auf den Sack gegangen?«

Driss prustet los, er brüllt vor Lachen. Normalerweise hätte ich das auch getan, aber grade hab ich richtig Bock, ihm eins aufs Maul zu geben. Und weil er nie weiß, wann es reicht, macht er weiter, ein anzüglicher Witz nach dem anderen, bis Kevin ihn mit einem Blick zum Schweigen bringt.

»Sorry«, sagt er schließlich.

Zu spät, ich bin schon aufgestanden, hab meinen Rucksack und einen letzten Zug aus der Shisha genommen.

»Boah Alter, jetzt komm mal klar«, schreit Driss. »Du bist ultraempfindlich geworden ... Haben deine neuen Kumpels abgefärbt, oder was?«

»Alles cool, ich bin nicht sauer. Nur müde, ich bring meine Sachen hoch.«

Kevin, der Schwachmat, packt mich am Nacken und

strubbelt mir durch die Haare – das hasse ich mehr als alles andere, schon immer, aber komischerweise tut es gut. Ich fühl mich dermaßen einsam, dass ich fast anfange zu flennen.

»Na, los, Digga, bring dein Zeug weg. Kommst du nachher runter?«

»Keine Ahnung. Vielleicht später.«

»Heute Abend ist ein Konzert. Die Cousine von Kamel, kennste? Die hat eine Hip-Hop-Band gegründet.«

»Da gibt's was zum Abschleppen«, fügt Driss hinzu.

»Mal sehen.«

Er bläst mir den Rauch direkt ins Gesicht, eine Mischung aus Apfel und McDonald's-Atem.

»Verzeihen Sie, dass es keine Oper ist, *Herr Kapellmeister*!«

»Reg dich ab, wir sagen denen, sie sollen Geige spielen«, feixt Kevin.

Im Weggehen höre ich, wie die zwei Idioten einen schrecklichen Kanon anstimmen, das soll anscheinend Operngesang darstellen. Ich hör das Gegröle ziemlich lange, bis zu den Mülleimern vor meinem Haus. Das wird wohl noch eine Weile so gehen.

»Und nachher kommst du mit! Sonst holen wir dich!«

Ich werd nicht mitgehen. Das ist vorbei. Lieber guck ich Fernsehen oder mach mit meinem Bruder Hausaufgaben oder starre die Decke in meinem Zimmer an, von der schon die Farbe abblättert. Ich hab keinen Bock mehr, mich zu verstellen, mir Konzerte reinzuziehen, bei denen ich Ohrenkrebs kriege, einen auf Gangster zu machen, nur damit die Mädels mich mitkriegen. Ich setz meine Basecap nicht mehr auf. Ich bin jetzt ein Pariser Spacko, ich sitze gern vor Cafés, oder im Jardin du Luxembourg in der Sonne, esse gern Döner vor der Sorbonne, es gefällt mir, wenn die Concierge mich Monsieur nennt und ich mag duftende Handtücher. Ich bin ein Scheißspießer geworden.

Hoffentlich geht das bald vorbei.

*

Das Hackmesser auf dem Küchenbrett rattert wie ein Maschinengewehr. Ich hab schon immer gesagt, dass meine Mutter lieber ein polnisches Restaurant aufmachen sollte, anstatt fünf Nächte die Woche im Krankenhaus malochen. Erstens kocht sie nicht schlecht, und zweitens kennt hier niemand ihre Gerichte. »Von zu Hause«, wie sie immer sagt. In der Rue des Canettes würde sie richtig einschlagen.

Außerdem schneidet sie Gemüse schneller als eine Maschine.

»Maman, bist du da?«

Die Karottenscheiben kullern in den Ausguss und ihre Augen werden so groß, als hätte sie – endlich – die Heilige Jungfrau gesehen. Sie ist so überrascht, dass sie sich fast in den Finger schneidet.

»Das fragst du mich?«

Sie umarmt mich, und wie immer mischt sich der Krankenhausgeruch mit dem Duft nach Essen.

»Bleibst du zum Mittagessen?«, fragt sie, als wäre ich ein Fremder.

»Ich bleibe ganz hier. Ich bin wieder da.«

Anstatt wie erwartet Luftsprünge zu machen, runzelt sie die Stirn und beäugt meinen Rucksack.

»Du hast wieder Ärger.«

»Nein, Maman.«

»Ganz sicher? Wenn ich rauskriege, dass du wieder Dummheiten gemacht hast …«

»Ich hab gar nichts gemacht.«

»Und deine Strafarbeit? Das geht doch weiter?«

»Nein, ich glaub nicht.«

»Was soll das heißen, du glaubst nicht? Machst du jetzt die Entscheidungen?«

»Ich erklär's dir später, ist ein bisschen verzwickt.«

Mit dem Messer und ihrem misstrauischen Blick sieht sie aus wie ein Serienmörder, aber ich sag nichts, weil ihr nicht zum Lachen ist.

»Ich höre, Mathieu.«

Ich hasse diesen Ton, als Kind hatte ich richtig Angst davor und fälschte sogar manchmal ihre Unterschrift, wenn ich einen Eintrag nicht zeigen wollte. Ich hatte solche Angst, angeschnauzt zu werden, dass ich mit meinen Noten trickste, ich malte eine 1 vor die 4 Punkte in Mathe, damit ich meine Ruhe hatte – bis zur Notenkonferenz, wo sie dann herausfand, dass ich sie angelogen hatte. Immer hat das nicht geklappt, 18 Punkte in Englisch nahm mir niemand ab.

Das Einzige, wo ich nie mogeln musste, ist Musik. Wobei – ich bekam ein Diplom für die Meisterklasse am Pariser Konservatorium, nur weil ich im Großen Saal die *Ungarische Rhapsodie* gespielt habe.

»Kommt da heute noch was?«

Den Satz hab ich auch schon oft gehört.

»Ich putze schon lange nicht mehr, Maman.«

»Du bringst mich noch ins Grab, Mathieu. Was hast du dann die ganze Zeit in Paris gemacht?«

»Klavier gespielt.«

Hätte ich gesagt: »Ich hab Crack vertickt«, sie würde nicht geschockter gucken.

»Und Monsieur Geithner weiß davon?«

»Was glaubst du denn?«

Sie glaubt gar nichts mehr, ihre Welt ist aus den Fugen, also erzähle ich ihr alles: von Anfang an, von Bachs *Präludium* bis zu Rachmaninows *2. Klavierkonzert*, von der Visitenkarte und den Sozialstunden. Wie ich vom Putzmann zum Solisten aufgestiegen bin. Wie ich für den Wettbewerb ausgewählt wurde, mein offener Krieg mit der Comtesse, mein Rivale, die Sehnenscheidenentzündung. Das Studio. Alles bis auf Anna, um ihr nicht weh zu tun, weil sie mir immer vorwirft, dass ich ihr nie meine Freundinnen vorstelle. Ach, scheiß drauf, jetzt ist es auch egal, ich erzähle auch von Anna, ignoriere ihre Frage – warum ich sie nicht mal mitgebracht habe – und verschweige, warum wir uns getrennt haben. Ich will nicht, dass sie merkt, dass ich mich für sie schäme.

Ab und zu blickt sie flehend nach oben, ruft Gott um Beistand an, flüstert was auf Polnisch. Dann unterbricht sie mich, stellt eine Frage, versucht, die unverständlichen Puzzleteile zusammenzusetzen, die ich ihr hinwerfe, ohne Luft zu holen.

Hört sich alles total verrückt an, jetzt, wo ich es erzähle.

»Warum hast du nichts gesagt, Mathieu?«

»Ich wollte nicht, dass du dir Sorgen machst.«

»Dachtest du etwa, ich mache mir keine Sorgen, dass du plötzlich ›bei einer Freundin‹ wohnst und dich nie meldest?«

»Ich hab dir ständig geschrieben.«

»Das ist kein Melden.«

»Es tut mir leid, ich wollte dir alles danach erzählen.«

»Wonach?«

Die Frage, echt. Sie hat wirklich vergessen, wie viel Energie sie reingesteckt hat, mir das Klavierspielen zu vermiesen, unter dem Vorwand, wir hätten kein Geld für die Stunden. Jahrelang hab ich nachts gespielt, wenn sie auf Arbeit war, oder in Bahnhöfen, mutterseelenallein in der Menge, immer in der Angst, dass eine von ihren Kolleginnen mich zufällig sieht. Die Musik machte mir mehr Angst als meine Zeugnisse, ich hatte total Schiss, dass ich eines Tages nach Hause komme und mein Zimmer leer ist, weil auch ein altes, hässliches Klavier auf Ebay noch 300 Euro bringt.

»Nach dem Wettbewerb. Wenn ich vorher was gesagt hätte, wärst du mir so lange auf den Sack gegangen, bis ich aufhöre.«

»Das ist unhöflich, Mathieu!«

»Okay. Du hättest alles getan, damit ich aufhöre.«

Sie setzt sich an ihr Schneidebrett, und in ihrem Blick liegt so viel Traurigkeit, dass ich schon bereue, nicht die Klappe gehalten zu haben. Lügen ist und bleibt die beste Strategie bei meiner Mutter.

»Du hast mich missverstanden«, sagt sie endlich. »Du hast mit Klavierspielen aufgehört, weil ich dir keinen Unterricht bezahlen konnte, nicht mal mit Überstunden. Talent allein reicht nicht. Man braucht Geld. Ich wollte nicht, dass du unglücklich bist.«

»Ja, danke, weiß ich. Die Predigt kenn ich in- und auswendig, kannst du dir also sparen.«

Wieder blickt sie flehend zu Gott – also zur Decke –, dann legt sie mir eine Hand auf den Arm.

»Ich bin deine Mutter, Mathieu. Glaubst du wirklich, ich hätte dich von so einer Chance abgehalten?«

Ich bin sprachlos.

»Das ist ein Wunder, was dir da passiert. Geh zurück nach Paris! Mach bei dem Wettbewerb mit, zeig ihnen, dass du der Beste bist!«

»Nein, das ist vorbei.«

»Sag so was nicht. Du kannst nicht einfach aufgeben.«

»Oh, doch, kann ich. Du hattest recht, Klavier ist was für Reiche.«

Schweigend, mit einer traurigen Zärtlichkeit, schaut sie mich an, und ich merke, dass sie unter dem Panzer einer Dampfwalze genauso ist wie alle anderen, voller Zweifel und Bedauern. Sie muss auch mal Träume gehabt haben, die mit der Realität zusammengekracht sind wie ein Auto gegen einen Baum. Sie ist meine Mutter, aber eigentlich weiß ich nicht viel von ihr. Eltern sind wie Möbel, du fragst dich irgendwie nie, warum sie da sind.

Sie bricht das Schweigen.

»Was machst du jetzt?«

»Ich geh wieder arbeiten. Ist doch bestimmt nicht leicht, seit ich aufgehört habe.«

»Ich komme sehr gut zurecht, Mathieu.«

Gerade als ich ihr antworten will, hören wir den Schlüssel im Schloss und Davids Freudenschrei, als er meine Jacke im Flur sieht.

»Mat!«

Sie lächelt mütterlich und wendet sich wieder Möhre und Messer zu.

»Sag deinem Bruder Hallo. Er hat dich vermisst.«

35

Drei Tage ohne Nachricht. Das sollte kein Grund zur Sorge sein, und eigentlich mache ich mir auch keine Sorgen, ich bin ungeduldig. Ich nehme an, das ist normal, der beste Weg, vor dem Endspurt neue Kraft zu schöpfen, ist, sich zurückzuziehen. Zwei Tage vor dem Wettbewerb wäre es allerdings langsam Zeit, an die Garderobe zu denken. Mathieu braucht einen Anzug, ein gutes Hemd, vielleicht eine Krawatte – wenn es mir gelingt, ihn zu überzeugen – und Schuhe. Und auch, wenn mein netter Änderungsschneider Säume in zwei Stunden macht, würde ich lieber nichts dem Zufall überlassen. Ich bin keiner von denen, die auf lastminute.com ihren Urlaub buchen oder, eine Stunde bevor die Gäste kommen, aus dem Stehgreif ein Essen vorbereiten. So ist es nun einmal, ich kann nicht anders, ich gehe gern auf Nummer Sicher.

Und doch, ich mache mir Sorgen. Ein bisschen zumindest.

Vielleicht ist er krank oder hatte einen Unfall.

Es trifft nicht immer nur andere.

Ich habe dreimal an die Tür geklopft, bevor ich mit dem unangenehmen Gefühl, gegen meine Prinzipien zu verstoßen, meinen Schlüssel herausgeholt habe. Das ist nicht mehr meine Wohnung, nicht, solange Mathieu hier wohnt. Als ich ihm dieses Zimmer überließ, überließ ich ihm ein Nest, eine Zufluchtsstätte, ein Refugium, in dem er Alleinherrscher ist. Doch nun rückt der Tag immer näher, und sein Schweigen macht mir allmählich zu schaffen. Vielleicht hat er meine Nachrichten nicht gelesen, weil er sein Telefon ausgeschaltet hat – das wird es sein, er hat sein Telefon ausgeschaltet.

»Mathieu?«

Keine Antwort. Also schließe ich auf, wobei ich die düsteren Bilder auszublenden versuche, die mir durch den Kopf gehen. Nein, ich werde ihn nicht tot in seinem Bett finden. Das ist verrückt, lächerlich. Statistisch gesehen ist es absurd. Ich muss aufhören zu glauben, dass alle einfach so sterben können.

Das Zimmer ist leer, das Bett ist gemacht. Die Handtücher ordentlich gefaltet. Und auf dem perfekt aufgeräumten Schreibtisch liegt ein Brief. Oder eher ein zusammengefaltetes DIN-A4-Blatt, auf das mit nervöser Schrift ein paar Wörter gekritzelt sind.

Er ist weg.

Ohne Vorwarnung.

Es tut mir leid, ich bin nicht der Richtige.
Danke für alles.
Viel Glück für den Wettbewerb.
Mathieu

Ich bin für einen Augenblick wie gelähmt, schwanke zwischen Wut und Bitterkeit, dann gewinnt Zorn die Oberhand. Ich schleudere den Stuhl zu Boden, die Handtücher, alles, was er angefasst hat, alles was er besudelt hat, alles, von dem er auf meine Kosten profitiert hat, bevor er zwei Tage vor dem Termin einen feigen Rückzieher macht. So eine Ratte. Und seinen Brief, drei Sätze, ohne Erklärung, ohne Begründung, drei Sätze, um sein Gewissen zu erleichtern, knülle ich zusammen, zerquetsche ihn in meiner Faust, bis ich spüre, wie die Nägel sich in die Handfläche bohren.

Jemand stößt die Tür auf, aber es ist nicht Mathieu, sondern Mathilde, die mich verständnislos anschaut.

»Pierre? Hast du den Verstand verloren?«

Ich atme tief durch, zupfe meine Jacke zurecht, hebe den Stuhl auf, der bei dem Sturz eine schwarze Spur auf der Wand hinterlassen hat.

»Die Beherrschung, ja!«

»Er ist weg, nicht wahr?«

Ich halte ihr den Brief hin, sie streicht ihn glatt, ohne ihren Schlüsselbund aus der Hand zu legen.

Und mir wird bewusst, dass sie seit dem Unglück nicht mehr hier oben war.

»Wusstest du es?«

»Sagen wir, ich habe es geahnt. Ich bin raufgekommen, um zu schauen, in welchem Zustand sein Zimmer ist …«

»Warum hast du es geahnt? Antworte mir, Mathilde, es ist wichtig!«

»Immer mit der Ruhe«, antwortet sie ironisch. »Er kam, um mit mir zu reden, dein Mathieu, während du im Konservatorium warst.«

»Aber wann? Was wollte er von dir? Und warum hast du mir nichts gesagt?«

»Am Dienstag, glaube ich. Oder am Mittwoch, ich weiß nicht mehr.«

Typisch, sie lässt sich bitten. Es gab mal eine Zeit, als ich das witzig fand, als es meine Neugier geweckt hat, aber inzwischen bin ich Andeutungen und Geheimniskrämerei leid. Ich kann nicht atmen. Und ich öffne das Fenster weit in den blauen Winterhimmel, weil ich Luft brauche.

»Was hat er dir erzählt, Mathilde?«

»Nichts ... Er wollte sich bei mir für das Zimmer bedanken. Mit einem Blumenstrauß, das war nett.«

»Und du hast mit ihm gesprochen.«

»Natürlich. Da du es nicht für nötig gehalten hast, es zu tun. Er wusste nicht einmal von Thomas ...«

»Das hättest du ihm nicht erzählen dürfen!«

»Jemand musste es tun, Pierre. Er ist ein armer Kerl, ein kleiner Krimineller, dem du große Versprechungen gemacht hast, weil du dir – in gutem Glauben – vorstellst, dass du für ihn ein Vater sein kannst. Man kann ihm nicht vorwerfen, dass er versucht hat, das auszunutzen.«

Trotz des eisigen Windes, der hereinweht, kriege ich immer noch kaum Luft.

»Ist dir klar, was du da getan hast, Mathilde? Was du zerstört hast?«

In ihrem wässrigen, abwesenden Blick flackert wieder Wut auf.

»Du wirfst mir vor, etwas zerstört zu haben? Seit du wieder angefangen hast zu arbeiten, versteht niemand, was mit dir los ist. Ressigeac versucht alles, damit du deinen Posten behalten kannst, und du, was tust du? Du bist vernarrt in einen Straßenjungen, einen Mozart aus der Banlieue, der nicht imstande ist, drei Sätze aneinander zu reihen, für den du bereit bist, alles zu riskieren.«

Das Traurigste ist, dass ich darauf keine Antwort habe.

Wir haben eine Grenze überschritten.

Ich habe die Handtücher wieder aufgehoben, um sie am Fuß des Bettes zusammenzulegen, wie er sie hinterlassen hatte. Ich will nicht, dass die Haushaltshilfe sie auf dem Boden findet, und außerdem mag ich keine Unordnung. In dieses Zimmer wird wieder Ruhe einkehren, für immer wahrscheinlich, es sei denn, es wird verkauft – das wäre wohl das Beste. Mathilde beobachtet mich, mit verschränkten Armen, emotionslos, als würde sie auf mich warten, als würden wir zusammen hinuntergehen und weitermachen wie bisher. Der Funke ist, wieder einmal, aus ihrem Blick verschwunden.

Ich glaube, das ist das letzte Mal.

Heute Abend werde ich derjenige sein, der in diesem Zimmer schläft.

*

Seit dem Studium habe ich nicht mehr auf dem Flur auf ein Mädchen gewartet.

»Mademoiselle Benansi?«

Überrascht, ein bisschen besorgt, löst sich Mathieus Freundin aus der Gruppe der Violinisten, mit der sie wissende Blicke austauscht, bevor sie auf mich zusteuert. Schönes Lächeln. Schöne Bewegungen. Ich fand sie schon immer bezaubernd.

»Monsieur Geithner.«

»Haben Sie eine Minute?«

»Natürlich.«

Wir entfernen uns auf dem Gang, weg von der Menschenmenge, in Richtung der ersten Brandschutztür, die nach draußen führt. Ich möchte sie nicht für ein Gespräch, das eigentlich inoffiziell ist, in mein Büro zitieren. Außerdem verspüre ich das starke, beinahe existentielle Verlangen, zu fliehen, mich abzuschirmen, Luft zu atmen, die nicht klimatisiert ist. Vielleicht hat der Körper in gewissen Momenten dieselben Bedürfnisse wie der Geist.

»Ist es wegen Dienstag?«, fragt sie und stellt ihr Cello ab. »Es tut mir leid, es gab einen Wasserschaden in der Küche, meine Eltern waren nicht da … Aber Monsieur Pajot hat gesagt, dass ich die Prüfung wiederholen kann.«

»Ich wusste nicht einmal, dass Sie eine Prüfung verpasst haben. Ich wollte Sie wegen Mathieu sprechen.«

Ein Schatten von Verärgerung – oder vielleicht Traurigkeit – blitzt in ihren Augen auf.

»Ich denke nicht, dass ich Ihnen da helfen kann. Mathieu und ich sind nicht mehr zusammen.«

»Oh. Entschuldigen Sie bitte, das wusste ich nicht.«

Meine letzte Hoffnung, diesen Dickschädel von Malinski zur Vernunft zu bringen, ist verloren, zusammen mit seiner Beziehung. Ich kenne ihn inzwischen gut genug, um zu wissen, dass, einmal in sein Schneckenhaus zurückgezogen, nichts mehr zu ihm durchdringen kann. Zeit und Besonnenheit sind jetzt gefragt. Allerdings verfüge ich weder über das eine noch das andere.

»Was wollten Sie denn wissen?«

»Mathieu ist aus dem Studio ausgezogen, ohne mir Bescheid zu sagen, er hat nur einen Brief hinterlassen. Er gibt auf, wirft das Handtuch … Zwei Tage vor dem Wettbewerb.«

»Das kann nicht sein!«, ruft sie.

»Ich hatte gehofft, Sie wüssten mehr oder könnten mit ihm reden. Für das Konservatorium ist das nicht das Ende der Welt, wir werden einen anderen Schüler antreten lassen, aber für ihn …«

Sie nickt schweigend, dann schaut sie mich mit sorgenvollem Blick an.

»Ich hoffe, das ist nicht meine Schuld. Wir haben uns gefetzt wie blöd … Ich hab was gesagt, das ihn verletzt hat.«

»Schlimm genug, dass er alles hinschmeißt?«

»Ich weiß nicht. Ich hoffe nicht.«

Meine niederträchtige, hinterhältige Seite will mich

kurz dazu verleiten, die Verantwortung auf dieses Mädchen abzuladen. Aber das ist zu einfach.

»Nein, Sie können nichts dafür. Ich vermute, Ihr Streit hat die Lage nicht gerade entspannt, aber da war noch etwas anderes…«

»Was denn? Ich kann mir nicht vorstellen, was ihn hätte entmutigen können, er hat alles gegeben…«

»Er wird es Ihnen selbst sagen, wenn die Dinge zwischen Ihnen wieder ins Lot kommen. Ich hatte jedenfalls gehofft, Sie könnten ihn zur Vernunft bringen, aber daraus wird wohl nichts.«

Mechanisch hebe ich den Blick zu einer Möwe mit ausgebreiteten Flügeln, die einen weißen, beinahe grellen Fleck auf das Blau des Himmels zeichnet. Man könnte meinen, wir wären woanders.

»Ich kann es versuchen«, sagt sie plötzlich. »Ich bin nicht sicher, ob er mir antwortet, aber einen Versuch ist es wert.«

»Machen Sie das. Mathieu ist drauf und dran, aus einer Laune heraus seine Zukunft zu verspielen, das wird er sein ganzes Leben lang bereuen.«

»Und wegen des Wettbewerbs, wie läuft das ab? Sie müssen die Anmeldungen ändern, oder?«

»Wenn er sich heute Abend nicht gemeldet hat, werde ich Sébastien Michelet an seiner Stelle anmelden.«

Sie vergisst, dass sie eine Schülerin ist, die ihrem Direktor gegenübersteht, und wirft mir einen wütenden Blick zu.

»Was? Nein, jetzt lassen Sie mir doch ein bisschen Zeit, ich werde ihn schon überzeugen.«

Ich antworte ihr mit einem etwas desillusionierten Lächeln.

»Wie Sie wollen … Schließlich haben wir es so weit gebracht, an einer Verwaltungssache soll es jetzt nicht scheitern.«

36

Schon wieder eine Nachricht, mein Handy vibriert in der Hosentasche.

Klar.

Heute ist der große Tag.

Heute tritt Michelet beim Grand Prix d'excellence an. Und mir geht das total am Arsch vorbei, ich war einkaufen. Klopapier, Waschpulver, Spülmittel und Futter: Reis, Nudeln, Tomatenmark, das billigste Essen der Welt. Dosenthunfisch. Ich hab auch ein riesiges Pack Sauce Bolognese im Angebot eingesackt, da werden wir ewig dran essen, aber das ist egal, es verfällt erst in zwei Jahren.

Ohne den SMS-Hagel von ihr hätte ich Paris schon vergessen.

Scheiße, jetzt antworte mir
wenigstens!!!

Ich stecke das Handy wieder weg, mit einem kleinen Stich im Herzen, aber ich muss durchhalten, grade heute. Morgen ist es vorbei. Dann ist der Wettbewerb vorbei,

Michelet hat seine Show im Scheinwerferlicht abgezogen, Anna wird mich endgültig für den letzten Arsch halten, und Geithner will dann nichts mehr von mir wissen. Ist besser so. Für alle. Ich hab in ihrem Leben nichts verloren. Aus mir wird nie ein Pianist. Pianist, das ist kein Job, das ist ein Hobby für Reiche. Ich geh bestimmt nicht zurück ins 5. und liege einem Typen auf der Tasche, der noch trauert und es nicht schafft, seinen Sohn zu begraben. Ich mach mich nicht zu ihrem Quotenassi, ich will es nicht aus Mitleid nach oben schaffen.

Mein Leben ist hier, und hier lebe ich es auch.

Allerdings ersticke ich. Ich sitz mit meinen Einkaufstüten auf der Bank, und jede Minute kommt mir wie eine Ewigkeit vor. Klar, ich könnte hochgehen, aber da ist es noch schlimmer, ich werd wie ein Tiger im Käfig, würde am liebsten alles kurz und klein schlagen. Also bleib ich hier, warte auf Kevin oder Driss oder beide, aber es ist zu früh, die pennen jetzt noch.

Schon witzig, dass ich Nichtstun auf einmal nicht mehr aushalte.

Ein paar Frauen schieben Kinderwagen vorbei, der alte Sack aus dem Dritten glotzt mich durch die Gardine an, und irgendwo macht ein Motorrad unter Gejohle und Pfiffen richtig Speed. Es riecht nach verbranntem Gummi und Testosteron. Ein Rodeo um zehn Uhr morgens, alter Schwede, jetzt machen die schon Überstunden.

Ich kämpfe nicht weiter gegen den Drang an, mein Handy wieder anzumachen, und lese wieder mal Annas tausend SMS der letzten zwei Tage. *Ruf mich an. Denk an den GEP. Wenn du's schon nicht für dich machst, mach's für Geithner.* Sie hat alles versucht, Smileys, Moralpredigten, Drohungen.

Ich würd so gern antworten.

»Was sollen die ganzen Tüten?«, tönt Driss. »Wie ein Penner, Alter! Hast du kein Zuhause, oder was?«

Erstaunt, dass er vor Mittag wach ist, gucke ich hoch.

»Sehr witzig.«

»Chill mal, das war ein Scherz. Boah, ey, du bist voll die Mimose geworden, Mann!«

Er setzt sich trotzdem und erzählt, dass er total früh einen Termin hatte, aber der Typ ist nicht aufgetaucht. Dann inspiziert er meine Einkäufe und liest sich die Zusammensetzung auf den Thunfischdosen durch, weil ihm irgendjemand weisgemacht hat, dass in Thunfisch kein Thunfisch ist. Oder fast keiner, weniger als 5 %. Wir wetten. Er verliert. Und ich stecke die zehn Euro ein, das tut meinem knappen Budget gut.

»Kein Stress wegen der Kohle«, meint Driss grinsend. »Bald zahlt dein Bruder die Miete. Der zieht sein eigenes Business auf, wenn ich das richtig sehe.«

»Was?«

»Naja, der hängt halt mit gewissen Leuten rum, seit du weg warst.«

Ich nehme ihm die Thunfischdose aus der Hand und gucke so ernst, dass ihm das Grinsen vergeht.

»Mit wem?«

»Guck halt selber, der ist aufm Parkplatz mit seinen Basketballkumpels.«

Als ich vorhin weg bin, saß David brav mit Kopfhörern im Wohnzimmer und hat Mathehausaufgaben gemacht. Aber ich weiß, dass die Verlockung groß ist. Wie alle Jungs in dem Alter, die von Rappern und dicken Autos träumen. Gestern Abend hab ich ihm schon verboten, noch mal rauszugehen, angeblich, um irgendeinen Kumpel zu treffen, den Namen wollte er mir nicht sagen. Also lass ich meine Tüten auf der Bank stehen und geh rüber zum Parkplatz.

Zuerst seh ich ihn nicht. Nur Autos, auf denen massenhaft Typen sitzen, und eine behelfsmäßige Burnout-Piste und ein paar Motorräder drumrum.

Da ist mein kleiner Bruder. Auf einer Yamaha, die viel zu groß für ihn ist, ohne Helm, und lässt den Motor aufheulen. Ein Typ erklärt ihm alles, zwei andere machen Fotos, und der Auspuff spuckt schwarzen Qualm.

Ich renne los, aber er ist schon losgefahren.

Er weiß nicht, was er tut, ihm zieht's das Hinterrad weg.

»David!«

Panisch dreht er sich um, gibt zu viel Gas, und das Bike macht eine 180-Grad-Drehung und kippt auf die Seite.

Ich brülle los, schubse Leute weg, renne hin, mein Puls hämmert mir gegen die Schläfen, und alle starren mich an, als wäre er schon tot. Er ist nicht tot, verdammte Scheiße, er kann nicht tot sein. Er liegt auf dem Asphalt, um seinen Kopf ist Blut, und ich glaub, ich muss kotzen. Ich knie mich neben ihn, rede mit ihm, rufe seinen Namen, aber trau mich nicht, ihn anzufassen, weil er sterben könnte, weil ich den beschissenen Erste-Hilfe-Kurs in der Schule verweigert habe, weil das voll langweilig war und ich was Besseres zu tun hatte.

Alles meine Schuld.

Meine Schuld, dass er gestürzt ist, dass er überhaupt hier ist.

»Ruft den Krankenwagen!«, brüllt jemand hinter mir.

Ich lege meine Hand auf seine, suche den Puls, hab keine Ahnung davon, aber noch schlägt was, auch wenn er sich nicht bewegt, auch wenn er die Augen zu hat.

Man hört schon die Sirenen, ich weiß nicht, seit wann ich neben ihm hocke, aber meine Beine sind eingeschlafen und die Knie tun mir weh.

»Lassen Sie uns bitte ran.«

Plötzlich sind Stiefel neben mir, eine Liege, eine Sauerstoffmaske, und um mich herum dreht sich alles.

»Was ist mit ihm?«

»Das wissen wir noch nicht. Wir kümmern uns um ihn.«

Ich lehne mich an ein Auto, bis der Schwindel vorbeigeht, und wehre Driss ab, der mir eine Hand auf die Schulter legt. Um mich muss sich niemand kümmern, nur um David – und jetzt machen sie schon die Türen vom Krankenwagen zu.

»Ich komme mit«, sage ich zu dem Sanitäter, der sich mir in den Weg stellt.

»Sind Sie mit ihm verwandt?«

»Ich bin sein Bruder.«

»Haben Sie einen Ausweis?«

Sein Kollege, ein großer Kerl mit Glatze, gibt ihm ein Zeichen, mich durchzulassen, und klopft mir aufmunternd auf die Schulter, so dass ich fast anfange zu flennen.

David sieht so klein aus auf der Liege, er hängt am Tropf, und es stinkt nach Äther. Sie sagen, ich soll mich neben ihn setzen und mit ihm sprechen, dann fährt der Krankenwagen mit Blaulicht und Sirene los. Ich denke an meine Mutter, will sie anrufen, aber ich will seine Hand nicht loslassen, und da schließe ich die Augen und mache etwas, was ich noch nie vorher getan habe, in meinem ganzen Leben nicht.

Was Polnisches, was »von zu Hause«.

Ich bete.

*

Wartezimmer im Krankenhaus sind zum Erschießen. Da sitzt du ganz alleine mit deiner Angst auf Plastikstühlen in einem gelben Raum, wo die Farbe von den versifften Wänden blättert, und liest zum zehnten Mal die gleiche *People*, obwohl die Hälfte der Seiten fehlt. Entweder das oder die *Capital*. Oder eine Ausgabe von *Science et vie* von vor meiner Geburt, wo das Cover schon total ausgebleicht ist.

Keine Ahnung, wie lange wir schon hier sitzen, schweigend, meine Mutter weint und ich starre auf meine Schuhe und versuche zu vergessen. Als sie ankam, haben wir uns wortlos fest umarmt, dann haben wir uns hingesetzt und gewartet.

Sehr lange.

Die Schwingtür ging ein paarmal auf, aber es war nie für uns. Leute gingen rein, kamen raus, sie wurden einer nach dem anderen aufgerufen. Wir nicht. Ich sage mir, das ist ein gutes Zeichen, wenn es schlimm wäre, hätten sie uns Bescheid gesagt, aber dann versinke ich wieder in Mutlosigkeit und bilde mir ein, alles ist vorbei. Driss hat mir tausend Nachrichten geschickt, und Kevin, und Alexia, Farid, und noch andere, Typen, von denen ich nicht mal wusste, dass die meine Nummer haben. Das gefällt mir nicht, fühlt sich an wie Beileidsbekundungen.

Verdammte Scheiße, woll'n die mich verarschen, ich möchte mal wissen, was die so lange in dem Scheiß-OP machen.

Als ich das letzte Mal pinkeln war, fing es draußen schon an zu dämmern.

Endlich geht die Schwingtür wieder auf, und diesmal ist es für uns. Meine Mutter steht auf, tränenüberströmt, und der dicke Kloß in meinem Hals ist mit einem Mal weg, weil der Arzt grinst, als ginge es nach Malle in den Urlaub.

»Tut mir leid, hat ein bisschen gedauert. Die üblichen Routineuntersuchungen. Das müssen wir machen, wenn ein Patient bewusstlos war.«

»Wie geht es ihm?«, fragt meine Mutter, die bestimmt gleich umklappt.

»Prima. Die Stirn musste genäht werden, sechs Stiche, ansonsten ist er topfit. Leichter Magnesiummangel, aber sonst alles okay.«

Während sie ihn mit Fragen löchert, lasse ich mich mit einem Riesenseufzer der Erleichterung auf einen Stuhl fallen, und meine Muskeln entspannen sich allmählich.

»Es dauert noch eine Weile«, sagt sie und setzt sich mit einem überglücklichen Lächeln neben mich.

»Hier, du kannst die *Gala* kriegen. Ich kenn sie schon auswendig, kann sie dir auch runterbeten, wenn du willst.«

Wir prusten los – dabei war das jetzt nicht grad der Witz des Jahres, aber manchmal braucht man so was – und fallen uns in die Arme, sie sagt etwas auf Polnisch. Ich verstehe trotzdem, was sie meint: Ihr Sohn soll sich nie mehr mit irgendwem rumtreiben, wir sperren ihn in den Schrank.

Mein Handy blinkt, und ich gucke automatisch drauf, eine neue Nachricht von Anna.

Ich weiß, dass du kommst.

Wenn sie wüsste, wo ich grade bin und wie sehr mir der Grand Prix d'excellence am Arsch vorbeigeht, wäre sie sich da nicht so sicher. In diesem siffigen Wartezimmer habe ich mehr denn je begriffen, dass ich mich verrannt hatte, dass mein Platz bei meiner Familie ist.

»War sie das?«

Ich schalte mein Handy aus und frage mich, ob meine Mutter heimlich mitgelesen hat oder Gedanken lesen kann, weil ich schon davor dreißigmal mein Handy gecheckt habe.

»Wer?«

»Deine Freundin.«

»Ist nicht mehr meine Freundin, aber ja, das war sie.«

Ihr gerührtes Lächeln – klar, so lange, wie sie mich schon im Doppelpack sehen will – geht mir etwas auf den Sack, weil sie einfach nicht kapieren will, dass da nichts mehr ist.

»Wenn sie nach deinem Bruder fragt, dann liebt sie dich noch.«

»Dass mit David weiß sie gar nicht. Sie nervt rum, damit ich bei dem bescheuerten Wettbewerb mitmache. Als ob ich sonst nichts zu tun hätte!«

Plötzlich kriegt sie ihren Zeugnisblick.

»Ist der heute?«

»In einer Stunde.« Ich lächle ironisch.

»Was machst du dann noch hier, du Esel?«

»Ich hab dir doch gesagt, dass ich nicht mitmachen will.«

Unter ihrem strengen, bohrenden Blick glaube ich immer weniger, was ich da rede. Ich bin nur deswegen nicht zurück nach Paris, weil ich Schiss hatte. Sonst nichts, einfach Schiss.

»Mathieu, ich konnte dir nichts bieten, ich hatte einfach nichts. Und heute macht das Leben dir ein Geschenk, und du nimmst es nicht an. Willst du lieber einen Gabelstapler fahren? Oder Zimmer im Krankenhaus putzen, wie deine Mutter? Willst du das? Schön, bitte sehr, lies deine Zeitschrift!«

Sie knallt mir die *Gala* auf die Schenkel wie eine Peitsche.

»Es ist zu spät, Maman. Selbst wenn ich wollte, in einer Stunde schaff ich das nie.«

»Versuch's!«

Sie macht ihre Handtasche auf und kramt hektisch in ihrem Portemonnaie.

»Lass, ich brauch kein Geld«, sage ich und ziehe meine Jacke an. »Ich krieg das schon hin.«

»Nimm ein Taxi«, befiehlt sie und steckt mir einen Zwanziger zu.

Mein Herz fängt an zu hämmern, ich drücke ihr einen Kuss auf die Wange und renne los, ab durch die Gänge, die Schwingtüren krachen gegen die Wände.

Fünfzig Minuten.

Ist zu schaffen.

Aber das letzte Taxi fährt mir grade vor der Nase weg, mit einer Oma plus Rollator drin. Und am Empfang sagen sie mir, ich soll gefälligst selbst zusehen, wie ich wegkomme, ich würde nicht wie ein medizinischer Notfall aussehen. Am liebsten würde ich sie anbrüllen, einen Krankenwagen klauen und 'ne Fliege machen oder einfach selbst fliegen, wie die Scheißtauben, weil ich es von Saint-Denis aus nie im Leben mit den Öffentlichen schaffe.

Scheiße, bin ich blöd.

Jetzt wache ich plötzlich auf.

Ich halte vor dem Krankenhaus verzweifelt nach Taxis Ausschau, aber alle glotzen mich komisch an, weil sie auch warten.

Also hol ich mein Handy raus und rufe den ersten an, der mir unter die Finger kommt. Kevin. Er hatte mal einen Roller, irgendwo in einem Keller. Und wenn er keinen hat, kann er sich einen organisieren.

»Jo, Digga.«

»Kevin, ich bin noch im Krankenhaus. Ich brauch dich.«

»Alles gut mit deinem Bruder?«

»Ja, alles gut. Aber du musst mich nach Paris bringen. Jetzt. Sofort. Ich kann's dir jetzt nicht erklären, keine Zeit!«

Stille, ein kurzes Lachen.

»Okay. Bin unterwegs.«

Ich lege auf und atme schnaufend aus, meine Hände zittern, als hätte ich Fieber. Ich muss runterkommen. Allein schon, um die Scheiß-SMS zu tippen:

Komme

37

Komme

Ein Wort, nur ein Wort, ohne Satzzeichen, sogar ohne ein Smiley, eins seiner dämlichen Smileys, die er in allen Varianten serviert, lachende, weinende, Augenbrauen runzelnde. Nichts. Das Einzige, was Mathieu Malinski, Kandidat beim Grand Prix d'excellence, mir nach fünf Tagen Schweigen, Bitterkeit, Wut und Traurigkeit zu sagen hat, ist »Komme«.

Und das Schlimmste ist, dass ich mich darüber freue.

Vielleicht haben sie alle recht.

Allerdings strömt das Publikum schon in den Saal, nachdem man an der Garderobe Schlange gestanden hat. Ein langer Strom von Smokings, Anzügen und Abendkleidern wälzt sich auf den Treppen, und die Profis kommen auf dem roten Teppich der Eingangshalle immer noch kaum von der Stelle. Man begrüßt sich, verteilt Küsschen, wünscht den Kandidaten, die man eigentlich am liebsten tot sähe, viel Glück. Eine Chinesin, die glatt meine Enkelin sein könnte und sich wie das perfekte Vorzeigemädchen gibt, bedankt sich mit einem schüchternen Lächeln. Ein pickliger Junge mit zurückgegelten Haaren eifert den Älteren nach, indem er hinausgeht, um eine letzte Zigarette zu rauchen. Hier wird Englisch gesprochen, dort Russisch. Und drei Frauen winken mir überschwänglich zu, doch ich kann mich beim besten Willen nicht erinnern, wo ich ihnen schon einmal begegnet bin. In der Oper vielleicht, ich weiß es nicht mehr, aber ich mache ihnen trotzdem Komplimente, »Sie sind wunderschön heute Abend!«.

Ich weiß nicht, was er treibt, aber es wird Zeit, dass er *kommt*.

Auf den Toiletten drängt sich ganz Paris für einen letzten Zwischenstopp, und weil mir heute nichts erspart bleibt, steht der Journalist von *Le Monde* am Pissoir neben mir. Auch wenn es ziemlich ironisch ist, Seite an Seite mit dem Typen zu pinkeln, der mich in der Luft zerrissen hat, schenke ich ihm ein höfliches Lächeln.

»Ich gebe Ihnen mal nicht die Hand«, sagt er, wegen seines eigenen Scherzes hämisch grinsend.

Auch unter anderen Umständen würde ich ihm nicht die Hand geben wollen.

»So, das ist also der große Abend?«, redet er weiter und schüttelt sein Ding dabei ab. »Wie es aussieht, haben Sie eine Überraschung auf Lager.«

»Wie immer.«

Er lacht, ich lache, wir waschen uns die Hände, wobei uns beiden bewusst ist, dass ich ihn, ohne zu zögern, im Waschbecken ertränken würde, wenn ich könnte.

Die Eingangshalle leert sich allmählich. Durch die noch

offenen Türen sehe ich den großen weißen Saal, in dem sich die feine Gesellschaft tummelt, und am hinteren Ende die Bühne, gewaltig, überwältigend, überragt von einer monumentalen Orgel. Der Salle Gaveau ist prachtvoll. Hell, luftig. Ein bisschen übertrieben vielleicht. Ich habe immer gedacht, dass diese Kulisse, mag sie auch das Publikum beflügeln, den Kandidaten Angst einjagen muss. Es ist leicht gesagt, dass im Augenblick, wenn man anfängt zu spielen, alles verblasst, doch es gibt Bilder, die leichter verblassen als andere.

Und Mathieu ist immer noch nicht *angekommen*.

»Pierre!«

Ressigeac hat seinen Smoking hervorgeholt, eine Fehlentscheidung, die er bei jeder Gala trifft, denn er sieht immer aus wie ein Butler. So ist das, eine große Ungerechtigkeit, die Lotterie des Schicksals, aber ob es Designer-Anzüge sind oder nicht, gewissen Menschen stehen sie einfach nicht.

Ich gehe auf ihn zu, um ihn mit einem breiten Grinsen zu begrüßen, ihn und seine Prätorianergarde, die Anhänger, die Speichellecker, Payot, Marchetti, den Laufburschen des Ministeriums, und natürlich Sébastien Michelet, den Schönling mit Fliege.

»Na? Ist er bereit, dein Champion?«, fragt Ressigeac, ohne dass ich erahnen könnte, ob er Wind von Mathieus Verschwinden bekommen hat.

»Er steckt im Verkehr fest, er kommt.«

Die Nachricht lässt Michelet unmerklich lächeln.

Sie wissen es.

»Ich hoffe, er wird nicht mehr allzu lange feststecken, denn der erste Kandidat ist dran in …«

»Zehn Minuten«, sagt Michelet mit Blick auf seine Uhr.

»Dann sollten wir uns vielleicht setzen«, antwortet Ressigeac.

Als ich zum Saal zurückgehe, dreht sich die kleine Gruppe um, um einen Nachzügler willkommen zu heißen – aber nicht den Nachzügler, den ich erwartet habe. Es ist Alexandre Delaunay, der mit wehenden Haaren seine Krawatte zurechtrückt.

»Ich hatte den Pariser Stau nicht bedacht!«, ruft er und schüttelt eine Hand nach der anderen. »Fast wäre ich aus meinem Uber ausgestiegen und gelaufen.«

Ein bisschen Smalltalk, unterbrochen von flüchtigen Blicken auf die Eingangstür. Nichts.

»Wollen wir?«, schmettert Delaunay fröhlich, als ein langes Läuten ertönt.

»Ich komme.«

Das ist wirklich das Wort des Tages. Ich komme auch. Und da bin ich wohl der Einzige. Ich hoffe, dass die ersten Kandidaten überziehen, bete, dass Mathieu gerade aus der Métro kommt, sprintet, um sein Schicksal nicht zu verwirken, dass er kein Idiot ist.

Jetzt ist die Eingangshalle leer. Alle haben im Saal schon ihre Plätze eingenommen, mit Ausnahme zweier Securities und eines übergewichtigen Zuschauers, der in Richtung Toiletten rennt, als hinge sein Leben davon ab.

Ich kann mich nicht entschließen, mich auch der Horde anzuschließen, schon allein, damit nicht die ganze Reihe aufstehen muss, wenn ich mich hinsetze, aber was nützt es? Wenn die Türen sich schließen, bevor Mathieu hier ist, ist mir alles, was danach passiert, völlig gleichgültig.

Plötzlich taucht oben auf der Treppe eine vertraute Gestalt auf, die noch nervöser ist als ich. In ihrem knallroten Kleid und vielleicht ein bisschen zu stark geschminkt, hat Anna etwas Bewegendes, wie ein Mädchen in einem Elfenkostüm. Während die Türen zum Saal sich schließen, schwenkt sie ihr Telefon und formt mit den Lippen lautlos die Worte: *Er kommt!*

Ich lächle sie an.

Ich weiß, dass er kommt.

Die Frage ist nur, ob er rechtzeitig kommt.

38

»Alter, Kevin, nicht so schnell, du bringst uns um!«

»Was denn nun? Dachte, du bist spät dran?«

Er reißt das Lenkrad rum, so dass Driss auf der Rückbank in die Ecke fliegt, überholt von rechts einen Lieferwagen und fährt auf den Standstreifen, ohne den Fuß vom Gaspedal zu nehmen.

»Alter, wie der abgeht!«, brüllt Driss von hinten und schnallt sich an.

Wir sind grad schon quer rübergezogen, über drei Spuren, weil die Ringautobahn total verstopft ist, ein Wunder, dass wir noch leben. Kevin wollte mir nicht sagen, woher die Karre kommt, ein 3er BMW, vermutlich ohne Zulassung, aber PS wie ein Düsenjet. Er riecht ganz neu, auf dem Fußboden sind noch Plastikabdeckungen, und das Navi kann nur Deutsch.

»Ohne Scheiß, woher hast du den?«

»Hat mir Driss' Cousin ausgeliehen«, meint er augenzwinkernd.

Ohne sich um die Beleidigungen von der Rückbank zu kümmern, gibt Kevin wieder Gas, mit 120 auf die Ausfahrt Porte d'Asnières. Eine rote Ampel, tausend Autos, er bremst nicht ab, ich kneife die Augen zu. Als ich sie wieder aufmache, sind wir durch, keine Ahnung, wie, aber wir rasen auf der roten Linie dahin, die das Navi uns vorgibt, auf dem Bildschirm blinken die ganze Zeit Stauwarnungen.

»Gib mal ein, dass wir nicht die Champs-Élysées nehmen«, ruft Kevin und schaltet in den Dritten.

»Wie denn, ich kann kein Deutsch!«

»Warte«, schaltet sich Driss ein und macht Verrenkungen, damit er an den Touchscreen kommt.

»Worauf denn? Kannst du vielleicht Deutsch?«

Er drückt überall, das Navi dreht durch und fängt an, uns auf Deutsch zu beschimpfen.

»Verdammt nochmal, Driss!«

»Scheißegal, ich weiß, wo wir lang müssen«, meint Kevin.

Ich trau mich nicht mal mehr, auf die Uhr zu gucken. Stattdessen beiß ich die Zähne zusammen, weil wir so haarscharf an einem Bus vorbeischrammen, dass die Einparkhilfe piept.

»Wenn wir nicht vorher draufgehen, lad ich dich danach zum Essen ein«, sag ich und klammer mich an den Haltegriff.

»Von wegen! Mit solchen Karren werden Drogen geschmuggelt. Die hält nichts auf.«

»Doch, ein Bus.«

»Hier links!«, schreit Driss plötzlich, der, weil er kein Deutsch kann, mit Google Maps auf dem Handy hantiert.

Die Reifen quietschen wie im Film, ich knalle mit dem Kopf gegen die Scheibe, und Kevin tritt dermaßen aufs Gas, dass es mir hochkommt. Falls jetzt irgendwer über die Straße geht, endet er auf unserer Windschutzscheibe wie eine zermatschte Fliege.

Mir ist, als ob ich Blaulicht im Rückspiegel sehe.

»Sind das die Bullen?«

»Chill, Digga. Wenn das Bullen sind, schmeiß ich dich an der nächsten Métro raus.«

Ich starre Kevin fassungslos an, während er über einen Bordstein holpert und auf die Busspur wechselt. Vielleicht liegt's am Auto, oder er hat wirklich begriffen, dass es um Leben und Tod geht, aber zum ersten Mal sehe ich ihn als den, der er gern wäre: Al Capone.

Das Blaulicht verschwindet – war ein Krankenwagen –, und ich gucke panisch auf mein Handy.

»Zehn Minuten.«

»Schaffen wir locker«, antwortet Kevin.

Vielleicht hätte ich meine Klappe halten sollen, denn jetzt brüllt Driss von hinten, er soll sich beeilen, und das muss man Kevin nicht zweimal sagen. Er überholt einen Bus, hupt einen Roller an und fährt mit 80 über eine rote Ampel.

»Scheiße«, sagt er plötzlich.

Was, Scheiße? Bis jetzt konnte ihn nichts aufhalten. Nichts, außer dem Riesenstau, der direkt vor uns anfängt, ein Meer aus Autos, ein Laster versperrt die ganze Straße, Autos mit Warnblinker stehen auf der Busspur.

Sieben Minuten.

»Los, steig aus«, ruft Driss und drückt mir sein Handy in die Hand. »Ist nicht mehr weit!«

Ich schnalle mich ab und spring raus, wo ich gute Chancen habe, von einem Moped zerfetzt zu werden.

»Lauf, Forrest, lauf!«, ruft Kevin und schmeißt sich weg.

»Danke, Leute!«

Und ich laufe, laufe wie blöd, die Augen am Display, rechts, links, wieder rechts, ach Quatsch, das geht kürzer, ich sitz nicht mehr im Auto, und alle Straßen sehen gleich aus. Ich bleib kurz stehen, um Luft zu holen, frage einen Typen nach dem Weg, der keine Ahnung hat, klar, als ob irgendwer den Salle Gaveau kennt, das ist ein Pianisten-Ding. Also vertraue ich auf Google Maps und renne weiter, Schweiß strömt mir über den Rücken, und die Wut, die rasende Wut treibt mich an, die rasende Wut, dass das alles nicht umsonst gewesen sein darf.

Eine Straße. Ein Boulevard. Noch eine Straße.

Scheiße, da ist es. Salle Gaveau steht groß auf der Fassade, und davor steht die Comtesse im kleinen Schwarzen und Pumps und raucht nervös. Als sie mich sieht, ruft sie »Na endlich!« und wirft die Kippe weg, ohne sie auch nur auszudrücken. Ich würde gern was sagen, aber ich kann nicht, ich bin völlig erledigt, und außerdem schiebt sie mich schon rein, wo ein Wachmann mit Knopf im Ohr mir mit ausgestrecktem Arm den Eintritt verwehrt.

»Monsieur, bitte.«

Ich stoße brutal seine Hand weg, die er mir auf die Schulter legen will – so langsam gehen mir diese Pitbulls echt auf den Sack –, und natürlich wird er sauer, aber die Comtesse greift ein und macht ihn zur Sau, als wäre sie in La Courneuve geboren.

»Lassen Sie ihn durch, Sie Volltrottel!«

Der Blödmann geht zur Seite und murmelt ein »'tschuldigung, Madame«, dass ihm garantiert nicht leicht über die Lippen kommt.

»Sie hätten ein Jackett anziehen können«, flüstert sie, als wir den Saal betreten.

Ich antworte, dass das nicht ging, irgendwie gelingt ihr ein Lächeln, dann schiebt sie mich in einen Gang zwischen zwei Sitzreihen. Ich realisiere gerade erst, dass der Saal riesig ist, zwei Balkons, und dass es brechend voll ist, dass ich hier spielen werde, ganz alleine auf der Bühne, vor all den Pinguinen.

»Denken Sie daran, Mathieu, nicht schneller als das Tempo!«

Ich denke dran. Ich denke an alles.

Irgendetwas wird per Mikro angekündigt, ich glaube, Michelets Namen zu hören, aber ich achte nicht drauf, ich höre nichts mehr. Irgendwo mitten im Saal ist Geithner aufgestanden, drängt sich zu mir durch und tritt dabei allen aus der Reihe auf die Füße. Er zieht sein Jackett aus, hält es mir hin, und ich ziehe es über die Joggingjacke, die Kapuze zerre ich raus. Das Jackett ist zu groß, ich seh total bescheuert aus, aber das ist mir egal, sie beurteilen nicht meinen Look.

Ein letzter Blick zu Geithner, ich würde mich gern entschuldigen, aber zu spät, alle starren uns an, und außerdem seh ich in seinem Blick, dass er keine Entschuldigungen braucht, dass er stolz auf mich ist, dass wir die ficken werden.

»Los«, flüstert er mir zu. »Zeig's ihnen.«

Ich verbeuge mich, wie es mir gesagt wurde.

Sie klatschen.

Ich setze mich ans Klavier und hab das Gefühl, mein Magen zieht sich zusammen wie ein Schwamm beim Auswringen, das Blut fließt nicht mehr durch meine Hände, ich schaff das nie. Atmen. Ich muss atmen. Ein letzter Blick in den Saal, ich finde Anna nicht, doch, ganz da oben in einem roten Kleid, und ihr Lächeln ist nur für mich. Ich zwinkere ihr zu, dann stelle ich die Noten hin, die ich nicht brauchen werde. Mein Gesicht spiegelt sich im Lack, ich sehe mir in die Augen, und allmählich vergesse ich das Geflüster, die Scheinwerfer, meine Ängste, meine Wut, meine Träume. Meine Fingerspitzen berühren die Tasten, die Pedale passen genau unter meine Füße. Der Flügel ist mein Anker. Jetzt gibt es nur noch ihn, ihn und mich, und die Klänge, die in seinem Inneren schlummern.

Ich hole tief Luft.

Ich schließe die Augen. Und bin frei.

Ohne das orangefarbene Licht, das zwischen den Vorhängen hindurchsickert, wäre da nur die Nacht. Eine schwarze Nacht, sanft, wohltuend, gewiegt durch das entfernte Brummen des Kühlschranks in der Küche. Jedes Geräusch ist eine Stimme, ein Freund, der wacht. Und langsam nimmt im Halbdunkel alles Gestalt an, die Möbel, die Kartons, die Erinnerungen an eine andere Zeit.

Der junge Mann liegt ausgestreckt auf dem Bett, und fixiert mit weit geöffneten Augen die Decke, die lange ein Himmel gewesen ist, ein Meer, ein Asteroidenfeld. Er denkt an die Stunden, die er gerade durchlebt hat, an den Applaus, der immer noch in seinem Kopf rauscht wie ein Feuerwerk. Er sieht den großen, hellen Saal wieder vor sich, das Publikum, das aufsteht, seine unbeholfene Verbeugung und spürt die Ergriffenheit, die ihn zu Tränen rührt. Die Töne rinnen noch zwischen seinen Fingern, entgleiten ihm, drehen sich ein, tanzen im Rhythmus seines Herzens.

Im Dunkeln lächelt er.

Er schaltet seine Nachttischlampe mit ihrem alten, verstaubten Lampenschirm an, und er sieht. Er sieht die-

ses Zimmer, das schon nicht mehr wirklich seins ist, diese Bücher, die er nie aufgeschlagen hat, und das Klavier, sein altes Klavier, mit abgeblättertem, zerkratztem Lack, das ihn nie loslassen wird. Alles, was er ist, wohnt in diesem Klavier, zusammen mit den Saiten, den Hämmern, dem Staub und den Tönen.

Er ist aufgestanden, um sich an das Klavier zu setzen, um unter seiner Hand die Sanftheit der Klappe zu ertasten.

Er hat sie behutsam geöffnet.

Da ist der Umschlag, er liegt auf dem Elfenbein, seit jeher verschlossen, mit seinem unterstrichenen Namen in blauer Tinte. Er ist ein bisschen abgegriffen, mit der Zeit ist er vergilbt, aber die Worte wirbeln noch in seinem Innern. Deshalb ist er heute Abend zurückgekommen.

Um endlich den Mann davonfliegen zu lassen, der mit der Musik lebt.

Weil es Zeit ist.

Weil er nicht mehr allein ist.

Und wenn er weint, dann nicht aus Trauer.

Dank

Dank an Ludovic, für diese schöne Begegnung mit einer Geschichte, die die meine geworden ist.

An Éléonore, die nie ihren Humor an die dunkle Seite verloren hat.

An Élodie, für die Kraft am Tiefpunkt.

Und an Ana, die mir die Tür zum wahren Leben geöffnet hat.

Die Zitate auf Seite 128 und 129 stammen aus:

E. M. Cioran, Vom Nachteil, geboren zu sein. Aus dem Französischen von François Bondy, Frankfurt am Main: Suhrkamp 1979, S. 75 f.

und

E. M. Cioran, Der zersplitterte Fluch. Aus dem Französischen von Verena von der Heyden-Rynsch, Frankfurt am Main: Suhrkamp 1978, S. 41.